U0946840

「中华诵·经典诵读行动」之名师对话系列

对话《诗经》

李山　华一欣　著

中華書局

图书在版编目(CIP)数据

对话《诗经》/李山,华一欣著.—北京:中华书局,
2013.8(2017.5重印)
("中华诵·经典诵读行动"之名师对话)
ISBN 978-7-101-09178-6

Ⅰ.对… Ⅱ.①李… ②华… Ⅲ.《诗经》-诗歌研究
Ⅳ.I207.222

中国版本图书馆CIP数据核字(2013)第024160号

书　　名 对话《诗经》
著　　者 李　山　华一欣
丛 书 名 "中华诵·经典诵读行动"之名师对话
责任编辑 祝安顺
出版发行 中华书局
(北京市丰台区太平桥西里38号　100073)
http://www.zhbc.com.cn
E-mail:zhbc@zhbc.com.cn
印　　刷 北京市白帆印务有限公司
版　　次 2013年8月北京第1版
2017年5月北京第2次印刷
规　　格 开本/700×1000毫米　1/16
印张20½　插页2　字数200千字
印　　数 5001-8000册
国际书号 ISBN 978-7-101-09178-6
定　　价 39.00元

出版说明

《诗经》是我国最早的诗歌总集，也是中国现实主义诗歌的源头，儒家将其纳入教学内容之后，形成了两千多年的“诗教”传统。今日我们借鉴《诗经》的可取之处，出版由北京师范大学文学院李山教授撰稿的《对话〈诗经〉》，就是要继承和弘扬中国的“诗教”传统。

本书分两部分，第一部分针对《诗经》的性质、内容、时代精神等问题，通过对话进行阐释，便于读者了解《诗经》的整体状况以及研究它的入门书籍；第二部分精选《诗经》中最具经典性、代表性且深入课堂的诗篇进行解读赏析，解读时按章论旨，按句注释，按篇赏析，三环相扣。引论丰富，解读详实，用语简洁，观点明确，使读者由点及面、条分缕析地了解词句的含义、章节的配伍和诗篇的主旨。

本书主要为广大的中小学语文教师编写，力图解决他们在将《诗经》引入语文教学过程中遇到的字句解析、诗篇赏读以及艺术构思、思想内涵等方面的难点，将《诗经》背后深厚的历史感、文化感和民族精神浓缩在字里行间，文情并茂，带领读者经历一次由认识《诗经》、了解《诗经》到热爱《诗经》的经典国学之旅。

目　录

自序

今天我们为什么还要学《诗经》

有位学界前辈曾言：不知《诗经》，不足以言吾国文学之流变。这是就《诗经》文学地位说。今天，还应再加一句：不知《诗经》，不足以言中华文化之根源。《诗经》三百篇，是中国文学的经典，也是中华文化的“圣经”。

就文学而言，《诗经》表现的生活是无限广阔的，举凡祭祀、宴饮、征战、农耕及婚恋等方面，都有出色的篇章。其中最值得称道的是，《诗经》“国风”部分，是世界范围内最早将文学的触角深入到社会下层小民生活、情感世界的文学。论接触的广泛，表现的深切，完全可以说在当时举世无出其右者。《诗经》的时代，毫无疑问是一个贵族时代。但是，《诗经》在表现贵族生活的同时，也以大量的“国风”篇章歌唱了胼手胝足的小民的喜怒哀乐、悲欢离合。这些“小民”，不但有周人群体中的下层，也有周人群体统治下的小民。如《卫风·氓》这一篇，所表现的桑蚕之女，从她与“氓”的婚姻看，诗篇女主人公还不是当时的“国人”，亦即是非周人群体成员，而是与“国人”相对的野外之民。诗篇对这位桑蚕之女婚姻生活的不幸，给予了高度的同情。《诗经》关注下层，开创了古典诗歌的一个重要“乐府”传统。采集民间歌唱、向民间歌唱吸取营养，不是后世古典诗歌的一个重要现象吗？

与其他民族的文化创生、发祥时期的文学相比，《诗经》是现实的人间的，是不语“怪力乱神”的。《诗经》中如《周颂》，多祭祀的篇章，但是，这些关乎鬼神的篇章，没有鬼神的非人性，相反，这些祭祀的篇章，歌唱的是“德”，具体说是“文王之德”，换言之，歌唱的是人性，而且是最有价值的人性。此外，诗篇歌唱的还有为了祭祀而操练的礼乐，还有迎送助祭客人的礼仪。在《大雅》中，也保存着一些与祭祖相关的诗篇，如《大雅》的《绵》、《皇矣》和《生民》。但是，这些周人心中的神圣，诗篇不是夸赞他们多么神异灵怪，多么超人，多么能杀好斗，而是赞美他们如何率领族人寻找适合农耕的原野，开辟生活的世界。祖先神不是神灵，在诗的歌唱下，一个个复活为创造生活和历史的英雄。歌唱祖先的篇章，其实是祖宗创业的英雄谱。

关注人间，又表现为对劳动的珍视。这也是在《周颂》中就有表现的，例如《载芟》篇，是年终祭祖的颂唱，但是，诗篇却从春耕典礼上“侯主侯伯，侯亚侯旅”即在君主率领下的农耕劳作写起，以此表达对祖先传统的尊重。与此相关，《豳风·七月》更是全面展示了古代色彩缤纷的农事生活，有劳作的艰辛，有收获的喜悦，语带风霜而格调健朗，健旺的生命力充溢其间，具有高度的艺术魅力。

关注人间，还表现为对和平的珍爱，对战争杀伐的厌弃。《诗经》的时代，也是一个民族冲突的时代。总体而言，《诗经》战争诗篇，或歌之于遣将出征场合，或唱之于班师还朝的庆典。出征的篇章多述离别的辛酸，如《召南·殷其雷》，由《孔子诗论》可知，那是一首赠别的篇章，充满眷恋之情。还表达了将士归来之际无限的感伤情怀，其例如《小雅·采薇》。无论出师，还是还朝，战争题材的诗篇都很少出现大段的血火杀伐的描述。这不是不经意的。《诗经》中的战争诗人对战争现象有自己独到的理解，执干戈以卫社稷，是出于一个社会成员的责任与道义，也即是说，人们的走上战场，与其说是去创造杀伐的英雄业绩，毋宁说是不得已起而捍卫自己所热爱的和平生活。《诗经》的战争诗固然歌唱胜利，却不表现杀伐，以及在杀伐中显露个人勇力的英雄行径。古老的战争诗篇，实际映现的是一个珍爱和平的文化民族对战争现象所抱有的人道精神。说到《诗经》的人道精神，又不仅表现为战争，还表现为其他各方面，如对弱者的同情，对邪恶现象的揭陈，孔子的“思无邪”的评价，就在今天看来也无疑是十分确当的。

《诗经》是民族歌唱的第一声，真纯而高亮，其中不乏精美的玲珑之作。如开篇第一首“关关雎鸠，在河之洲”无意间传达的光景是何等的优美！又如“伐木丁丁，鸟鸣嘤嘤。出自幽谷，迁于乔木”的片段，不是追求境界的古典诗歌精神最早的传达吗？又如《秦风·蒹葭》，其艺术境界仙风竹影的营造，不是已经把握古典诗艺秘诀才有的歌吟吗？

读这样的诗篇，常使人想：天才的诗人是不分时代的。我们何以要读《诗经》？不仅是因为《诗经》早，文学地位的辈分高，还因为她的好，具有高度的审美价值，可以启迪人们去想健康质朴的文学应该是什么样态。

《诗经》是民族的文学经典，曾经启迪了无数的诗人。“关关雎鸠，在河之洲”，“燕燕于飞”以及“麻衣如雪”的比兴，不是后来古典诗歌营造艺术境地的看家本领吗？又如，“杨柳依依”、“逃之夭夭”，又引出了后世多少人的心追手摹、变化翻新？南北朝的钟嵘作《诗品》就说过某某诗人渊于“国风”，某某诗人渊于“小雅”的源流论，如果有谁把那些后世诗人对“杨柳依依”或“桃之夭夭”或其他《诗经》名句的追摹翻新的地方，一样一样找出来，罗列排比，前后对照，不是可以写一部关于《诗经》影响的微观“文学史”或“诗歌史”吗？

在这里，我还想举一个看上去远一点的例子。唐代好“捉对”说诗人，例如“李杜”、“王孟”、“岑高”之类（见李肇《国史补》）。实际上，那些被“捉”了“对”的诗人，其间的差别往往很大。就说“岑高”即岑参和高适吧，两位诚然都是“边塞诗人”，可是，岑参的边塞诗，是随军记者的手笔，不到当时的西域，就写不出“胡天八月即飞雪”、“马毛带雪汗气蒸”的句子。可高适就不然，他完全可以不到燕北榆关之地，坐在家里，也可以写出《燕歌行》，表达他的非攻反战观念。为什么呢？因为自古以来就有一个古老的边塞诗的传统，有许多的艺术手法可以借鉴，有高远的观念和高超的诗才，就可以写像《燕歌行》那样的大作。去不去相关的边地，反而不打紧。说起来呢，这边塞诗悠久深厚的传统，就发端于《诗经》。《小雅》中有一首《小明》，即“我徂西征，至于艽野”的那一篇。诗里出现了“共人”，过去学者解释这两个字，总是把它与其他篇中出现的“恭人”混同了。其实“共人”的“共”，就是《小雅·六月》“共武之服”的“共”，也就是甲骨文中所说的“共人五千征土方”的“共人”，是王朝征调的军士。这个词的弄清，一下子使诗篇的题旨清晰了起来，原来这是一篇最早的边塞诗，诗篇中的“我”是参加行动者，地位要比一般军士高。其赋诗的意图是想提醒那些在朝养尊处优的高官同情“至于艽野”将士们的疾苦。高适的《燕歌行》不也有这样的意思吗？而且，《燕歌行》的“少妇城南欲断魂，征人蓟北空回首”的句子，把女人的思念之苦嵌入篇章，明显是深化了反战主题。然而，这又不是高适的发明，《诗经》的许多篇章中就已经在战事庆功的篇章里加入了女性的歌声了。我想高适写《燕歌行》的时候，未必想到《小雅·小明》，或者一定是想继承《诗经》战争诗而有所出新。但是，有对《诗经》篇章的研读，还是会发现像高适这样的边塞作品中流淌着《诗经》的血液。

为什么还要读《诗经》？高适诗篇的例子，不是耐人寻味吗？

前面还说，《诗经》也是一部文化的圣经。这与《诗经》产生的时代有关。那是一个中华民族大致形成的时期。一个民族的形成条件多样，但是共同的语言，相同的理念、崇尚等的形成则是必需的。西周就是这样一个时代。举例而言，一个民族总得有大家都要读、反复读的经典，

影响中华两千年在塑造民族精神方面起了重大作用的主要文化经典,《诗经》而外,《易经》、《尚书》以及作为行为规范的礼仪,都形成于这一时期。从这个角度而言,要理解我们自己,深入理解《诗经》就成了必然。一个文化人群,要自立于世界民族之林,不了解自己,不懂得自己与他人的文化区别,如何建构真正属于自己的生活?关于这方面的内容,在本书的"对话"部分谈了不少。例如《诗经》所蕴含的几大精神和谐线索,《关雎》这首诗背后的文化逻辑问题,等等。在此就不多说了。《诗经》的研究,不能只停留在文学上,应该在民族文化根源的发掘了悟上多下功夫。过去的"经学",是参与了当时的文化生活的建构的。今人也应在符合人类生存的最高追求的目的下,使《诗经》的研究更能参与到民族复兴的大业中来。当然这需要大家共同努力了!

今天为什么还要读《诗经》?不是因为别的,一言以蔽之,读文化创始时期的诗篇,可以更深入地了解我们自己。不论是在文学还是在文化上,都是如此。

学《诗》对话

周南·桃夭

桃之夭夭，灼灼其华。之子于归，宜其室家。

桃之夭夭，有蕡其实。之子于归，宜其家室。

桃之夭夭，其叶蓁蓁。之子于归，宜其家人。

《诗经》是什么样的书

【华一欣】我们中国是爱诗的民族。花前月下、柳影溪声，都可以写进诗歌里，吟哦讽诵，手舞足蹈，来表达我们或喜或悲的心声。像我们经常挂在嘴边的“窈窕淑女，君子好逑”，“所谓伊人，在水一方”等都是《诗经》里的诗句。那么，《诗经》是一部什么样的书？

【李　山】《诗经》是中国最早的一部诗歌总集，共305篇，所以又称“诗三百”。这样说，只是就后来人们常见的“书本”而言。大家看《诗经》三百篇，全都是读来朗朗上口、富于韵律的诗篇，就说这三百篇是诗集——有人说是总集，有人说是选集。就好像是唐诗，那么多诗人写了作品，隔多少年，要方便读者读到好的、妙的，总得有人站出来编一编，选一选。这也不错，可是忽略了《诗经》与后来诗人纸笔写弄出的作品的一个基本区别，即《诗经》篇章本属于周代“礼乐”活动的组成部分，就是说，当初诗篇不是以“诗篇”面目出现，而是以礼乐典礼歌唱的“唱词”形式问世的。

那时候，周王朝建立了，周人要庆祝胜利，隔一段时间还要纪念；另外也是更普遍的，还要祭祀祖先，鼓励农耕生产，犒劳为国家出力、出征的将士，这些事情如何办呢？古人不是发文件、开会，或用报刊杂志宣传、电视台演播，他们更擅长堂皇的典礼。既然是典礼，就需要有仪式，而仪式离不开的就是舞乐，也就是集音乐、舞蹈和诗歌于一体的类似今人所说的“综合艺术”。举例而言，周人在建国后不久，就演出了《大武》乐章，据文献载，这个乐章大概由六段舞乐组成，演绎了周家从出师到克商、经略南方再到天下安定、屡获丰年的过程。这个乐章，有“发扬蹈厉”的舞蹈，有音乐的伴奏；不过最重要的，是有诗歌的演唱。为什么说诗歌演唱重要呢？周人打败了殷商政权，建立新王朝，是胜利了，可天下不止周人一个族群，周人族群取得天下，又如何对待自家之外的天下人呢？必须清楚，《大武》乐章的制作和演出，其实就是要消除天下对新生的周王朝的疑虑。这就说到舞乐中的歌唱了。正是属于舞乐中的歌唱，才把周人一家一姓一族的胜利，宣示为天下人共同的胜利。音乐伴奏下的舞蹈在表现上是有限制的，只能表现周家克商建国过程中事件层面的内容，单单再现过程，弄得再好，也只是表演了一个故事，至于故事的意义,不出声的舞蹈表达起来就显得太笨拙了。这时候,诗歌“语言艺术”的优势就表现出来了。事实上，正是《大武》乐章中几首诗篇的歌唱，把周家克商的胜利，演绎为上应天命。以当时人们信念，老天是护佑天下普遍的苍生的。既然克商是应天，也就是顺民，也就是普天下人得胜利。这就是诗歌歌唱的厉害之处！用古人的话说，这叫做“歌以发德”,不“歌”,那“德”就没法“发”出来。由这个例子就可以知晓，那时的诗篇，不是写给人看的，而是加在舞乐中用来演出的。再举个例子，西周很重视农业，周王都要在春耕秋收之际，演出性地来到田间耕作几下，以示对耕稼的重视。这个时候也有典礼，也要唱歌。这就是活态的诗，不是写来供人阅读的，而是用来歌唱以宣示生活的意义的。这就是“礼乐时代”的特定现象。后来有了“三百篇”的书籍，不管是竹简，还是石刻，还是印刷物，都是礼乐的舞乐活动消歇以后的结果，诗篇就从歌唱的状态“躺”到了书本上被看、被读了。

所以，《诗》三百篇是周代礼乐文明的重要组成部分，是周代礼乐活动的精神花朵。

《诗经》的内容是什么

【华一欣】刚才您所说的，强调的是《诗经》篇章创生本来的状态，您还说到它是“精神花朵”。那么，《诗经》这一“精神花朵”，包括哪些内容呢？

【李　山】说到《诗经》的内容，就是风、雅、颂，赋、比、兴。前三项是篇章分类，后三项是艺术手法。所谓“风”，古语有所谓“乐操土风，不忘旧也”（《左传·成公九年》）的说法，所谓风，也就是“土风”，就是各地之风，就是乡土地方调。例如江南民歌，与广东一带的乐调，就有很大的差别，又如河南的豫剧，安徽的黄梅戏，浙江的越剧，听上去更是相去甚远。中国古代文明的发祥，是在辽阔的地域上完成的，因此各地有各地的风土人情，音乐的调子也不一样。

不过呢，若对“风”的含义只理解到这一层，还是很不够的。“风”还有一层神秘的含义，“风”传达的是上天的意旨。早就有学者指出，“风”与“凤凰”的“凤”语义相近，“凤”在甲骨文中，有记载是“帝史”，就是传达上天命令的。上天有命令，是由“凤”也就是“风”来传达的。老百姓的民间歌唱被视为“风”，一个重要原因是因为它与神秘而神圣的上天意旨相关。古文《尚书》中有过这样的话：“天听自我民听。”（《泰誓中》）什么意思呢？就是天意和民意是一致的。换句话说，想听老天的意思，就听取百姓的歌吟吧！有了这一点，才有了“国风”。

“国风”本来叫“邦风”，因为要避汉高祖刘邦的名讳，“邦风”就改成“国风”了。实际上，不论是“十五国风”还是“十五邦风”，都不是很准确，十五国风有：周、召、邶、鄘、卫、王、郑、齐、魏、唐、秦、陈、桧、曹、豳。有些是“邦”或“国”，有些像周南、召南以及豳，既不是“邦”也不是“国”，所以准确点说是十五个地区。十五“国风”一共一百六十篇。

“风”之外就是“雅”。“雅”的意思就是“夏”，西周人说话大概是夏人语音，使用夏人的乐调，所以把自己歌吟的诗篇称为“雅”。《论语》记载孔子读《诗》、《书》，执礼的时候，都说“雅言”，就是说他用当时的西周音亦即标准语、普通话来诵读《诗》、《书》，喊典礼的号令。“雅”又分“大雅”、“小雅”。“大雅”、“小雅”怎么划分，过去有许多说法。

实际很简单，时间早的就是“大雅”，晚一些的就是“小雅”。不过呢，《诗经》在传承过程中肯定遭人动过手脚，把一些体式宏大、时间在后的篇章移到“大雅”中去了。这是误解“雅”分大小的结果，实际是添了乱。

“颂”是什么呢？有学者研究，“颂”就是“舞容”，就是祭祀鬼神时歌舞的样子。所以“颂”多是祭祀鬼神的诗歌。“颂”有三部分：《周颂》、《鲁颂》和《商颂》。《周颂》是西周王室宗庙祭祖祭神的诗篇。不过，并不是每一首都是给神灵的献歌，相反，占有相当大数量的《周颂》篇章，写的都是与祭祀相关的一些事项。《鲁颂》的时间较晚，可能都是春秋时期的诗篇，且篇章体式与大小“雅”甚至国风很像。《商颂》，是宋国人祭祀祖先的诗篇。其创作时代主要有两种说法，一说是殷商旧作保存到周代，一说是春秋时期宋国人制作。本书以为，这两种说法都不对，王国维在《说商颂》中早就说过，《商颂》作于“宗周中叶”。笔者也认为，《商颂》是西周中期宋国人祭祀祖先的诗篇。

【华一欣】噢！原来“风”不单是地方土调，还有这样一层神秘含义。

【李　山】是的。风、雅、颂指的是内容，下面说赋、比、兴。赋、比、兴则是指表现手法。它们的定义，历来认为朱熹《诗集传》的说法简明扼要。朱熹说：“赋，敷陈其事而直言之者也。”就是有话直说，如《周南·卷耳》“采采卷耳，不盈顷筐。嗟我怀人，寘彼周行”即是。“采采”两句，是诗中女子实际做的手头事，是写实的，所以称为赋。所谓“比”，就是打比方，朱熹说：“比者，以彼物比此物也。”例如《周南·汝坟》“王室如燬”，又如《卫风·硕人》写美女的“手如柔荑，肤如凝脂”，还有《小雅·天保》用“如山如阜，如冈如陵，如川之方至”这样联翩而至的比喻形容人的兴旺发达，都是“比”的好例子。善不善于打比方，被一些评论家当做衡量作家文学才华的一个标志，古老的《诗经》时代，无名诗人们善打比喻的才华，已经得到过充分的展现。那么，什么又是“兴”呢？朱熹又说：“兴者，先言他物以引起所咏之词也。”《周南·关雎》

第一句“关关雎鸠，在河之洲。窈窕淑女，君子好逑”，就是“兴”。所谓兴，就是前两句与后两句在意思上没有实在联系，既不是“淑女”真的在那里采集水藻，也不是君子、淑女还礼举行的周围环境，只是诗人的兴到之语，是自由的联想。这样说大家还是不易理解。可以先举一个民歌的例子：“月儿弯弯照九州，几家欢乐几家愁。”“月儿弯弯”与“几家欢乐”之间，不是说一到月儿弯弯的晚上就有很多人发愁，两句之间没有实在的意义关联，只是歌唱起个头而已。再举一个容易理解的童谣“一二三四五，上山打老虎”，前一句只是凑足音节和韵脚而已。

但是，若只是这样理解“兴”，似乎又太简单、肤浅。由上述“关关雎鸠”的例子可以知道，所谓“兴”是一种自由联想。可是“自由”联想果真就是“自由”得漫无约束吗？又不是。有学者发现，古人一想到家，马上就想到家乡高大的乔木如桑梓之类，古语所谓“故国乔木”就是这样的意思。这是自由联想，看上去不由自主，其实也有缘故。古代村落都种植各种乔木，遮荫之外，还可以做木材。说到桑梓，我又想起桑树。《卫风》中有一首《氓》，写的是被抛弃的女子的情感，很感人。为什么被抛弃？原来她是“自由恋爱”的，在古人看来这样的结合是自作主张。具体说，《氓》中的这位不幸女子是在与“氓”的“抱布贸丝”的交往中日久生情并自由结合的。诗篇实际要说的意思之一，就是没有父母之命、媒妁之言的结合是很危险的，是没有社会保障的！要注意，这位蚕娘不幸的爱情故事，就发生在桑林中。而桑林，在《诗经》之后的文学艺术作品中，又常与男女风情之事相关。如汉乐府诗中有《陌上桑》，老不正经的官员戏弄女孩子，就是在桑林旁边的大路上。还有一篇《秋胡行》，后来被改编成了戏曲《秋胡戏妻》，也是在桑林中。反正在古代，许多风情之事总与桑林联系在一起。这也是一种文学创作的自由联想，一定深深隐藏着某些不为人知的因由。就是说，貌似自由联想，实际受民族文化风习和固定的文化心理制约。再举一个更明显的例子，中国人喜欢月亮，其他民族也喜欢。但是中国人特别爱满月，视之为美满团圆的象征。可是在其他一些民族看来，一钩新月，弯弯的，却是神圣的表征。中国人把弯弯的月亮说成“残月”,——“杨柳岸,晓风残月”。差异竟是这样的大！所以，自由联想，说起来只是一只有牵线的风筝，飘得再高再远，也受民族文化心理的制约和影响。

这就是“兴”和打比方的“比”的区别。“兴”所以不同于“比”，就在于它的自由联想性质，背后有民族文化心理起作用。打比方，实际也是需要想象力的。想象力和自由联想很相近，所以，后来就用“比兴”来称谓中国古典诗歌的营造形象、意象乃至意境的艺术手法。可以说,“比兴”是中国诗歌的生命。这从《诗经》就开始了，而且《诗经》在用比兴手法和营造艺术境界上,已经取得了很高的成就,典型的例子就是《秦风》中的《蒹葭》:“蒹葭苍苍，白露为霜。所谓伊人，在水一方。”不用解释，读一下，玲珑剔透的艺术境地就能感受到!《诗经》这方面的例子还有很多。

【华一欣】您对赋、比、兴的讲述，我虽然不能比较深刻地理解，听起来还是很有意思的。想象力，自由联想，民族文化心理，是您说法的要点吧?

【李　山】是的。

【华一欣】不过呢，关于“十五国风”，我还觉得说得不够，比如各国风的特点是什么，能不能请您简要说一说?

【李　山】好的。就按着顺序从所谓“二南”的《周南》、《召南》说起吧。

“二南”与《邶风》、《卫风》之类称呼上有所不同。据诗篇内容显示，“周南”的地域北起黄河，南到汝水、汉水一带;“召南”则北起终南山，南到长江一带。周代实行东西两都制，召南在镐京以南地区，周南在成周也就是今天的洛阳以南地区。据说周朝奠基者文王在开创周家的基业时，是先从对南方的经营开始的，这有历史记载为证。周武王伐商时，《尚书·牧誓》记载，曾有八个来自南方的部族参加了战争，表明周人早与这些南方族群有了盟约关系。还有一种说法，周朝建国后，曾派周公旦和召公奭分别管理周南和召南之地。西周中期以后，王朝经营东南方，也是以东、西两周为重要依托的，《周南》、《召南》即因此得名。所谓"南"可能就是来自南方的乐调，《小雅·鼓钟》篇说演奏音乐"以雅以南，以籥不僭"。很显然，"雅"是中原音乐，那么"南"就是南方乐调了。而且，周人是把"二南"之诗当作"乡乐"来演唱的。《仪礼·燕礼》载，王或贵族招待客人时，在唱过《小雅》中的一些"正歌"之后，"遂歌乡乐"，曲目都在"二南"之中。因而可以说，"二南"的曲调可能来自南方，但内容是周人的，其中的诗篇多来自周朝政治中心地带（即"乡"的范围之内），反映着那里的生活。周朝实行两都制，他们的"乡乐"也正好有"二南"。

婚姻、家庭生活题材的篇章，是"二南"中的大宗。要注意的是，应当用"恩情"而不是"爱情"的观点看这里的诗。所谓的"恩情"是夫妻间的恩爱之情，这是"二南"诗篇特别强调的。歌唱婚姻缔结的篇章，祝福的是恩情；反映那些思夫思妇的，表现的是他们恩情的深厚。例如作为《诗经》开头一章的《关雎》篇，"关关雎鸠，在河之洲。窈窕淑女，君子好仇"一段，很明显是站在第三者的角度，赞美男女婚配得宜的，所以清代学者方玉润在《诗经原始》中，就指出它是"贺婚"之作。[①]这比今天流行的用"爱情"来说解它，要高明多了。其他

---

① 方玉润的说法在今天有些学者看来是不对的，其根据是儒家文献如《礼记》有"昏礼不用乐，幽阴之义也"（《郊特牲》）的说法。这貌似有根有据，实则是误用文献。《礼记》等儒家文献，论时间，与西周相去数百年；论地域，儒家产生于鲁国，所言贵族习尚流行于东方，与西周相去千里；且以儒家所熟悉婚礼是士婚礼，与周天子的婚礼等级差别很大。如何凭据这些战国时期写定、在时空上差异很大的材料，去否定《诗经》一些西周王室的篇章呢？《关雎》这样的诗篇，方玉润的说法，是建立在对篇章自身的解读上的。另外，若说婚姻不用乐，那么，《周南》"桃之夭夭"、"之子于归"的歌唱，《召南·鹊巢》对"百两御之"、"将之"隆重迎送新人光景的歌唱，以及《召南·何彼襛矣》夸赞王姬下嫁齐国时婚车的华饰，又如何解释？这些诗篇本身就是婚姻关系缔结时节的歌唱，本身就是周人婚礼"用乐"的明证。不相信《诗经》自身的文献价值，却抱住后起的文献不放，就难免胶柱鼓瑟了。

方面的生活,“二南”也有所反映。一些篇章涉及西周中晚期的边地战争。

邶、鄘、卫三《风》实际都是卫国地区的诗篇。一国之诗却一分为三,据说是因为《卫风》来自邶、鄘、卫三个地方的乐调。邶、鄘、卫三《风》与“二南”有相同点，就是反映婚姻家庭方面的诗歌多。然而，反映是反映，所反映的内容却大相径庭。卫地三《风》多写贵族家庭关系破败和在男女关系上的不守礼法。《邶风·新台》、《鄘风·墙有茨》、《鄘风·桑中》等都是这样一些作品。佳作也不少。

《王风》的地域在东都雒邑（今河南省洛阳市）一带。西周遭受到犬戎入侵,王室不得不东迁雒邑。《王风》即东周京畿一代的诗歌。其中《黍离》一篇据说是东周大夫行役到宗周旧地，看到故都一片荒残景象，不禁悲从中来。《君子于役》写的是一位闺中人思念长期行役在外的丈夫的内心活动，反映着王畿地区人民生活负担的沉重。《兔爰》则抱怨自己生不逢辰，有强烈的厌世色彩。从平王东迁到《左传》记载的隐公元年的五十余年记载缺如,《王风》的若干篇章所显示的情况，史料价值就很珍贵了。当然，记载这一段历史的还有《小雅》中的几篇。这一点以前注意不够。

《郑风》在十五国风中具有鲜明的地方特色。郑地在今河南新郑一带，包括今河南中部黄河以南地区。郑建国比较晚，原先的封地在今陕西境内，西周末年迁到河南。在这个新来的国家里，有两条与郑诗创作密切相关的河流，一条是溱水，一条是洧水；溱水汇入洧水后从郑国都城的南面向东南方流去。现在叫做双洎河。古代溱、洧河畔，有一种渊源更古老的习俗，就是春天人们来到水边洗浴，据说这样可以消除包括妇女不孕症在内的各种疾病和晦气。这种礼俗称为祓禊。在这样的节日里，青年男女们可以按照自己的愿望选择异性。像《褰裳》、《溱洧》等篇，都反映着这样的风俗。这是《郑风》的鲜明特点。

齐国南有泰山，东临大海，周初姜太公（姜尚）被封在这里，广开鱼盐之利，经济发达，文化上也呈泱泱大国之风。这里的周礼教化的力量似乎不是很大，《齐风》中有三首诗篇与一场贵族家庭关系的败坏有关。春秋时鲁国君主桓公娶了一位齐国公主做夫人，这就是文姜。文姜在娘家的时候，就与他的哥哥齐襄公有暧昧关系，嫁到鲁国以后，兄妹依然找机会“鸟兽之行”不止。诗人讥刺这件贵族家庭的糗事，就有《南山》、《敝笱》、《载驱》三诗流传下来。另外齐国的上流人物喜欢在野外追逐猎物，《齐风》的《还》，就是表现这方面风尚的。

《魏风》之地在今山西的西南部，魏本是西周初年的封国，入东周不久即被晋国吞并。今存《魏风》七首，是魏灭国前作品还是灭亡后的作品，前人有不同的理解，一时尚难定论。自来有一种说法，谓魏地狭小，其民贫苦，其君俭啬褊急，不能以德教民，致使百姓机巧趋利（《葛屦》篇《毛序》语）。但从诗歌本身看，这样的意思不是很明显。其《伐檀》、《硕鼠》两篇，是讽刺、抨击不劳而获与贪婪剥削小民的。

《唐风》的得名是因晋国的初封之地据说是在唐尧故地（在今山西汾水中游一带），后来改名晋国，《唐风》实即晋风。那里土地瘠薄，民风勤俭质朴，忧深思远，有尧的遗风。这项古说似乎可以从诗篇里得到些印证，如《蟋蟀》篇，一方面说岁暮来临时，应当享受一下生活，另一方面又告诫人们不要享乐过分，颇见“忧深思远”之态。又如《山有枢》一篇唱道：“子有衣裳，弗曳弗娄（拖、曳），……宛其死矣，他人是愉。”很像是对生活中的吝啬鬼作的嘲讽。最近发现的“清华简”中有一篇名为《耆夜》的文字，谈到了《蟋蟀》，说它是西周建国之前的篇章，从文献上说，是不可信的。不过，新材料也启发人这样想：可能这样的歌唱早就有了。何以这样说呢？两首内容相关一正一反的诗篇，所表达的不过是既要享乐，又不要过分的中道观念。大吃八喝，诗篇不赞成；一味节省、苦哈哈过日子，诗篇也是不赞成的。这样的观念意识，应该是随着农耕时代的来临而树立的，就是说，它属于中国古代农耕文明所特有的文化观念。而今天的山西地区，考古表明，在相当于传说的尧舜时期，就出现了城邑，先民在这里还建立起世界范围内最早的天文观象台，观测时令指导农耕。《左传》记载，春秋时一名叫季札的，在鲁国观乐，演奏到《唐风》篇章时，季札就说这里有“陶唐氏之遗民”，并说诗篇表达的思虑“忧之远”。所以，若追溯两首诗篇表达的生活观念，可以归之于很古老的时代。但是，从文献角度说，两首诗篇所表现出来的文学样态，却属于西周以后的春秋时期，就是说，两首诗篇是经过记录加工了。从这方面说，两首诗篇还是春秋时期的作品。《唐风》中一些篇章表达了人与人之间的不信任感，应该与当时上层内部同一家族之间旷日持久地夺晋国最高权力争斗有关，很值得注意。后来许多不相信人情的法家人物，多出自晋。另有《绸缪》也很值得注意，它是中国最早的闹洞房歌，饶有民俗史价值。

秦国君主的祖先，据说是为西周王朝养马的，周平王东迁雒邑的时候，首领护驾有功，被封为诸侯，以后逐渐强大，占据了今陕西中部和甘肃东南部地区。《秦风》就是这一区域的诗歌。养马出身的人群喜欢车马,《秦风》中不乏这方面的诗篇。如《驷驖》歌唱秦君狩猎车马的灵活，《小戎》则用工笔对车马服饰进行描绘，都表现出喜爱之情。秦人尚武，体现在诗歌上，就有《无衣》之诗的一派军戎豪迈之气。秦地风俗也有蛮昧的一面，例如《黄鸟》一诗即表现了秦地殉葬陋习。据说秦穆公生前曾与三位勇士约好，他死时三位勇士从葬。穆公死时三人履行诺言，诗人感伤勇士无谓的死，因有《黄鸟》之作。值得注意的是，当时为穆公殉葬的还有一百七十多人，或许因他们都是无名之辈，诗人丝毫没有提及。他只是伤悼秦国失去了“百夫之特（雄杰）”,并没有指向“杀殉”这种陋习本身。

陈为周初封国，据载系帝舜之后，其地在今河南东部和安徽西北部部分地区。陈的都城在宛丘（今河南省淮阳县），此地巫觋之风特盛，居民多能歌善舞。《陈风》诗篇对此颇有表现，如《宛丘》、《东门之枌》，都写的是陈东门之外、宛丘之地的歌舞之事；另外与“东门”这一特定地点相连的诗篇还有《东门之池》、《东门之杨》，内容都是有关男女情感的。

“自郐（即桧）以下”，出自《左传·襄公二十九年》。吴国一位博雅的公子季札来鲁国访问，鲁人以诗乐来招待他。他一边欣赏，一边逐一品评，当演奏到《桧风》时，他便停止评论不再说什么了，所以“自郐以下”的成语表示“不足道哉”的意思。桧国君主为妘姓，据说是帝高辛氏火正祝融的后代，周初被封在桧地（在今河南密县及新郑一带），两周交替之际，被郑国吞并。现存《桧》诗较少，只有四首。其中《隰有苌楚》一篇表现的是人对低洼之地丛生苌楚无知无识的羡慕之情，悲观厌世的情绪无以复加。《曹风》也在“自郐以下”之列。曹地在今山东省菏泽地区，公元前487年灭于宋。《曹风》诗篇也只四首。其中《蜉蝣》一篇以羽翼鲜亮的蜉蝣比喻生命的短促，流露着浓郁的没落气息。

今本《诗经》中《豳风》排在《曹风》之后，起初可能不是这样的。据《左传·襄公二十九年》所载“季札观乐”时的演奏次序，《豳风》是排在《齐风》之后、《秦风》之前的。今天所见的排列顺序为何人所定，尚未可知。《豳风》有《七月》那样体式宏伟的农事诗，也有《鸱鸮》那样的禽言诗，还有善于叙事抒情的《东山》，传统的说法，这些作品都与周公相关。不过，从周代诗歌发展史的角度看，《豳风》中的篇章，绝不像是西周初年的作品。本书考证，《七月》等一些篇章，是西周中期的作品。

这就是“十五国风”大致上各自的特点。的确，反映一般社会成员的情感的作品多，而且真挚、深情是其艺术特点。

“采诗观风”是怎么回事

【华一欣】关于国风的特点，我们有一个大概的了解了。国风的地域辽阔，一些作品如《卫风》中的《氓》，表现的是很下层的蚕娘的婚姻生活失败，如此广阔全面地反映社会生活，特别是关注胼手胝足的小民情感，在当时的世界范围内恐怕是独一无二的。文献中有一种说法，说《诗经》中何以有那样多的反映小民情感及民生疾苦的诗篇，与周王朝的一个制度有关，这个制度叫做“采诗观风”，说是王朝派人到民间去采集歌谣，加工后演奏给君王听，目的是让君主了解民间风俗、民生疾苦，以明了自己统治下政治的得失，便于改正。有这样的制度吗？“采诗观风”的说法可信吗？

【李　山】“采诗观风”的制度到底有没有，具体情况如何，问题很重要，需要深入研究。过去，记载“采诗观风”这一制度的主要是东汉人的说法，见于班固《汉书·食货志》与何休《春秋公羊传解诂》。先秦材料也有，说得不那么明切。上个世纪末发现了“上博简”，上海博物馆从香港买回来一批战国竹简，里面有一千多字讨论《诗经》内容，人们给这些竹简定名为《孔子诗论》，记录的是孔子和学生谈论《诗经》，涉及风、雅、颂的分别和五十来篇作品的理解。其中谈到“风”，有“举贱民而蠲之”，“邦风其纳物也博，观人焉，大敛材焉”的说法，大意跟班固、何休的说法很像，就是朝廷专门养一批人，蠲免他们的赋税、徭役等各种负担，让他们到民间去，在采集一些必要药材土产的同时，也采集“人俗”，也就是歌谣之类。战国竹简既然这样说，“采诗观风”的说法就不是东汉人的杜撰，应该有所根据。所以，“上博简”的问世，确定了这一点：“采诗观风”是一个先秦就有的说法。但是，至于“十五国风”是不是采集来的，还是需要讨论。据竹简，孔子就有“采诗观风”的说法，可是，孔子生活的年代离《诗经》中最晚的篇章也隔了百年以上的时间了，是否可靠，仍需研究。

怎么研究呢？我的看法是，一些作品本身带有“采诗”的痕迹，可以证明是采集加工而成的篇章。不过，“十五国风”中的相当数量的作品，不是“采诗”的结果，如《周南》中的《关雎》、《樛木》、《兔罝》，《鄘风》中的《定之方中》，《卫风》中的《淇奥》等，有的属于王室的作品，有的属于诸侯的歌乐，属于制作而非采集。至于另外一些数量不少的作品当是采集而来的，如《召南 · 甘棠》篇，那样爱屋及乌式样的情感，恐怕坐在家里是创作不出来的。再有像《郑风 · 骞裳》“子惠思我，褰裳涉溱。子不我思，岂无他人”，如此活泼生动的歌唱，应该就是原汁的男女打情骂俏的民间歌唱。这样的作品，也不像是识文断字的人无所依傍就写得出的。就是说，据一些诗篇自身特有的风貌，不得不承认：看来确实是有人把一些反应地域文化风情和下层社会情感的歌谣进行了采集加工，配乐歌唱。如此，我们才能在《诗经》中读到这些诗篇。下面再举一些例子并作几点说明：

第一点，所谓的“采诗”，有的时候，有现成的歌谣可以采集，有的时候，所谓的“采”就犹如今天的“报告文学”的做法。《邶风·谷风》篇写的是一个被遗弃的妇女心中的不平，但是篇中竟有“泾以渭浊，湜湜其沚”的句子。卫国的弃妇居然知道千百里以外今陕西境内的两条河流的清浊对比，且造出有哲理句子，这太让人怀疑是出自王朝采诗官员的手笔了！又如“毋逝我梁，毋发我笱。我躬不阅，遑恤我后”这几句，出现于《小雅》的《小弁》（《何人斯》也有“逝梁”句子），又原样不差地出现在《邶风 · 谷风》一篇之中，两诗的地域，也是一个在今天的陕西，一个在今天的河南。这样的现象，令人联想到美国荷马史诗研究者提出的“套语理论”，就是在描述某些相同的情景和事件时，史诗的歌手用一些固定的语言和格式，稍加变化，就可以迅速地对故事进行吟唱。荷马史诗中经常出现这样的“套语”现象，南斯拉夫地区的一些“故事的歌手”的吟唱也有这样的现象。“套语”现象实际是一种职业能力。采诗官也是一些职业人员，上述两首诗篇在语言上的重复，也可以用“套语”的思路来解释。当然，诗经中的“套语”现象还不止上述这些。卫地三《风》中的弃妇诗篇都写得顶呱呱；弃妇常见，弃妇有这样的诗才，就不常见，这实在有点超乎常情了。引这样的例子是想说明一点：我们对“采诗观风”的理解，应该调整一下，就是说，所谓采诗，有时是民间有很好的歌唱，采集来之后稍作加工甚至不加工就可以演奏，不过大多数情况下，民间只是有动人的生活题材，像弃妇这样的现象，采诗官员采访那些饱受婚变之苦的人们，对他们不幸的经历和痛楚的感受进行艺术加工，敷衍成可以传唱的篇章，也是“采诗”的一个常用方式。前代有学者对“采诗”说不相信，他们说，“十五国风”所涉及的地域那么大，可是看国风诗篇，那么大范围的地域上的诗篇，押韵一致，语词上也没有方言的区别，怎么可能呢？这就是他们“想不通”的了。何休《公羊解诂·宣公十五年》说采诗官员上报诗篇的过程是“乡移于邑，邑移于国，国以闻于天子”，班固《汉书·食货志》说采诗上报是“献之大师，比其音律”。其间在各级专职专业人员之间有好多次的倒手，最后还要“大师”来“比其音律”。大师是当时顶级专业的乐官，“比其音律”是干什么？就是作最后的艺术加工，然后才演奏给当权者听。韵律不齐整，以及方言现象，早就给抹掉了。“十五国”的地域虽大，语言千差万别，可是采诗的官员却是同一批人哪！

第二点，《小雅》中也有“风诗”。这一点可能大家不注意，或不去这样想。大小《雅》，大家都以为是王朝的歌乐，怎么还有“风”呢？就被采集而来这一点说，的确有风诗。举一个例子，《小雅·蓼莪》篇，写一位孝子被国家征调在外服役，结果爹妈全死了没人管。描写如此悲惨事件的篇章，与其他为王朝典礼制作的大小《雅》篇章相比，有天壤之别。若没有人加以采集甚或“报告文学”的写作，孝子的哀哀歌哭，怎么会播之管弦并最终被保存到《小雅》里？而《小雅》中像风诗的篇章又确实不是仅见。

这又引发了第三点，“采诗观风”的制度可能西周早期就有了，但“采诗观风”的高潮却很可能是在西周后期王朝衰落时期。为什么这样说？看十五国风，可以确信为早期的篇章实在不多，可“风衰俗怨”的篇章比比皆是。上面提到的《小雅·小弁》就是西周晚期的诗篇，由于这首诗出现了《邶风·谷风》一样的句子，也可以说《谷风》的采集加工时代也在西周后期。这只是一个例子。《国语·周语》，里面有一篇西周晚期重要的谈话，就是召穆公谏厉王弭谤，说的是防民之口甚于防川的道理。而且就在那个时期，周厉王被国人轰走。然而，国人在推翻周厉王的暴政后，却不想改朝换代，还是让厉王的儿子做新王。我想，国人轰走厉王的背后，一定有着一些大贵族家族势力的鼓动。这些贵族之家是既得利益者，不想改朝换代的其实是他们。可是当时的贵族大家族势力与周厉王的矛盾很尖锐。所以像召穆公这样提出“防民之口甚于防川”的贵族，鼓动采诗活动以对抗厉王，是很可能的。果然如此的话，就可以解释为什么“十五国风”中衰世之作很多了。

【华一欣】您的意思是，第一，采诗活动应该是有的。第二，采诗不一定都采的是现成的民间歌唱，有的作品应该就是采诗官的加工，他们都是专业人员，有这个能力。第三，根据现存作品看，采诗的活跃期应该在西周后期。我有一个疑问：早在距今三千年左右的时期，王朝就懂得倾听民意，采集他们的声音，是不是有点“超常”啊？

【李　山】你这一问，倒提醒了我！王朝为什么要主动派专门人员到民间采诗？这不是说当权者就愿意倾听小民的呼声，实在是因为他们有所敬畏。敬畏什么呢？这需要从当时的一种政治思想即所谓“敬天保民”的民本主义观念来理解。

在商周交替的前后若干年，古代思想曾经发生过一次剧烈的变革，那就是天命信仰的变革。新的天命论观念认为，历史的兴衰，王朝的更迭，是上天意志的体现。夏王朝何以被商王朝取代？商王朝又何以被弱小的周人灭掉？周人提出的天命观念认为，这是上天发威的结果。那么，老天又根据什么把政权从夏人手里拿回来交给商人，之后又夺商人的政权交给周人？标准只有一个，那就是民心民意，谁对民众好，就获得民心，民意向着谁，就把大权交给谁。对民众好，就是“德”。那上天又如何判断一个王朝对民众好不好呢？只有一条，那就是民众的呼声，上天是从民众的声音中判断政治的美恶，从而决定护佑哪个政权的。这就与前面谈“国风”说到的《尚书·泰誓中》中的话联系起来了，“天听自我民听”！既然民众的呼声是上天的决定标准，那么王朝就更得重视了，观国风可以“知得失，自考正”（《汉书·艺文志》），就是要赶在上天对本政权彻底不满，决定拿走权力之前听取民意，自觉而主动地改正错误，善待小民，这样就可以避免大权被夺走的风险。所以说，王朝所以设专人“采诗观风”就是出自对上天意志的敬畏。

【华一欣】原来如此！一种文学的现实，是出于一种思想观念的影响。

【李　山】是的。研究文学史，应当首先从一个时代的思想观念入手，文学史的生成乃至前后联系等许多问题，才可以获得合理的解释和说明。

【华一欣】很有意思的说法！

【李　山】我之前说过“采诗观风”的问题还需要研究，因为到现在还没有取得共识。刚才所说，是我个人的一点想法。说到这，有必要补充几句。如前所说，前人对“采诗观风”是有怀疑的。除了上面所说之外，还有人质疑：西周王朝封建的邦国很多，为什么只有“十五国”？这个问题就我而言，还没有很好的解答。但是，“十五国”的地域，从西周后期到春秋早中期，是历史最活跃的地带，齐、晋、郑、卫，莫不是这个地域上的诸侯国家。相反，像燕国，从西周中后期一直到战国早期这么长的时间，都颇为沉寂。若是西周后期采诗进入高潮期的话，没有“风”，倒也正常。另外，鲁国也无“风”。对此的解释，第一，鲁国无“风”,却有“颂”,前面说过,《鲁颂》的格调像“雅”,有的还像“风”,与《周颂》作品相去甚远。是不是后人把这些鲁国的诗篇全都标目为“雅”,因而鲁就无“风”了呢？第二，可能与后来传播《诗经》的主要是儒家有关。像《齐风》那几首写文姜与其兄长之间那点子糗事的诗篇，受害的是鲁国人,应该是鲁国人的讽刺篇章才对,可是却见诸《齐风》。我想,没准就是鲁国儒生的编排，因为那样的事情太难堪，就放到齐国的风诗中去了。总之，政治军事的活跃，与文化活动的活跃是同步的。采诗活动的高潮，从西周末年一直延续到齐桓公争霸的时候。这是一点补充。

“雅颂”中的四重精神和谐

【华一欣】您对“采诗观风”的说法确实与一般说法不同，听起来也很有趣，还可以启发思考。接下来就请您谈谈“雅颂”部分吧！

【李　山】好的。有一点应该先说明,就是对《诗经》的“雅颂”部分,在近百年很长一段时间里，人们是轻视的。有位学者说过，“雅颂”就是拍马（鲁迅《文学上的折扣》)。在很长时间这话有代表性，代表着人们对“雅颂”的看法。所以过去的一些《诗经》选本,重点都在国风里,选得分量差不多了，再选几首“雅颂”意思意思，免得人家说不全面，就行了。“雅颂”中的确有不少的“拍马”内容,特别是那些颂扬的篇章。但是,这不能成为人们忽视它们的理由。我们民族一些根深蒂固的东西,都需要通过研究这些作品来获得深入了解。在这一点上，且不说那些好的“雅颂”作品，就是那些所谓的“拍马”的，也都是重要而珍贵的材料。《诗经》不但是文学的经典，还是文化的经典。了解本民族精神发展的历程，忽略了“雅颂”，因为谁说过什么“拍马”或者“贵族文学”之类，就不重视它们，就太糟糕了。

【华一欣】过去确实有您所说的那种倾向。但是，近一二十年来，对“雅颂”的关注也多了起来。就说您吧，您的一些研究著作，例如《诗经的文化精神》，还有您在《文学遗产》上发表的《〈诗·大雅〉若干诗篇图赞说及由此发现的〈雅〉、〈颂〉间部分对应》，不都是在“雅颂”问题上下功夫吗？

【李　山】是的。其他许多学者在这方面也都做了不少工作。最近我在写关于西周文化精神演变的书稿时，对《诗经》“雅颂”的内涵又有了一些新的体会。

【华一欣】愿闻其详！

【李　山】《诗经》是我们这个文化人群早期精神历程的记录。就“雅颂”而言，这些作品记录了一个文化人群在那个时代所获得的精神和谐之道。概括地说，有这么四条：

第一方面，族群之间的和谐。在论述之前，我先提一个问题：为什么打开《诗经》第一篇就是《关雎》？

说族群之间的和谐，什么意思呢？据说当年夏王朝建立政权后，禹在涂山举行一次诸侯大会，与会者有万国；商汤建国后，三千诸侯大会；周武王灭商时，据说曾在孟津大会，“不期而会”的诸侯就有八百，加上那些“期而会”的，也就是那些受邀请的，总数总得在一千七八百吧。那时候怎么有那么多的“国”呢？对此，早就有古史学者给出了回答：那时候一个族，就是一个国。有自己的姓，有自己的族长，有自己的居住地域和信仰的神灵，就是一个国、一个政权。我们的文明是在黄河、辽河、江汉等大河流域建立的，地域辽阔，人群众多。这些人群，地域不同，来历不同，乃至宗教信仰、生活习俗，甚至语言都各不相同。大家知道，夏代开始中国进入了王朝时代，也就是进入了“文明的国家时代”，可是一个中心王朝的建立，一定就意味着这样广大地域上的众多人群真正走向了一统，特别是在文化上的一统吗？还差得远着呢！所以从夏代开始，服从的，王朝自然要统御，不服从的呢？——征服。所以《尚书》记载从夏代起，就开始了强者对弱小者“剿绝其命”的征战。殷商照旧，且变本加厉。前辈学者研究甲骨文，发现殷商经常对十几个方国，就是一些非殷商直属的地域人群政权进行征伐。殷墟发现的那些被砍杀殉葬或当了人祭的大量尸骨，大多数就来自被殷商武力征伐的方国。王朝虽然建立，发展到商王朝也很强大，但是，相信武力可以包打一切的强大王朝，是没有办法真正达致众多人群在精神观念层次的聚合的。方法上就不对头！周武王灭商时，那八百不期而会的诸侯就是例证。

要知道，在历史上，一个民族的形成，是要有过程和条件的。自然武力征服有其作用，然而单单靠武力绝对不成。殷商势力太强大，糟糕的是他们自恃武力，征伐为上。这样抟和人群，与战争征服南辕北辙。中华民族真正初具规模，要到周代封建制度实施之后。周族群战胜殷商时势力相当弱小，据专家推测，最多也就七八万、十来万人口，所以他们要联合其他弱小族群。也正因为周人自知实力不足，所以在战胜殷商王朝后，马上向天下人宣布“求懿德”的政治大方向，周初的诗篇《周颂·时迈》说：“我求懿德，肆于时夏。”这首诗有开国纲领的意思，宣布将在天下的范围内，对所有人实施德政。具体的表现就是封建，周的自己人封建了五十多个邦国诸侯，异姓也被封建，像黄帝、尧、舜的后裔，都得到一块土地，甚至殷商遗民也有一部分封建到宋国去。林林总总的人群就这样安定下来。

单是安定下来还不成，还得处理好周人群体和众多人族群的关系。怎么处理？当时人都相信有血缘关系的人才亲，那好，周初的政治家就利用这种普遍的社会意识，和广泛地域众多异姓族群的贵族通婚。文献记载姬姓贵族之间同姓百代都不能通婚。与此相应，姬姓贵族一定要和异姓贵族之女结婚。贵族之间和睦的婚姻关系的建立与否，是王朝能不能联合众多异姓贵族的关键。文献上讲，周道“亲亲”而“尊尊”。“亲亲”，实际是“尊尊”的基础。大家都是一家人，大家是亲戚，才能论辈序齿，讲究上下尊卑关系。按照王国维《殷周制度论》里的话说，这就是一个“道德团体”，这对后来中国文化的影响至为深远。正因如此，婚姻关系的缔结，就成为一件至关重要的大事。按照《礼记》的话说，婚姻可以“合二姓之好”、“附远厚别”，说白了，就是婚姻可以把不相干的人群联系在一起。中国有句老话：“姑表亲，辈辈亲，砸断骨头连着筋。”说的就是姻亲的牢固。又说“一表三千里”，说的是姻亲的广泛。《左传》等文献记载东周的王见了同姓诸侯称“叔父”、“伯父”，见了异姓诸侯称“舅父”，表现的就是姻亲的广泛。周礼意义下的重视婚姻，其要点在“二姓”，而非“两性”。这也是应该注意的。

明白了这一点，就可以回答话题一开始的问题了，就是为什么《诗经》开篇就是《关雎》。因为它是一首关于婚姻关系缔结的诗篇，就是说这首诗的题材，是婚姻的歌唱。

【华一欣】李老师，您说《关雎》是婚姻题材的诗，可是我读到一些讲《诗经》的书，不论是选本还是全本，乃至中学课本，都说是一首爱情诗。您说它是婚姻诗，根据是什么呢？

【李　山】这就是我下面要说的。是的，通行的看法都说这首诗是“爱情诗”，可爱情诗是这样写的吗？“关关雎鸠，在河之洲。窈窕淑女，君子好逑”，淑女、君子都是第三人称，翻译一下就是，美好的淑女，是君子的好配偶啊！有这样写爱情诗的吗？人称形式就不对啊！当然还有其他理由，读者可以看具体对诗篇的解释。所以说，它不是爱情诗，准确地说是“恩情”诗，是强调婚姻关系内夫妻之间的恩爱情深。这也是“爱情”，是有限定的爱情。准确地说就是恩情。爱情是生命意义上的，谁爱上谁，没准儿；一个人什么时候有了爱情，也是不期然而至；举个外国的例子，德国诗人歌德都八十岁了，还爱上了一位十八岁的姑娘呢！恩情不同，强调的是夫妻关系的和睦，又有固定的对象，是伦理意义上的。然而，恩爱的夫妻，你喜欢我我喜欢你，“相看两不厌”，一直到白头的婚姻，也实在难得。一男一女，婚是结了，过得好不好可就是另一回事了。随意离婚在古代又是不受欢迎的，所以好过、歹过都得过。婚姻不论对男对女，都是个命。诗人懂得这个道理，所以祝愿被婚姻连在一起的男女鹣鲽情深，是美好的祝愿。

然而，如前所说，建立王朝的周人太有必要和天下的异姓族群建立“亲亲”联系了，所以，婚姻的缔结固然重要，《仪礼》等文献记载有所谓的“六礼”，而婚后亲家之间的关系好不好，也就是姬姓贵族与异姓贵族之间的关系好不好，婚姻生活的和美与否就更重要了。所以我相信诗篇祝福夫妻恩情，也相信祝福的诗被放在《诗经》开篇，有这样的社会背景。有学者根据《礼记 · 郊特牲》所谓“昏（婚）礼不用乐”，就否定这是一首婚礼乐歌，是糊涂的见解。一般人家结婚和王室、诸侯的婚礼本就不同。《礼记》是战国儒家文献，儒家又主要是东方人；时间上距西周中晚期也已经有数百年的间隔了；地域性的差别同样不小。《诗经》的“二南”表现婚姻缔结题材的诗篇又不单《关雎》一篇，《桃夭》、《鹊巢》等都是，若婚礼上不用乐歌，哪来许多这样的篇章！

总而言之，《关雎》等婚姻典礼的乐歌表达是一种社会和谐的祈望，那就是男女之间的恩情。而深厚的恩情，对于凝聚天下的“道德团体”实在重要。所以，我们也看到，在周代的一些其他典礼上，《关雎》作为“乡乐”就被排在开头演奏。就是说，它被排在《诗经》的开篇，要早于《诗经》这本书编纂，编纂《诗经》的人是参照了它作为典礼乐歌的固有次序的。

【华一欣】您所说的第一个和谐就是周贵族用缔结婚姻的方式凝聚众多异姓族群，所以才有《关雎》的特别受重视，被排在《诗经》第一。是这意思吧？

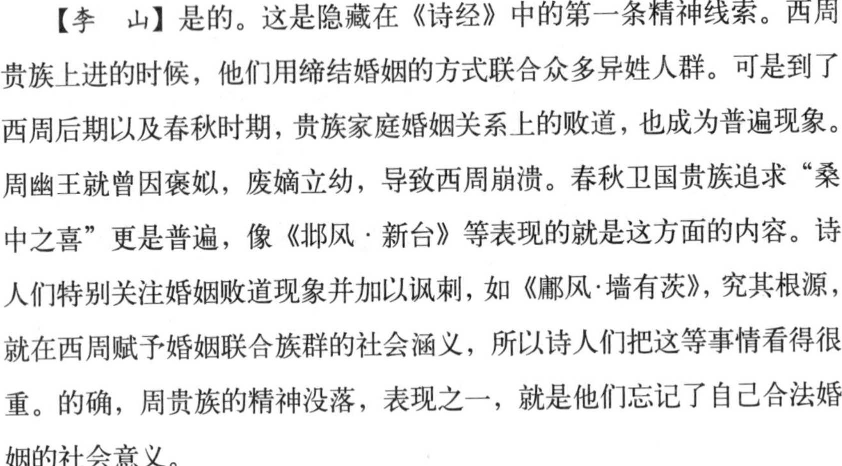

【李　山】是的。这是隐藏在《诗经》中的第一条精神线索。西周贵族上进的时候，他们用缔结婚姻的方式联合众多异姓人群。可是到了西周后期以及春秋时期，贵族家庭婚姻关系上的败道，也成为普遍现象。周幽王就曾因褒姒，废嫡立幼，导致西周崩溃。春秋卫国贵族追求“桑中之喜”更是普遍，像《邶风 · 新台》等表现的就是这方面的内容。诗人们特别关注婚姻败道现象并加以讽刺，如《鄘风·墙有茨》，究其根源，就在西周赋予婚姻联合族群的社会涵义，所以诗人们把这等事情看得很重。的确，周贵族的精神没落，表现之一，就是他们忘记了自己合法婚姻的社会意义。

【华一欣】这样一说，就可以把西周的《关雎》等婚姻题材篇章，与《国风》中春秋时期的众多的表现家庭关系破裂、弱女子被抛弃的婚变篇章联系在一起观察了。原来它们可以用一条精神线索来观察，一头是上进的，一头是没落的，相映成趣。历史的变化自在其中。是吧？

【李　山】是的！

【华一欣】那么，第二条精神线索呢？

【李　山】第二就是上下之和。任何社会都有等级分别，都有上下关系，统治被统治、领导被领导的关系，弄好了大家各安其位，齐心协力；弄不好，一个人一个心思，一盘散沙，谁也不服谁，社会缺少公平正义，乱作一团。

周人自然也懂得这一点，而且周人要搞好上下关系还有特殊原因。什么特殊原因？这也得从封建说。刚才说过，周家封建十来万人，分出五十五个诸侯国家，就是十万人，被五十五一除，一个诸侯国才合多少人，两千人都不到啊！一个诸侯国，例如鲁国，一共两千人的周人群体，从当时的宗周就是今天的陕西来到遥远的山东泰山以南，在土著居民众多的地方去选一块要地，筑城围墙，就是一个“国”，“国”周围划出一片土地就是郊，“郊”之外就是“野”了。而“野”的范围就是广大的土著居民所在。一两千人建立镇抚泰山以南百里范围的诸侯国，深处“野”之人群的包围之中，内部不精诚团结，不被淹没那真是侥幸了！人群的文化精神是历史中的现实生活磨练造就出来的。

这种内部和谐的需要，促使着古代君主的上下关系与秦汉以后有很大不同。举一个大家都熟悉的例子：曹刿论战。鲁国要和齐国打仗，一个非“肉食”者，也就是一介平民，有话要对君主说，居然就能见到君主，庶人能够干预国家大事，这在后来的王朝谁见过！早期的儒家对君臣关系有一个比喻：民与君是四体和心脏大脑的关系；到了战国后期，大国兼并小国，兼并得差不多了，王朝要建立了。这时，荀子这位后期儒者对君臣关系又有了新的比喻：君民如水与舟，可载可沉。舟离了水还是舟，水离了舟还是水，可四肢离了心脏，离了首脑，还是四肢吗？反之亦然。两个文学的比喻，映现的是不同时期的君民关系、上下关系。

简单地说，西周封邦建国，诸侯国的周人群体人数少，国郊之外的“野”的压力威胁又大，所以内部必须团结。那么，周人用什么办法来维系、促进和表现内部的和谐呢？方式之一，就是宴饮，因而《诗经》里的宴饮诗篇也多。

全人类都吃饭，但是把吃饭这样的事情搞出那样多礼节花样的，我看，惟古代周人为最。周人关于吃饭的礼数颇多。有乡一级的饮酒礼，称“乡饮酒礼”，也有贵族的高级饮酒礼，称“飨礼”；一般节日族群内要饮酒，招待宾客也要饮酒；耕种典礼时要宴飨，祭祖之后要行饮酒礼，射箭典礼之后也要行饮酒礼等。

在一般的饮酒礼中，主人要敬宾，宾要回敬主人，然后主人自饮，三个步骤，称“一献之礼”。平时可能你是大夫，我是士，你身份高，我身份低，但是在饮酒礼上，一来一往是平等的。而且，在一般性的饮酒礼中，还是序齿的，就是不按身份贵贱，而是按年纪大小论敬酒次序。饮酒礼要的就是这一点，一起吃饭，消除上下隔阂，恢复一种基本的人际关联——大家是亲人，是共同利益的分享者，这是最根本的。官身高低，是出于社会需要，不该因而忘掉那最基本的一点。有时君主参加宴飨，礼节就麻烦一点，要设立一个侑（也作宥）者，代替君主与大家杯酒酬酢。说你既然是君主，身份尊贵，不参加与一般臣属的宴飨不行吗？不行，论根本，他也是人群中的一员，他参加宴饮，就表明这一点。可是，据说是出于臣民不愿意与君主平起平坐的考虑，所以要有人代替他一下，以示对君主的尊重。这就是宴饮典礼的精神价值，每一次成功的宴饮，实际是在恢复着人群被忘记基本的关联：大家是一群人。这样的精神也贯穿其他典礼，例如春耕时的亲耕大典，君主亲自下地，耕种几下，以示他和万民的一致。再如大蒐礼，周王穿上和大家一样的鹿皮衣服，一起追逐猎物等等，都是回复传统精神联系的仪式。只不过以宴饮典礼最突出罢了。

平日的社会生活，是要讲究差别，讲究上下尊卑的，但是，这样久了，要生分，要离心离德，而饮酒的典礼就是要消除分别，同心同德。《礼记·乐记》对此有很好的阐明，我念几句：

> 乐者为同，礼者为异。同则相亲，异则相敬，乐胜则流，礼胜则离。合情饰貌者，礼乐之事也。礼义立，则贵贱等矣；乐文同，则上下和矣。

文字中“礼”代表社会差异、分别，“乐”则代表超越分别之上的精神联系和同一。典礼都是有规矩的，可是典礼的最终目标是人群和谐。“乐胜则流，礼胜则离”，说得多精彩，偏于“礼”和偏于“乐”，都不行，既讲差别，又讲同一，才是积极的、有生命力的。这就是第二条线索。

【华一欣】啊！这里有中国式样的社会和谐观啊！

【李　山】是的。这又很容易使人想到另外一个词：阶级斗争。这个概念来自西方。在古代西方，例如古希腊和古罗马，却是有阶级之间的争斗，那即是平民阶级不断地向贵族争取权益，有时也很激烈甚至暴力，但与后来的“暴力革命”还有分别。在古代西方，公民权的概念很清楚，民众也很自觉。有公民权的是贵族，没有公民权的大部分属于平民，可是希腊、罗马社会的贵族又不能没有平民为他们做事，平民也很清楚这一点，于是平民就利用各种做事的机会，争取公民权益。这就是古代的阶级斗争。反观古代中国，像西周的封建所形成的邦国社会，诸侯国内若是整天出现上层和下层的斗争，那就给被周人占领土地上的土著、也就是“野人”以机会。特定的历史决定了中国古代的上下之间，要多促进和谐，上层要照顾下层利益。表现在文化上就是要用礼乐宴饮等文化活动的方式消除内部的分离倾向。

【华一欣】这一点好像对后世中国人的社会生活观念有很久远的影响，一直到今天？

【李　山】是的。有一句俗话：“三岁看大，七岁看老。”西周文化就是我们民族文化的成型期。读懂了《诗经》的精神内涵，对了解我们自己是谁，有很大帮助。这也是读经典的意义。也是《诗经》作为一部文化经典的意义，它不单是文学。这不是说我就觉得这一切最好。我只是努力讲明事实，这是学者的责任。

【华一欣】听了您这些说法，我的思路也活跃起来啦！那么，下一条呢？

【李　山】第三条精神线索就是家国之和。《诗经》大小《雅》特别是《小雅》，有许多的战争诗篇，在《小雅》、《国风》中还有不少思念出差行役在外的家人的篇章。为什么有这些篇章呢？一言以蔽之，抚慰（主要是《雅》）或同情（主要是《风》）那些为国家出力而牺牲了小家利益者的心灵。任何一个社会都有基本的单位，他们组成社会的共同体。这就有“家”和“国”之间的关系。任何国家都有边防，公共领域的工作要由个体承担完成。像周代，《诗经》所反映的边患主要是西北的猃狁和东南的淮夷。要打仗，劳役的事情也就多，许多的小家成员就要为国家外出，于是就出现一个矛盾，用老话说就是“忠孝不得两全”的冲突，而且弄不好就是悲剧性的冲突。要化解这种伦理冲突，周人的办法，见诸诗篇，就是用隆重的典礼以及歌唱来承认社会成员为国家做出的牺牲，以情感的方式抚平小家受伤的心理。人心都是肉长的，当国家用典礼方式颂扬着为国家牺牲小家的人们时，实际是在用精神的方式消除“忠孝不得两全”的悲剧性冲突，使其不要发展到毁灭地步。这就是“礼乐”文明的精神取向。在古代希腊，人们擅长演出悲剧，以此来净化心灵。可是在周代礼乐文明社会，家国之间的伦理冲突，却是一个尽力要消解的对象。

然而到了西周晚期，就出现了王朝只顾国家而不管个人家庭死活的情况，“孝子不得终养”的恶性事件就出现了。这就是前面提到的《小雅·蓼莪》篇所暴露的事。一个孝子在外长期服役，致使家中父母无人照料双双亡故。王政如此，那可真是“王室如燬”，王朝社会破败的噩耗嚓嚓作响了！

【华一欣】古人有所谓“变风变雅”之说，听您这样一讲，我就知道是怎么“变”的了。

【李　山】是的。《诗经》三百篇以周代礼乐文明为土壤，以一个整体精神制品，映现了一个时代的盛衰，盛的时候是精神原则建构，衰落（也就是“变风变雅”）时则是对固有精神原则的败坏，同时也有一些有识之士对传统原则的坚持与高扬。

【华一欣】好。那么，说说最后一条精神线索吧！

【李　山】第四条精神线索，就是《诗经》农事诗篇表达的人和自然的关系，是最初始的“天人合一”的关联。

【华一欣】哦？“天人合一”的精神原则隐藏在《诗经》中吗？

【李　山】是的。具体说是隐含在《诗经》的那些农事诗篇中。农事诗篇既见于《周颂》和《小雅》,也见于《豳风·七月》。在此就以《七月》为例子来说吧。这首诗一共八十一句,句子中的时间词就有四十多个。这些时间词参差错落地组成一个时间回环，周而复始，年复一年。表达出变动不息、周流不已的世界观，是中国人世界观、宇宙观的萌芽。一般认为表达中国人世界观、宇宙观的是《易传》，那么，《易传》的观念又从哪儿来？从占卜的巫术活动、巫术心理吗？不是。它源于农耕文化的实践。诗篇叙述一年的农桑狩猎，一方面是时光流转，一方面是有条不紊的劳作，然而就笔法言，描述时令光景流转很惜墨，述说劳作进行也很简洁，诗人更倾意于将人事、自然两方面拧成一股绳来表现：人们应和着世界的节律，在流转时光的旋律中辛勤而老练地劳作着。这样的笔法，形成诗篇特有的大韵律，也是诗篇的大美之处。诗篇表达的是一种颇为成熟的文化经验，表现出的是农耕文化人群对人与自然关系的深刻把握和自信。

还有，在《诗经》的所有农事诗篇中，表现人从大自然中获得生活的资料，但是，从没有出现农耕劳作是追求“财富”这样的观念。这一点，在古希腊赫西俄德的《工作与时日》中却是有的，而且十分清晰。那也是一首农事诗篇，篇幅要长很多，而且是教训体。劳动带来财富，贫穷意味耻辱，是赫希俄德用来告诫弟弟的至理名言。要知道，当把劳作当作获取财富的手段时，人与自然的关系就变了，自然就变成了人类征服攫取的一个对象。《诗经》的农事诗篇没有这样的变化，诗篇充溢的是瓜果的清香，描述的是禾苗的蓬勃，收获时场圃的堆堆垛垛，以及祭祀祖先食物的的馨香。这些诗篇中映现的人与自然关系，是人类依偎于大自然母亲怀抱的关系，流露出的是人子吸吮大自然母亲乳汁的充满温情的意象。《周易 · 系辞下》说“天地之大德曰生”，实际就是对这样的农耕情感的概括。儒家解释《周易》的卦象时，实际把从农耕实践得来的观念掺入其中了。

从古希腊的农事诗篇中就看到对自然所取的获取、征服的意向，与《诗经》的诗篇大异其趣，这实在令人惊讶。到底是什么导致了这种中西差异，是很值得继续研究的。不过，话说回来，《诗经》农事诗篇中对大自然乃至世界本质的认识，对后来的中国思想有深刻而广泛的影响，也是不言而喻的。

【华一欣】一般说“天人合一”的思想，正像您刚才说的，是《易传》提出的，此外，大力宣扬这一思想的还有阴阳五行的学者们。这该如何解释呢？

【李　山】文化的经验犹如农民种出的大豆，可以磨成豆腐，也可以榨出油脂啊！后来的儒家，还有各路的思想者，可以从最基本的文化经验中提炼出很多思想性的东西。

《诗经》与礼乐文明

【华一欣】好，四大线索我听明白了。《诗经》作为一部文学的、文化的经典，实际含有四大精神线索：族群之和，上下之和，家国之和还有人与自然的和谐。也正因此，它是民族文化的经典，是这样的吧？

【李　山】没错。是文学的，也是文化的。

【华一欣】说到文化，您刚才说到西周“礼乐文明”。我还想问一问，如何理解“礼乐文明”，如何理解《诗经》是“礼乐文明”的一个有机部分？

【李　山】刚才讲过，正因为那几大精神线索，其实是维系一个国家一个时代生存的生命线，所以当时人们不断靠着典礼来弹奏它们，提醒自己的社会成员不要忘怀这些生死攸关的精神原则，所以宴饮的歌唱反复提倡“令德令仪”，婚礼的歌唱反复提倡夫妻情深，等等。礼乐说起来是一套典礼，典礼都是对生活意义的强调和宣示，那经由什么来宣示典礼的生活意义呢？主要靠的是歌唱。所以，我一开始就说：《诗经》

三百篇是礼乐文明的精神花朵。

“礼乐”作为一个完整的概念最早是由孔子提出的。孔子说“礼乐征伐”，就是文武两大面。文的这一面，孔子还说：“周监于二代，郁郁乎文哉！吾从周。”孔子是殷商后裔，但在文化上却“从周”，说明周文化较诸夏商，确实有长足的发展。所以他把周文化定义为“礼乐”，至于夏商则没见他这样说。

至于礼乐文明的含义，有许多特点，择要而谈，有以下几点。第一，它是珍惜生命的，代表着文明进步。举一个造房子的例子吧，到过殷墟或看过这方面书的人都知道，殷商人建造房屋，房基夯土时是要把小孩子或者大人埋在下面夯实的，门的地下、里外也都杀人守门，大概是防范鬼神吧。这样的不良习俗从仰韶文化之前就有了，到殷商可谓发展至极。到过殷墟的人，面对发掘出的那样多死于非命的白骨，都会有阴森的感受。可是后代盖房子，唯恐房屋下面留有死人尸骨，把这些东西看做“不干净”。这后来的习惯，应该是从周人开始的。周人建国后，反对殷商那种恶习。考古这么多年也没有发现过哪处可以确定的周人宗庙或宫殿遗址有活人奠基、守门的现象。这就是进步，更珍惜生命。那么，周人盖房子是不是就没有相应的礼仪了呢？有。他们的礼仪不杀人，而是唱诗歌的。《小雅·斯干》：“秩秩斯干，幽幽南山。如竹苞矣，如松茂矣。兄及弟矣，式相好矣，无相犹矣！”优美的诗句，美好的祝愿。靠着杀人来坚固房屋、防范鬼神的时代，是唱不出这样美好的诗句的，因为他们还处于鬼魅缠身的精神境地。

这就是礼乐代表历史进步的例子。

还有，礼乐文明传达的是人间情怀。《礼记》说，礼是圣人耕种人情之田的产品。说得真好！《诗经》不论是大小《雅》，还是《国风》，歌唱的都是人间的真善美，反对的也是人间的一切邪恶和错误。印度有一本古代诗歌《薄伽梵歌》，那里宣扬的是什么，说人要与至上神相亲近，必须斩断人间的一切情缘，包括亲戚关系，哪怕是很近的亲戚关系。这就是出世情怀的。在《圣经》里，耶稣在耶路撒冷被捉拿的时候，看到了自己的生身母亲，耶稣当时怎么想的？见了母亲他也动情，但是他想：我的母亲不在人间，而在天上。这与中国的孝悌之道差了多远呢！《诗经》有祭祀诗篇，但主要是颂扬祖先的“德”，描写神如何如何，似乎不是诗人的兴趣。写了一位后稷吧，还是种地的，以神话的笔墨刻画他生而知之善之爱之的稼穑本事。用西方神话的标准看，连个“半神”可能也算不上。诗篇对祖先神的情感也是人间色彩的。这是中国文化的一大特点。举一个造佛像的例子说吧，佛教在印度是神圣的宗教，佛像很瘦，也很庄严，但是到了中国以后，先是在麦积山的佛像中出现很生活化的交头接耳的神像；再往后，弥勒佛像，简直就是邻居家老大爷！人间化倾向是我们接受外来文化的一个固有的槽子，什么外来的文化经过这一个槽子的压模就中国化了！

还有一点就是礼乐代表的和谐的追求。这一点，上面讲过的四大线索都是，不重复了。关于礼乐还可以说很多，我想以上是它的主要特点吧。这里，有一点很重要，我们前面说过，殷商人太重武力对其他人群的压服，这样造就不出一个民族，因为没有文化之功。礼乐文明的诞生，虽然始发于周贵族，但是，因为上述谈到的内容，礼乐文明确实是孔子所夸赞的“郁郁乎文哉”的，它珍惜生命，热爱生活，因而它是美好的。美好挡不住，魅力挡不住。所以它就有不胫而走，有化及群伦的伟大力量。民族的形成，实际就是建立在这样一个统一文化之上的。大家都乐于接受这种新型文化，“雅言”就确立了，大家都遵行的礼乐文明的新风俗就成立了，互相交往的共同的习惯也就有了。归结为一点，一个民族的雏形就基本定型了！这就是读《诗经》，从根源之处所审视到的我们自己！

历代研究成果

【华一欣】关于《诗经》，您确实有不少的自家见解。您是从事《诗经》研究和教学的专业人员，对于一般读者，怎样读《诗经》，应该读哪些相关的书籍，您能提供一点建议吗？

【李　山】好的。《诗经》的创作大约结束于春秋时期，之后就有孔子和儒家对它进行整理和解释。《孔子诗论》是较早的研究著作了吧！此后一直到今天，《诗经》的研究可大致划分为经学时代、理学时代、朴学时代和现代研究四个大的阶段。经学时代主要是两汉，魏晋到隋唐，也还属于经学时代的后续。理学时代主要指两宋，明代中后期开始进入朴学时代。近代以来就是现代的研究了。

经学时代是把《诗经》作为圣贤大法来看待的。简单说，在西汉，是今文经学（因经文是用当时通行的隶书写成，故称）的《诗经》传授占主流，西汉末开始古文经学（因经文用战国时期文字所写成，故称）的《诗经》传授逐渐占据主导地位。今文经学有三家：齐、鲁、韩。他们的阐述大部分亡佚了，清人王先谦做了辑佚，有《诗三家义集疏》一书传世。今文经学的《诗经》阐释特点，可以举一个汉人王式的例子。汉昭帝死了，立了一位昌邑王做皇帝，此人胡闹，被霍光废除掉了。霍光追究昌邑王身边经师教育失职的过责，追究到了经生王式，问他昌邑王胡闹，作为帝王的师傅，为何没有谏书加以劝阻。王式回答：《诗经》三百篇，篇篇是谏书，我还用再单独上疏劝谏皇帝做好人吗？这话讲出了今文《诗经》学者的治学特点：他们是把经典当做“谏书”来讲授的。就是说，今文家讲经典，是倾向于用经书中做人的道理法则来校正那些皇帝及其他权贵的。后汉的古文家传《诗》则大异其趣。这只消看一看《毛诗序》对《周南》各篇的概括就清楚了。《周南》中的第一篇《关雎》表现的是文王“后妃之德”，此后的若干篇，就各自表现的是文王后妃之德由上到下，由内而外、由近及远的传播感化的过程。十几篇《周南》之诗，俨然是周家“王道”教化天下的记录。很清楚，与西汉今文家说《诗》相比，古文家是把《诗经》看做教化民众的法宝的。治学精神的指向，幡然而变。随着古文家《诗》说的传续，今文家的著述逐渐就失传了。其间原因很多，权贵阶层不喜欢今文家“谏书”式的治《诗》，当是一个很重要的原因。古文家《诗经》学的集大成著作是《毛诗正义》，该书由四部分组成：一是“毛传”，是解释字句的；二是“毛序”，是概括篇章大旨的；三是“郑笺”，是东汉晚期郑玄对诗篇字句的新理解，有的是解释《毛传》，有的则是自出新意；四是“孔疏”，到唐初，不论是毛传还是郑笺，读者读起来也发生困难了，所以官方组织孔颖达等学者对汉代的旧说进行疏解，同时也把汉代以后的各种新说法都做了适当的吸收，疏解的原则是“疏不破注”，就是对序、传、笺三者分头解释，只求讲明各家说法，无所偏废。其成果就是《毛诗正义》，标志着汉代到唐经学发展的总结。

之所以说唐代还是经学的延续时代，是因为科举考试沿袭了汉代的规定，很强调经学传授关系的。汉代的规定，学生跟哪一家哪一派学经典，就考你哪一家哪一派的说法，答混了，对不起，讲得再好，算你错！唐代沿袭了这一惯例，大文豪韩愈那年参加科考的题目是“颜子不贰过论”，结果韩愈没有照政府规定的教本上的意思说，而是说了他自己的理解，他得到的结果就是回家接着练，不予录取。所以，经学时代，人们更多注意的是既有的说法，这就叫做“守师法、家法”。

可是经过了唐末五代大乱，经过佛学在中国的大发展，特别是禅宗“教外别传”、“非佛非圣”的反对死读经典的精神，都影响了当时的学术。到北宋，就有欧阳修站出来，用自己的眼睛、头脑和学识，重新从经典本书的一字一句的理解出发，阐释《诗经》。这样的方法，用他自己的话概括就是“据文求义”。管你什么《毛序》、《毛传》，根据自己对历史文化以及语言的理解，读着不合适，就推翻。这开了新风气，首先被怀疑、被指责的就是《毛序》，有人甚至说它是“村野妄人”弄出来的鬼话！两宋有“废序”潮流。

可是，也不要以为理学时代的《诗经》研究就彻底摆脱了经学认《诗经》为“圣贤大法”的大框子。理学基本没有逾越这一点。举个例子说吧。东汉的儒生解释《周南》，从开头的《关雎》，到最后的《麟之趾》，都解释为是对文王之德由内到外，由近及远普及的记录和体现。其根据，就是儒家“修齐治平”、“内圣外王”的大道理。照说“据文求义”，该对这样的成套之说有所改正吧？没有。原因是他们仍然相信儒家的“教化”说，而且他们也都自居为教化者。不但两宋的学者没有摆脱，就是到清代朴学兴盛时期的许多注解家，也都没有摆脱；至今“尊序”的“学者”也不罕见。

回到原来的话题，朱熹的《诗集传》总结北宋以来的研究，是两宋《诗经》研究的集大成之作。这本书，简明扼要，虽有理学家特有的气味，却不枝不蔓，平实雅致，颇适合读者。清代的著作考据性强，像马瑞辰《毛诗传笺通释》、陈奂《诗毛氏传疏》、方玉润《诗经原始》等都不错。最适于一般读者的可能要数《诗经原始》吧。

【华一欣】那么，现代的情况呢？

【李　山】现代人像王国维、郭沫若、朱自清、闻一多等都有《诗经》方面的研究文章，于省吾《泽螺居诗经新证》、孙作云《诗经与周代社会研究》、夏传才《诗经研究史概要》也都不错，只是都是论著。注释本较好或影响大的，如余冠英《诗经选》、高亨《诗经今注》、陈子展《诗经直解》、程俊英、蒋见元《诗经注析》、王宗石《诗经分类诠释》等，都各有特点。台湾同行林庆彰的《诗经》的经学研究；季旭升《诗经古义新证》运用青铜器金文解释《诗经》问题，颇多创获；屈万里《诗经简释》简明扼要，在当地流传较广。

读《诗经》不要有什么神秘感。记得我的老师曾经说过，读《诗经》如果自己能看懂的地方，就先不要看古代注释。免得陷入繁琐，免得被干扰。用心体会，可能是最好的办法，借助简要的注释，读懂偏难怪字，了解时代背景，剩余的就是用心体贴了。真正感觉到了作品的美好，读《诗经》才能持续下去。

学习《诗经》的推荐书目

【华一欣】李老师，听您介绍完《诗经》的内容、精神之后，假如作为一名中小学老师，想开始系统、深入地学习《诗经》，并在学习完之后，把《诗经》的内容和精神融入到课堂教学之中，您认为有哪些好的书籍值得推荐？

【李　山】仅就我个人学习《诗经》的经验来说，我认为作为研究，可供参考的书目如下：

1．韩婴．韩诗外传．北京：中华书局 1985 年版

2．司马迁．史记．北京：中华书局 1982 年版

3．班固．汉书．北京：中华书局 1982 年版

4．郑玄．礼记郑注．四部备要本．北京：中华书局 1936 年版

5．陆玑．毛诗草木鸟兽虫鱼疏．北京：中华书局 1985 年版

6．许谦．诗集传名物钞．台湾：台湾商务印书馆影印文渊阁四库全书本

7．陆德明．经典释文．北京：中华书局 1983 年版

8．毛亨传．郑玄笺．孔颖达疏．毛诗正义．北京：中华书局影印阮刻《十三经注疏》本

9．欧阳修．诗本义．通志堂本．江苏：广陵书社 2007 年版

10．王宗石．诗经分类诠释．长沙：湖南教育出版社 1993 年版

11. 苏辙．诗集传．台湾：台湾商务印书馆影印文渊阁四库全书本

12. 郑樵．诗辩妄．北京：北平朴社 1934 年版铅印本

13. 朱熹．诗集传．上海：上海古籍出版社 1958 年版

14. 王质．诗总闻．台湾：台湾商务印书馆影印文渊阁四库全书本

15. 吕祖谦．吕氏家塾读诗记．台湾：台湾商务印书馆影印文渊阁四库全本

16. 辅广．诗童子问．台湾：台湾商务印书馆影印文渊阁四库全书本

17. 严粲．诗缉．台湾：台湾商务印书馆影印文渊阁四库全书本

18. 王柏．诗疑．北京：北平朴社 1930 年版铅印本

19. 王应麟．诗地理考．北京：中华书局 2011 年版

20. 王应麟．困学纪闻．上海：上海古籍出版社 2008 年版

21. 刘瑾．诗传通释．台湾：台湾商务印书馆影印文渊阁四库全书本

22. 刘玉汝．诗缵绪．台湾：台湾商务印书馆影印文渊阁四库全书本

23. 季本．诗说解颐．台湾：台湾商务印书馆影印文渊阁四库全书本

24. 孙矿．孙月峰先生批评诗经．万历三十年天益山堂刻本

25. 朱谋玮．诗故．台湾：台湾商务印书馆影印文渊阁四库全书本

26. 何楷．诗经世本古义．台湾：台湾商务印书馆影印文渊阁四库全书本

27. 钱澄之．田间诗学．台湾：台湾商务印书馆影印文渊阁四库全书本

28. 王夫之．诗经稗疏．北京：中华书局 1964 年版

29. 惠周惕．诗说．台湾：台湾商务印书馆影印文渊阁四库全书本

30. 李光地．诗所．台湾：台湾商务印书馆影印文渊阁四库全书本

31. 姚际恒．诗经通论．北京：中华书局 1958 年版

32. 牛运震．诗志．空山堂全集本

33. 戴震 . 诗经补注 . 北京 : 中华书局 1991 年版
34. 戴震 . 毛郑诗考正 . 皇清经解本 . 上海 : 上海书店 1988 年版
35. 段玉裁 . 说文解字注 . 上海 : 上海古籍出版社 1981 年版
36. 段玉裁 . 诗经小学 . 道光乙酉抱经堂刊本
37. 孙希旦 . 礼记集解 . 北京 : 中华书局 1989 年版
38. 崔述 . 读风偶识 . 丛书集成初编本 . 北京 : 中华书局 2010 年版
39. 孙星衍 . 尚书今古文注疏 . 北京 : 中华书局 1986 年版
40. 牟庭 . 诗切 . 济南 : 齐鲁书社 1983 年版
41. 王引之 . 经传释词 . 南京 : 江苏古籍出版社 1985 年版
42. 王引之 . 经义述闻 . 南京 : 江苏古籍出版社 1985 年版
43. 陈寿祺、陈乔枞 . 三家诗遗说考 . 皇清经解续编本 . 上海 : 上海书店 1988 年版
44. 胡承珙 . 毛诗后笺 . 光绪十六年广雅书局刊本
45. 马瑞辰 . 毛诗传笺通释 . 北京 : 中华书局 1989 年版
46. 陈奂 . 诗毛氏传疏 . 北京 : 北京市中国书店 1984 年影印本
47. 魏源 . 诗古微 . 皇清经解续编本 . 上海 : 上海书店 1988 年版
48. 顾广誉 . 学诗详说 . 光绪三年刊本
49. 陈澧 . 东塾读诗录 . 中国学报本
50. 方玉润 . 诗经原始 . 北京 : 中华书局 1986 年版
51. 俞樾 . 群经平议 . 皇清经解续编本 . 上海 : 上海书店 1988 年版
52. 王运 . 毛诗补笺 . 光绪三十二年江西官书局刊本活字本
53. 陈启源 . 毛诗稽古编 . 皇清经解本 . 上海 : 上海书店 1988 年版
54. 王先谦 . 诗三家义集疏 . 北京 : 中华书局 1987 年版
55. 王国维 . 观堂集林 . 北京 : 中华书局 1959 年版
56. 吴生 . 诗义会通 .1927 年文学社刻本
57. 杨树达 . 积微居小学述林全编 . 上海 : 上海古籍出版社 2007

年版

58. 蒙文通．古族甄微．成都：巴蜀书社 1993 年版

59. 于省吾．泽螺居诗经新证．北京：中华书局 1982 年版

60. 朱东润．诗三百篇探故．上海：上海古籍出版社 1981 年版

61. 陈子展．诗经直解．上海：复旦大学出版社 1983 年版

62. 范紫登．诗经体注图考大全．台湾：光绪三十一年双和堂刊本

63. 陈立．白虎通疏证．北京：中华书局 1994 年版

64. 陈继揆．读风臆补．光绪六年述古堂刊本

65. 林义光．诗经通解．1930 年版铅印本

66. 闻一多．诗经新义．上海：三联书店 1982 年版

67. 闻一多．诗经通义．上海：三联书店 1982 年版

68. 闻一多．风诗类钞．上海：三联书店 1982 年版

69. 高亨．诗经今注．上海：上海古籍出版社 1980 年版

70. 杨伯峻．春秋左传注．北京：中华书局 1990 年版

71. 钱锺书．管锥编（第一册）．北京：中华书局 1986 年版

72. 孙作云．诗经与周代社会研究．北京：中华书局 1966 年版

73. 马承源编．上海博物馆藏战国楚竹书．上海：上海古籍出版社 2001 年版

74. 许倬云．西周史（增补二版）．北京：三联书店 2012 年版

75. 李山．诗经的文化精神．北京：东方出版社 1997 年版

76. 朱渊清．廖明春编．上博馆藏战国楚竹书研究．上海：上海书店出版社 2002 年版

作为原典研读，我推荐近现代《诗经》新注、新译本，其略目如下：

1. 许啸天．分类注解诗经．上海：上海群学社 1926 年版

2. 江荫香．国语注解诗经．上海：上海广益书局 1934 年版

3. 王云五．诗经选读．北京：商务印书馆 1937 年版

4. 王文英．诗经集注．上海：广益书局 1946 年版

5. 汪原放．诗经今译．上海：上海亚东书馆1951年版
6. 李长之．诗经试译．北京：古典文学出版社1956年版
7. 余冠英．诗经选．北京：人民文学出版社1956年版
8. 余冠英．诗经选译．北京：人民文学出版社1958年版
9. 赵浩如．诗经选译．上海：上海古籍出版社1980年版
10. 高亨．诗经今注．上海：上海古籍出版社1980年版
11. 蒋立甫．诗经选注．北京：北京出版社1981年版
12. 陈子展．诗经直解．上海：复旦大学出版社1983年版
13. 金启华．诗经全译．南京：江苏古籍出版社1984年版
14. 袁梅．诗经译注．济南：齐鲁书社1985年版
15. 程俊英．诗经译注．上海：上海古籍出版社1985年版
16. 王守谦、金秀珍．诗经评注．长春：东北师范大学出版社1989年版
17. 黄典诚．诗经通译新诠．上海：华东师范大学出版社1992年版
18. 王宗石．诗经分类诠释．长沙：湖南教育出版社1993年版
19. 程俊英、蒋见元．诗经注析．北京：中华书局1996年版
20. 雒江生．诗经通诂．西安：三秦出版社1998年版
21. 褚斌杰．诗经全注．北京：人民文学出版社1999年版
22. 扬之水．诗经别裁．南昌：江西教育出版社2000年版

《诗经》名篇解读

秦风·蒹葭

蒹葭苍苍，白露为霜。所谓伊人，在水一方。
溯洄从之，道阻且长。溯游从之，宛在水中央。
蒹葭凄凄，白露未晞。所谓伊人，在水之湄。
溯洄从之，道阻且跻。溯游从之，宛在水中坻。
蒹葭采采，白露未已。所谓伊人，在水之涘。
溯洄从之，道阻且右。溯游从之，宛在水中沚。

国风

周南

西周建国后，实行东西两都制，西都为宗周镐京，东都为成周雒邑。据载周公旦曾居成周，管理东南诸侯；召公奭则主宗周，负责镐京及南至江汉一带的方国事务。据《仪礼·燕礼》，饮酒礼演奏到《周南》、《召南》的《关雎》、《鹊巢》等诗篇时，称"歌乡乐"。由此可知，"二南"之诗都是东、西两都王畿境内的诗篇。东西两都之诗而以"周"、"召"相称，应与当初周公主东、召公主西有关。两者的界限是陕，即今天的河南陕县。所以称"南"，最早的说法是指"周人王化自北而南"，后来又有一种看法认为"南"是指南方乐调。考古显示，商王朝势力之所及，即已远达湖南、湖北、江西及至广东南部地区（深圳市南山区曾于2001年发掘出土过殷时期陶器、玉器、青铜器等文物，见香港《商报》主办《知识与命运》2001年10—11期《深圳南山惊现商时期墓葬遗址》一文）；周人也早在灭商之前即开始经营南方，至武王伐纣时更有南方部族歌舞参战。这样说来，两种说法是可以统一起来的，正因为周人在灭商之前就采取了对殷商迂回包围的策略联合南方诸侯，以致"三分天下而有其二"，那么，南方某些地区的的乐调被周人采用，也就是自然的。另据诗篇所表现的内容看，《周南》之诗，其显示的地域，北起黄河流域，南到汝水、江汉一带。终西周之世，经营南方是王朝反复进行的大事，周初器物《太保玉戈》即有“令太保省南国，帅（沿着）汉”的铭文，以后从昭、穆到厉、宣王各朝，都曾对东南淮夷人群大动干戈。而东西两都，金文显示，又都是经营、征伐南方的军事大本营。宗周、成周以南之地，正是南进的要路地带。正因如此，“二南”诗篇中出现了江汉、汝水一带一些地名，但是诗篇中的主人，都以周人或与周人相关的人为主，就是说，这些周人是随着王朝对东南的用兵而来到这一带活动的。当然，作为周家“乡乐”的《周南》、《召南》之诗还有另外一项主要的内容，就是有关婚姻妇德方面的歌唱。“二南”多婚姻方面的歌唱，而且特重妇德礼法。这方面的内容，深为孔子所赞。《孔丛子·记义》载孔子之言曰：“吾于《周南》、《召南》，见周道之所以盛也！”即当指那些表现着妇德礼法的诗篇而言。《周南》之诗，大多为西周时期作品，有些诗篇可能还是西周早期的篇章。《周南》十一篇，今选其六。

关　雎

关关雎鸠[①]，在河之洲。窈窕淑女[②]，君子好逑[③]。

【章旨】诗之首章。河洲关雎起兴。称“淑女”、称“君子”，是赞者之辞，《毛序》所谓“乐得淑女以配君子”。方玉润《诗经原始》：“此诗佳处，全在首四句，多少和平中正之音，细咏自见。”

【注释】①关关：状声词，关雎的叫声。雎鸠：又名王雎，一种食鱼的水鸟，状如凫鹥，扁嘴。古人认为此鸟雌雄感情深挚。②窈窕：联绵词，形容女子性情温柔、体态美好，用今天的话说，就是仪态高雅，有气质。淑女：德行美好的女子。③君子：男性贵族的通称，《诗经》中女子常称自己的丈夫为君子。逑：配偶。

参差荇菜[①]，左右流[②]之。窈窕淑女，寤寐[③]求之。

【章旨】诗之二章。以采摘荇菜喻君子求淑女之意。

【注释】①参差:长短不齐。荇菜:今名杏菜,又名水荷、金莲儿,生水中,叶圆形,浮在水面,花朵数瓣组成伞形,茎白可食,据说古代宗庙祭祀用此菜。②流：通摎，拔取。③寤寐：寤，醒着。寐，睡着。寤寐即不分睡着醒着的意思。

求之不得，寤寐思服[①]。悠哉[②]悠哉，辗转反侧[③]。

【章旨】诗之三章。求之不得故辗转反侧，求女之意更深一层。清姚际恒《诗经通论》:“通篇关键，在此一章。”

【注释】①思服:思为语助词。服，想念，放在心上。一说思、服同义，思念挂怀的意思。②悠哉：悠，思念深长。悠哉可以指夜的漫长，也可以指思绪的悠长。③辗转：翻来覆去。反侧：与辗转同义。

参差荇菜，左右采之。窈窕淑女，琴瑟友[①]之。

【章旨】诗之四章。以琴瑟和谐喻君子、淑女的德配，是婚后之情。文义至此一转。

【注释】①友：亲近。字形为手挽手，所以有亲近之义。

参差荇菜，左右芼[①]之。窈窕淑女，钟鼓乐[②]之。

【章旨】诗之五章。以钟鼓和鸣再申和谐之义。近人姚莽《二南解症》谓此诗有七胜：格局、运笔、文法、字法、造词、用韵、音节，云：“此诗擅上七胜，情文并茂，所以独有千古。”

【注释】①芼（mào）:择取。②乐之：使之愉悦的意思。

解析

据《论语》、《礼记》及《韩诗外传》等文献，孔子言《诗》特重《关雎》。近年出土的竹简《孔子诗论》对《关雎》篇则有如下的论述："《关雎》以色喻于礼。其四章则愈矣，以琴瑟之悦，拟好色之愿；以钟鼓之乐，□□□□好，反纳于礼，不亦能配乎？"文字虽有脱落，意思却还清楚：《关雎》之被孔子重视，即在其表达了"以色喻于礼"之义。在男女关系上，在"色"和"礼"之间，孔子更重视"礼"。竹简文字平实地告诉了人们孔子所以重视《关雎》的原因。"琴瑟之悦"即琴瑟和谐之意，以琴瑟的和谐比喻男女的和谐，正是"拟好色之愿"的意思；"好色"而"喻礼"（即知礼、重礼），男女才能成就好的婚姻。如此，"不亦能配乎"之"配"即婚配。《孔子诗论》间接地告诉人们：《关雎》是一首歌唱婚配的篇章。这从诗篇本身也可以读出。何以见得呢？首先它是贵族的，"君子"、"淑女"不会是庶人、野人的称呼，"琴瑟"、"钟鼓"也不是寻常百姓家所能用的。其次它是婚仪性的诗篇，诗既言"淑女"是"君子"的"好逑"，诗的口吻就既不是"君子"的，也不是"淑女"的，而是第三方即歌唱者的。"好逑"之好，是站在旁人的角度对眼前婚姻缔结的评价，用于婚礼中对新人的赞美，才是最恰切的。古人解释此诗每与所谓的"后妃之德"相攀扯，固然是对诗篇的曲解，今人好以爱情理解《关雎》，甚至有人说是"一个小伙子偷偷爱上了一个姑娘"，也不是对《关雎》的正读。读书要知人论世，知人论世就是要尊重古人，尊重古人的时代及其作品的实际。《关雎》是《诗经》的开卷之诗，编诗者所以将这首从时间上说未必最早的诗列于三百篇之冠，并不是由于它表达了"爱情"，而只是因为它歌唱了婚姻。诗中的"寤寐思服”，的确是一种爱，但在诗人看来，只是赞“君子”与“淑女”所以为“好逑”的理由。即是说，这种爱是以婚姻关系为前提的夫妻之爱即“恩情”，而不是“小伙子”与“姑娘”间“偷偷”的“爱情”。 所以准确地说，诗篇歌唱的是“恩情”，而不是今天所理解的“爱情”。那么，在诗人及《诗》的编定者眼里，婚姻关系的缔结，婚后的夫妻恩情为什么如此重要？《礼记》说，婚姻可以“合二姓之好”（《昏义》），婚姻可以“附远厚别”（《郊特牲》），一句话，因为婚姻中有政治。周王朝是姬姓一族对众多异姓族群的统治，借着婚姻关系与异族结成稳固的政治联盟，是王朝政治的重要方式。这正是诗人歌唱婚姻、《关雎》被排列在《诗经》之首的主要原因。诗中的雎鸠关关、荇菜参差，历来都认为系“起兴”之辞，起兴的作用在引起某种联想。虽然诗中琴瑟钟鼓才是婚礼中的实景，但起兴中平缓的河流、平远的沙洲以及和谐的鸟鸣，所引起人们的遐想，又使一首描写富贵人家婚庆的诗篇增添了几分朴素、清新的气息。又，此诗在分章上有分歧，有人作三章，也有作两章。《孔子诗论》明确地说到“其四章”，所以应从郑玄的分法，作五章，每章四句。

葛 覃

葛之覃兮①，施于中谷②，维③叶萋萋。黄鸟于飞④，集⑤于灌木，其鸣喈喈⑥。

【章旨】诗之首章。先以葛覃起兴。黄鸟之声，与萋萋之叶相映，春天光景，情意荡漾。

【注释】①葛（gé）：蔓生植物，今名葛藤，藤条纤维可以纺织成布，为衣服、鞋子布料，根块可以提炼葛粉，嫩叶可食。覃（tán）：延伸。②施（yì）：

蔓延。中谷：谷中，山谷之中。③维：指代词，其。④黄鸟：黄雀，状似麻雀，形体稍大。于：虚词，在《诗经》中，往往加在动词之前。⑤集：落。⑥喈喈：黄雀叫声，状声词，犹言“加、加”。

葛之覃兮，施于中谷，维叶莫莫[1]。是刈是濩[2]，为絺为绤[3]，服之无斁[4]。

【章旨】诗之二章。葛叶莫莫时，可以取葛为布。写女红之事，也是在表未来的妇德。牛运震《诗志》：“正写治葛，只‘是刈’二句。”又曰：“末句朴厚恬雅，一语中多少意思。”

【注释】①莫莫：枝叶茂密的样子。②刈：割。濩：煮。③絺（chī）：细葛布。绤（xì）：粗葛布。④斁（yì）：厌烦。

言告师氏[1]，言告言归[2]。薄汙我私[3]，薄澣我衣[4]。害[5]澣害否，归宁[6]父母。

【章旨】诗之三章。以归宁父母作结，表明妇德无亏。明张次仲《待轩诗记》：“即物赋景，即景赋事，即事赋情而作此诗。”牛运震《诗志》：“飞、集、鸣三项略一点逗，物色节候，宛然如画。”

【注释】①言：于是。师氏：周代贵族的未嫁女子，有专门教婚后“妇道”的老师，称师氏，又称姆。②归：女子出嫁称归。下一归字义同。③薄：与动词放在一起，有赶快做什么的意思。汙：同污，动词，去污的意思。私：私衣，即内衣。④澣（huàn）：同浣，洗涤。衣：外衣。⑤害（hé）：何。⑥归宁：回家探望父母。

解析

孔子曰："吾以《葛覃》得氏（祗）初之志，民性固然，见其类必欲返其本。夫葛之见（被）歌也，则以其叶萋之故也。"这段文字分见于《孔子诗论》第16和第24简，此处所引采取的是李学勤和廖名春两家的编连方法。其中"氏初"之"氏"释"祗"，为廖名春先生的解释，"祗初"即敬初重本的意思。孔子当年读此诗时曾为它的"祗初"之意所感动。那么，什么地方可以看出是敬初重本的意思呢？孔子说得明白，葛所以被歌唱，是因其长有萋萋的叶子；叶子即葛之"美"，葛藤即叶之"本"。而"返其本"也就是诗篇的由写葛的"维叶萋萋"到写"是刈是濩，为絺为绤"；葛的根本之可贵，正是因为它能作为衣服的制料。照着这样的比兴之义去理解诗，那么，嫁出去的女儿在婆家表现得好，妇德闪耀，人们也就自然由此"返其本"地归功于她的家庭和她在家时的教养了。

说起来这是一首反映周代贵族女子婚前教育的诗篇。据记载，周代成年未婚女子的教育，有妇德、妇言、妇容、妇功等几项内容，妇功是其中最基本的一项。《国语·鲁语》载季氏妇人敬姜的话说："民劳则思，思则善心生。"懂得"妇功"之劳，妇德就有了，妇言、妇容教育，也就都有了基础。周代是一个农耕社会，男耕女织是人群的生业，甚至连贵族生活也带有这种耕稼本色。又，周代贵族的婚姻关系，肩负着厚别附远、联合异姓的政治任务（参《关雎》解析）。这正是《葛覃》这首有关妇道教育的诗篇所以产生的背景原因。但这毕竟是一首诗，因而在反映这一社会现象时，就显示出耐人寻味的文学意趣。诗要说的是纺绩的妇功，却要从葛的长势写起，这貌似一种铺垫，实际是一种象征。葛藤蔓延，以至于谷中，不就是对不知不觉中长大成人的女子即将出嫁他人的喻示？暮春时节，葛叶萋萋，集落在灌木丛中的黄雀喈喈然有一声无一声地叫着，看似表现春天光景，其实也在表闺中待嫁之人的春日感怀。“言告师氏，言告言归”两句中的言字，是颇为值得玩味的。后句两个连续出现的“言”字,其义相当于“说话就怎样”的意思，虚词的使用极好地表现了待嫁女一半是急迫、一半是畏怯的复杂心绪。而紧接着的“害澣害否”，字面的意思是什么衣服该洗、什么衣服不该洗，含藏的意思则是婚后什么当做、什么不当做的举止得当。许多师氏对“准新娘”的告诫之言，是不能明说的。用洗衣服来表达，正是诗艺的善巧。又有记载说，周代婚姻要有三个月的考验期，新娘来时的车马都是要留在公婆家，随时准备遣返新娘用的。三个月后考验合格，才把马匹返回。所以诗篇最后结束于“归宁”一句，是说在婆家处事得宜，妇德不亏，婚姻到这时才算正式稳定，可以轻松地回家看望父母了。明乎此，诗篇最后两句中暗含的欢畅才可以感受得到。

卷　耳

采采卷耳[①]，不盈顷筐[②]。嗟我怀人[③]，寘彼周行[④]。

【章旨】诗之首章。女子思征夫之词。

【注释】①采采：采是动词，采采即采了又采的意思。《诗经》中“采”的动作，往往与怀人有关。卷耳：菊科植物，又名苍耳、羊带来，嫩时叶子可食，可做饲料。②顷筐：一种簸箕形状的筐，一边深，一边浅，所以称顷筐，顷即倾斜的意思。③嗟：感叹、伤叹。怀人：所怀念的人。④寘：同置，弃置，言征人长在路途，如同弃置在大道上。一说是把筐放置在大路上。周行：大道。

陟彼崔嵬[①]，我马虺隤[②]。我姑酌彼金罍[③]，维以不永怀[④]。

【章旨】诗之二章。征夫思家。崔嵬、虺隤，劳顿已甚。

【注释】①陟：登。崔嵬：山的高处。②虺隤：因疲劳而害病。③姑：姑且。金罍：青铜做的酒器。④维以：以使、以便。永：深长、沉溺。

陟彼高冈，我马玄黄[①]。我姑酌彼兕觥[②]，维以不永伤[③]。

【章旨】诗之三章。是二章之意的重述。

【注释】①玄黄：玄，深青色，玄黄意思是马由玄变黄，是对马极度劳累而变色的夸张说法。②兕觥：兕，犀牛，兕觥即用犀牛角做的酒杯。③伤：伤怀。

陟彼砠[①]矣，我马瘏[②]矣，我仆痡[③]矣，云何吁矣[④]！

【章旨】诗之四章。马瘏、仆痡，劳顿已极，忧思已极。牛运震《诗志》："四'矣'字急调促节。"

【注释】①砠（jū）：顶上有土的石山。②瘏（tú）：马因疾病不能前行。③痡（pū）：人因疾病不能前行。④云何：多么。吁：忧伤。

解析

《孔子诗论》第29简有"《卷耳》不知人"一句，与传统的解释迥异。传统解释《卷耳》最古老者，当推《左传·襄公十五年》的一段记载："君子谓楚于是乎能官人。官人，国之急也。能官人则民无觎心。《诗》云：'嗟我怀人，寘彼周行。'能官人也。"这段"君子谓"附在楚国任用贤人的记载之后，不知"君子"是否就是孔子，但对汉代经学家说《诗》影响甚大。《淮南子·俶真训》高诱注保存的《鲁诗》旧说谓："思古君子官贤人，置之列位也。"《毛序》则说："后妃之志也。又当辅佐君子求贤审官，知臣下之勤劳，内有进贤之志，而无险诐私谒之心，朝夕思念，至于忧勤也。"除多了"后妃之志"一层意思外，鲁、毛两家对此诗"官人"的说法并无两样，而且两家应该都是从《左传》"君子谓"那里套来的。此诗的解释历来众说纷纭，难点就在诗篇首章"嗟我"之"我"与其余三章"我马"、"我姑"之"我"的歧出并峙。第一章中之"我"，从其采卷耳的行为看，应属女性，而其余三章又是骑马又是饮酒的，很明显是男人才有的事情。于是诗篇是"女思男"还是"男思女"的争议始终平息不了，还有人干脆认为诗篇有脱夺、错简。钱锺书先生在《管锥编》中提出了一种见解，认为："作诗之人不必即诗中所咏之人，妇与夫皆诗中人，诗人代言其情事，故各曰'我'。首章托为思妇之词，'嗟我'之'我'，思妇自称也……二、三、四章托为劳人之词，'我马'、'我仆'、'我酌'之'我'，劳人自称也。……男女两人处两地而情事一时，批尾家谓之'双管齐下'，章回小说谓之'话分两头'，《红楼梦》第五四回王凤姐仿'说书'所谓：'一张口难说两家话，花开两朵，各表一枝。'"一言以蔽之，钱先生将诗篇一边是女子之词，一边是男子唱词的矛盾，理解为一种"代言"的写作手法。

照说这样的理解也可以平息诗篇内在的龃龉了，可是因有《孔子诗论》"《卷耳》不知人"新材料的发现，钱先生之说还有商量余地。说"《卷耳》不知人"，究竟是什么意思呢？古说"能官人"，首先得能"知人"，可《孔子诗论》中却说是"不知人"，与"能官人"南辕北辙。看来"不知人"的"知"字当另求解释。《桧风·隰有苌楚》有"乐子之无知"一句，"知"据王先谦《诗三家义集疏》

(简称《集疏》)，鲁诗家的解释是："知，匹也。""知"训为"匹"又见于《尔雅 · 释诂》。不过将"知"解作"匹"是引申义，马瑞辰《毛诗传笺通释》(简称《通释》)说："《墨子 · 经上》篇曰：'知，接也。'《庄子 · 庚桑楚》篇亦曰：'知者，接也。'《荀子 · 正名》篇曰：'知有所合谓之智。'凡相接、相合皆训匹。"所以"匹"是从相知、相接上来。"《卷耳》不知人"的"不知"也就是不相知、不相接，"《卷耳》不知人"即《卷耳》一诗表现的是不相知、不相接之人的意思。那么这"不相知、不相接"究竟指什么呢？回答是：指的是诗篇的唱法，亦即诗篇第一章与其余三章在歌唱上的特殊关系。换句话说，孔子不是以一个读者的角度说此诗，而是以听歌者的感受谈诗《卷耳》。"不相知"告诉我们，原来第一章为女子所唱之词，第二、三、四章，则是男子的唱词，就是说这是一种男女对唱的方式。钱锺书先生说"话分两头"，似犹未达一间。实际的情形是，诗篇中的男女虽然同台歌唱，然而却是各唱各的，他们都在表达对对方的思念，却是各表心事，互不相接，犹如戏曲中的"背躬戏"。这便是《孔子诗论》所谓的"不知"，即不相知、不相接。后人对此不甚了了也有原因，《诗经》的篇章，原本是演唱的，后来却变成了阅读的文本。

桃　夭

桃之夭夭①，灼灼其华②。之子于归③，宜其室家④。

【章旨】诗之首章。桃花起兴，既表嫁娶时，又喻之子的韶华。钱锺书《管锥编》："'夭夭'总言一树桃花之风调，'灼灼'专咏枝上繁花之光色。"

【注释】①夭夭：姣好貌，总写桃的风调。②灼灼：花朵明灿耀眼的样子。华：通花。③之子：之，此、这。子，在此指出嫁的女子。"之子"一词为《诗经》

中常见的指代词，意为“这个人”，不分男女。于：虚词，《诗经》中常见，其义相当于曰、聿。归：出嫁。归为出嫁，是先秦时特定用法。④室家：古人称男有室、女有家，室家及下文的“家室”都是家庭的意思。

桃之夭夭，有蕡[1]其实。之子于归，宜其家室。

【章旨】诗之二章。祝愿婚姻给家族带来人丁兴旺。

【注释】①蕡（fén）：据于省吾《泽螺居诗经新证》（以下简称《新证》），蕡为斑的假借字，果实将熟，红白相间的样子。

桃之夭夭，其叶蓁蓁[1]。之子于归，宜其家人[2]。

【章旨】诗之三章。祝福婚姻给家庭带来福祉。

【注释】①蓁（zhēn）蓁：枝叶茂密的样子。②人：此为“人丁”之义，“宜其家人”即人丁兴旺的意思。

解析

这是一首祝福出嫁新娘的诗篇。灿灿桃花，以喻新娘的适龄风华；斑斑其实、蓁蓁其叶，则进而预祝新人在未来的日子里为家庭带来吉祥，福禄成荫，子女满堂。诗人这种花盛子多的赞美和祝福，反映的不仅是当时的观念，亦可以说是一个民族多少年都能打动人心的婚姻理想。惟其如此，在诗人的眼里和笔下，“之子于归”的事件，才幻化为一幅美丽的人生景观。诗用夭夭之桃来兴寄对婚嫁之事的礼赞，不管这是诗人的独创，还是该时代一种普通语法，都显示出人们对自然和生活细腻的体味。桃花的灼灼，占一春之先，而且桃未有叶而先著花；花之盛既可见果之丰，又可见叶之蓁。没有什么比用桃花引喻新嫁娘更富韵味的了，因为它喻示的含义是多重的。前人多从“人面桃花”的比喻来理解此处“灼灼其华”的妙处。实则这是远不能穷尽诗的意象和蕴含的。枯黄的冬季即将结束之际，树树桃花盛开，诗实际是在以此来赞美新娘的钟灵之气、毓秀之质。桃花取兴，实际上在赞美“之子”的勃勃生命力，这远不是“人面桃花”的比喻所能表现的。诗是热烈而火爆的，灿灿的鲜花和红巾翠袖的新人相映照，是多么吉庆的光景！

芣　苢

采采芣苢[①]，薄言[②]采之。采采芣苢，薄言有[③]之。

【章旨】诗之首章。“有之”是笼统地写，下二章掇、捋、襭、袺，则为“有”字的具体表述。

【注释】①采采：采摘。一说采采为形容词，色泽鲜明之意。芣（fú）苢（yǐ）：一种野生植物，一名马舄，又名车前子，常生长在路上或路旁，车前籽粒可以治疗妇女难产，但古人相信其籽可治妇女不孕。②薄言：薄、言都是语气词，用于动词之前，《诗经》中常见，有急忙做某事的意思。③有：得。一说“有”是“若”字的讹误，若，择取。

采采芣苢，薄言掇[①]之。采采芣苢，薄言捋[②]之。

【章旨】诗之二章。

【注释】①掇：拾取。②捋：撸取子实。

采采芣苢，薄言袺[①]之。采采芣苢，薄言襭[②]之。

【章旨】诗之三章。袁枚《随园诗话》卷三：“《三百篇》如‘采采芣苢，薄言采之’之类，均非后人所当效法……今人附会圣经，极力赞叹。章服斋戏仿云：‘点点蜡烛，薄言点之。点点蜡烛，薄言翦之。’……闻者绝倒。”

【注释】①袺（jié）：兜入衣襟为袺。②襭（xié）：兜入衣襟并将衣襟系在腰间带子上。

解析

按照《毛序》的理解，此诗表达的是妇人乐于生育的愿望。《序》谓：“和平，则妇人乐有子矣。”古人之所以这样说，是从诗中的芣苢看出来的。芣苢即车前子，可以作妇科药用，《毛传》言其“宜怀任（妊）”，今人闻一多在其《诗经通义》中又考证芣苢与胚胎古音相近，进而明确古人根据一种类似律的魔术观念，认为食芣苢即能受胎生子。既然采芣苢表现出生育的愿望，现在要追问的是古人芣苢可助生育的观念，与诗篇创作之间的关系是怎样的。诗篇在重章叠调中，富于变化地使用了几个不同的动词，表现将车前子尽数捋采、置入襟怀中的过程。其中尤当注意的是“袺之”、“襭之”两个动作含有的象征意义。将芣苢的子粒兜入腹前衽中，并且敛衽紧系于衣带，诗篇精细地描写这两个动作，极可能是在暗示妇女的受孕与坐胎。因为以某种象征性动作表达某种祈祷意义，是巫术仪式的惯伎。这样看来，诗篇所表现的，并不是实际的采摘芣苢的劳作场景，而是展现着某种祈求愿望的巫术仪式。表达“乐有子”的诗篇，实际是祈子仪式上的乐歌。古儒本着赞美周家“王化”的用心，将妇人的“乐有子”与世道的“和平”并为一谈，对后代读解此诗有误导作用。例如清人方玉润《诗经原始》谓：“读者试平心静气涵咏此诗，恍听田家妇女，三三五五，于平原绣野风和日丽中，群歌互答，余音袅袅，若远若近，忽断忽续……而自得其妙焉。”又如徐绍桢《诗说》言：“但写妇女群采芣苢……而太平之景象如在目前。”都是将那句“天下和正教平”的“和平”还原成一种可感的图解，“恍听”实是“谎听”，“如在目前”亦不过是“王道”观念作祟下的醉眼出神、视丹如绿。须知风诗时代，还没有旁观田园、闲情逸致的抒情诗人，诗人们更多的是在某种观念下歌唱着生活。

汉 广

南[①]有乔木，不可休思[②]。汉有游女[③]，不可求[④]思。汉之广[⑤]矣，不可泳[⑥]思。江之永矣[⑦]，不可方思[⑧]。

【章旨】诗之首章。以江汉的不可泅渡，喻游女的不可追求。

【注释】①南：南方，周人所谓的南，即今汉水以南的地区。②思：语气词，一作“息”。③汉：汉水。源出陕西省宁羌县北，东南流经湖北省境，至汉阳入长江。游女：野游的女子，因不知其来历而称之为游女。④求：追求。⑤广：江面广阔。⑥泳：裸衣泅渡。⑦江：在此亦指汉水。《诗经》中，汉水又称江汉。一说江即在长江。永：深长。⑧方：以并排的两根木头或竹子渡江河。

翘翘错薪[①]，言刈其楚[②]。之子于归，言秣[③]其马。汉之广矣，不可泳思。江之永矣，不可方思。

【章旨】诗之二章。以翘薪刈楚喻婚姻之事。

【注释】①翘翘：高而挺拔貌。错薪：杂乱的柴草。翘薪刈楚之语往往与婚姻之事有关，《诗经》中屡见。②言：语词。刈：割取。楚：荆棘。③秣：用草料喂马。

翘翘错薪，言刈其蒌[①]。之子于归，言秣其驹[②]。汉之广矣，不可泳思。江之永矣，不可方思。

【章旨】诗之三章。汉广、江永句三章反复咏叹，韵味悠长；叠句而置于篇后，为《诗》中别调。

【注释】①蒌（lóu）：蒌蒿，草本植物。②驹：幼马。

解析

《孔子诗论》第10、11、13简记载孔子论《汉广》内容，计有“汉广之智”(10简),“汉广之智,不求不可得也”(11简),“……(不求不）可得，不攻不可能，不亦智恒乎”(13简)数语。意思很明白,孔子称道《周南·汉广》一诗中的“智”是“不求不可得”。这与通常人们对此诗解释的差别不啻天壤。照《孔子诗论》解释，篇中反复咏叹“不可求思”的“不可”,其义应为“不要”,而非“不能”；表达的是禁止意，不是困难意。多少年来人们将诗篇理解为表达着望洋兴叹、求而不得的爱情篇章，恰好是将“不可”读成“不能”了,于是意味全变。这误解从《毛序》起。《汉广》篇《序》说：“《汉广》，德广所及也。文王之道被于南国，美化行乎江汉之域，无思犯礼,求而不可得也。”既然“南国”人都已接受周文王的德化，个个守礼，“求而不得”，那么，难道说“南国”姑娘们为守礼法就得都老在家里不成？《毛序》之说，简直是不通情理。但此说影响深远,一直到晚清才有人另立新说,如方玉润《诗经原始》说：“此诗为刈楚、刈蒌而作，所谓樵唱是也。”这已经是近现代“爱情说”的雏形了。现代说《诗》者只是把“礼法”那层意思去掉，再把“求不可得”的意思改造一下，诗就成了一位热恋南国女子的人儿，望着汤汤汉水徒发浩叹的爱情篇了。

那么，竹简中孔子“不攻不可得”、“知不可得”的意思，又从何说起的呢？理由有两点。第一，诗篇中“游女”一语可以为证。《国语·周语》：“恭王游于泾上，密康公从，有三女奔之。其母曰：‘必致之于王。……’康公不献，一年，王灭密。”密康公从周恭王作泾上之游，不合礼法地接受了三女的私奔，结果招致灭国之灾。这样解释密国灭掉的原因，颇有几分神秘色彩。而奔女出自泾上，与《汉广》的“游女”出汉上，虽地点不同，但都是河干水畔之事，很有几分类似。两者的相通之处，很可能指向同一上古风俗。我们知道，商人的远祖契（xiè），也是他的母亲在水边吞卵生出的。《郑风》中“溱洧”之俗，及战国时代的“濮上”之音等，都是与水畔有关的。如放宽一点看，周人的始祖弃也是其母在“野外作业”中怀上的。近年出土过不少刻在汉砖上的“野合图”，或许就是那远古遗俗的写照。就文献记载看，周代婚姻特重礼法，且特别重视妇德的培养。各种文献记载显示，孔子言《诗》，特重《关雎》，而《孔子诗论》道出了个中的原因：“《关雎》以色喻于礼”，“以琴瑟之悦拟好色之愿”。灵活点理解孔子言《诗》之所重，那一定是针对当时普遍的婚配“不以色喻于礼”的现实而来的。周礼的普及并不是铁板一块，有许多“未及”之处，从西周到春秋恐怕都是如此。考诸载籍，周人大规模经营南方，是在昭、穆之世，武力征服自然一时很难谈得上普及“周德”，而泾上居然还有“奔女”，那简直就是“周德”的“灯下黑”了。惟其有周礼的“化外”之民，在作为周家“乡乐”的《周南》诗篇中，有警示人们不要非分追求汉上游女的篇章，才是毫不奇怪的。以上是支持《诗论》“不求不可得”的第一点：游女不合周德，所以不可求。

第二点来自诗篇内的支持是第二、三章重复出现的“翘翘错薪，言刈其楚。之子于归，言秣其马”四句。“错薪”、“刈楚”和“秣马”诸意象，在《诗经》中都是喻示婚配之事的习惯语。周礼多因袭旧俗，马瑞辰《诗经传笺通释》论《唐风·绸缪》篇曰：“此诗‘束薪’、‘束刍’、‘束楚’，《传》谓以喻男女待礼而成，是也。”用“待礼而成”来理解《汉广》的第二、三章，就豁然明白了。“翘翘错薪，言刈其楚。之子于归，言秣其马。汉之广矣，不可泳思。江之永矣，不可方思。”“错薪”、“刈楚”是说，要娶妻就娶好的；“秣马”则是在说，要结婚就得守礼法。“刈楚”、“秣马”的前四句，不过是在说，婚配当守礼，当讲究规矩。接下来的后四句则是补足文意：无端地追求那些南国“游女”，就像裸衣渡汉、小筏过江一样，将招致灭顶之灾。

《孔子诗论》赞此诗“智（知）恒”、“不求不可得”的言说，昭示出“爱情”之说，南国“被文王教化”之说，都与诗篇的本义南辕北辙。诗篇的本义，被《毛序》遮蔽了两千多年，因有《孔子诗论》的问世而重彰于世，真是一件极大的幸事！诗歌的内涵既明，它的创作时间也可以大致清楚，周人跑到南方的汉水一带乱追当地的女子的事情，一定发生在周昭王大举征讨江汉土著人群之后，周家在这里驻扎军营，军士不守纪律四处采花，欺压良善，可能因此不少人还吃了亏，于是才有《汉广》这样的教训诗篇。诗篇先是正面告诫，继而是对合法婚配的礼数的咏叹，语殷意切，不嫌繁复。诗人对军士“求游女”的危险的提醒劝诫是全力的，对士卒这样做法的不德，却是全然不提的，诗人的偏向是很明显的。

召南

召南，即陕（今河南陕县）以西的地区，召公的管辖地（参见《周南》说明）。召南之地北起关中，南至长江、汉水上游地区，较诸周南之地要偏西，其最远的地方，正南方向，从《江有汜》所反映的情况看可能到达今湖北省北部；西南方向，据《尚书·牧誓》所言“庸、蜀、羌、髳、微、卢、彭、濮”八族以及《逸周书·世俘解》“荒新命伐蜀”（“伐蜀”、“克蜀”字样亦见于周原出土甲骨文）以及铜器铭文《中方鼎》和《䜌甗》关于伐“虎方”（巴人崇拜白虎）记载，有可能到达今重庆北部地区。其中的汉水一线，又是宗周之地通向江汉一带的要路。另一值得注意的是“南山”一词，在《召南》中反复出现，而在大小《雅》中，“南山”一般是解作“终南山”的。同时，“召伯”一语，也出现于《召南》之中。这都可以作为诗篇产生地域及时代的证据。

《召南》十四篇，今选其五。

甘　棠

蔽芾甘棠①，勿剪勿伐②，召伯所茇③。

【章旨】诗之首章。言不可剪伐甘棠。

【注释】①蔽芾（fèi）：枝叶茂密的样子。甘棠：即棠梨树，干高大，果实似梨而小，霜后可食，北方山野多见，又称杜梨，此树生长缓慢，树龄很长。闻一多《诗经通义 · 召南》："古者立社必依林木……盖断狱必折中于神明，社木为神明所依，故听狱必于社。" ②勿：不要。伐：砍。③召伯：周初召公奭与西周后期的召公虎都称召伯，此诗所指当系周初召公奭。茇（bá）：废的假借字，《说文》："废，舍也。" 在此为动词，停驻的意思。

蔽芾甘棠，勿剪勿败①，召伯所憩②。

【章旨】诗之二章。言不可伤害甘棠。

【注释】①败：伤害，毁折。②憩：休息。

蔽芾甘棠，勿剪勿拜①，召伯所说②。

【章旨】诗之三章。言不可攀折甘棠。方玉润《诗经原始》："他诗炼字，一层深一层，此诗一层轻一层，以轻而愈见珍重耳。"

【注释】①拜：扒的借字，攀折的意思。②说：音义同税，停住车马休息为税。

解析

诗篇是纪念召伯的，这一点向无争议，有分歧的是"召伯"究竟指谁，是周初的召公奭，还是西周晚期的召公虎。《史记 · 燕召公世家》载："召公之治西方，甚得兆民和。召公巡行乡邑，有棠树，决狱政事其下。自侯伯至庶人各得其所，无失职者。召公卒，而民人思召公之政，怀棠树不敢伐，歌咏之，作《甘棠》之诗。" 两汉经学齐、鲁、韩、毛四家均同此说。但因《大雅 · 崧高》和《小雅 · 黍苗》都曾记录着周宣王时的召虎为申国营造新邑的事，因此今人多认为此诗怀念的是召伯虎，而非召公奭。新近问世的战国竹简《孔子诗论》说此诗："《甘棠》之报。"（第 4 简）又曰：

"敬爱其树，其褒厚矣。甘棠之爱，以召公（下阙）。"（第15简）语句虽有残缺，但召公树下断狱，因而后人追思景仰这一点，还是可以清楚地看到的。这不仅证明汉代四家说是有先秦旧说为依据的，而且，《孔子诗论》上述言语，还使人对西汉扬雄《法言·巡狩》篇的一段有关召公的文字发生新的兴趣，曰："召公述职，当桑蚕之时，不欲变民事，故不入邑中，舍于甘棠之下而听断焉。陕间之人皆得其所，是故后世思而歌咏之。……孔子曰：吾于《甘棠》，见宗庙之敬也。甚尊其人，必敬其位，顺安万物，古圣之道几哉！"这段话中引用孔子之言的部分，与竹简文字在意思上竟如此相近，可知至迟在西汉中期，记录着孔子说诗的文献还在世上流传着。

既然《甘棠》是一首思其人而敬其树的诗篇，所纪念的召伯就当是周初那一位。道理很简单，为了不打扰民众，能屈尊在树下听狱，一定是在一个政权新兴的时候，它的官员还能保持一点朴素的作风。真要到暮气沉沉的西周后期，像召公虎那样的大人物出巡，还不得前呼后拥、四下警戒？就是做一做亲近民众的样子，也不会像，老百姓也不会那么轻而易举地就真被他感动。所以，此诗的召公就应是周初的召公奭。召虎为宣王的舅父营造新邑为时很短，不可能有闲暇去听讼断狱，而且《大雅·崧高》说得明白，申伯是马上迁到新都邑去了的，召公也不太可能在那里多滞留，越俎代庖地替申伯行政。此诗的情调是爱屋及乌式的，因念召伯而珍爱树木，当是被怀念者流泽深远的表现。今人所以倾向于西周晚期，是因为不相信周初有这样的诗艺水准。实际上，召公是康王时期还在世的人，活得年岁很高，这种睹物思人的诗篇应作于他身后，这样就有可能创作或采于西周昭王、穆王时期了。而那时，正是《诗经》创作高涨时期（参本书《雅》、《颂》各篇注解可知），因此，《甘棠》中的召伯，还是当以周初的召公奭为是。诗表达对召伯的缅怀，专从与召伯有关的棠树入手，手法很高，深切动人。

行 露

厌浥行露[①]。岂不夙夜[②]？谓[③]行多露。

【章旨】诗之首章。起笔简拗、劲峭。

【注释】①厌浥（yì）：湿溽，联绵词。行（háng）：道路。②夙夜：早晚，在此有早出晚归的意思。③谓：马瑞辰《通释》："谓疑畏之假借，凡诗上言岂不、岂敢者，下句多言畏。"

谁谓雀无角[①]，何以穿我屋？谁谓女无家[②]，何以速我狱[③]？虽速我狱，室家不足[④]！

【章旨】诗之二章。钱锺书《管锥编》："明知事之不然，而反词质诘，以证其然，此正诗人妙用。"

【注释】①无角：没有可以穿透屋室的角，前人以雀嘴解释此诗之角，不确。②女：汝，古汉语中女、汝常通用。无家：无家室、无资财。③速：邀，迫使。狱：打官司。④室家：与上文"无家"之家同义。不足：不足以打赢这场官司。揶揄的说法。

谁谓鼠无牙，何以穿我墉[①]？谁谓女无家，何以速我讼？虽速我讼，亦不女从！

【章旨】诗之三章。牛运震《诗志》："雀鼠骂得痛快而风流。"

【注释】①墉（yōng）：高墙为墉。

解析

刘向《列女传·贞顺》篇有一则记载，似可作《行露》一诗的本事看。曰："召南申女者，申人之女也，即许嫁于丰，夫家礼不备而欲迎之。女与其人言，以为夫妇者人伦之始，不可不正。传曰：正其本则万物理，失之毫厘，差之千里，是以本立而道生，源洁而流清。故嫁娶者，所以传重承业，继续先祖，为宗庙主也。夫家轻礼违制，不可以行，遂不肯往。夫家讼之于理（负责诉讼的官员——引者），致之于狱。女终以一物不具，一礼不备，守节持义，必死不往……曰：'虽速我讼，亦不女从。'此之谓也。"（见王先谦《集疏》所引）这段话中"传曰"以下至"不可以行"几句，应是刘向述说此事时加进去的申述，不宜视作申女的引经据典。要之，古时曾有过拒嫁的事情，因女子态度坚决，说过"谁谓鼠无牙"一类的绝妙措词，所以故事曾在民间广泛流传，被采风的"王官"采了去，配乐演唱，就有了《行露》之作。周有"王官采诗"一事，是被《孔子诗论》"邦风其纳物也，博观人俗焉，大敛材焉"的竹简文字证明了的。但至于"采诗"具体情况如何，尚须继续研究。就汉代一些所谓"乐府民歌"看，采诗不一定只采那些现成的民谣，民间有些故事，也可以采了来经过加工成诗歌来演唱。本来《汉书·食货志》关于"采诗观风"的记载中就有"比其音律"的内容。《行露》篇就可能是民间先有其事，王官因其事而成诗篇。《列女传》的记载大致不差，但说得那样细致具体，恐怕就是越传越讹了。

诗中"雀无角"、"鼠无牙"的比喻十分精彩，意思是说，别看雀、鼠虽没有穿屋凿墙的角、牙，但它们照样钻屋越户；别看这穷光蛋没有家业，可他照样想讨老婆、敢打官司。下面的言语则干脆就像是骂人：虽然你打官司，你依旧是个穷光蛋，官司你赢不了，我依旧不跟你。因为男子穷，就看不上人家，如果单从这一点看，女子真有些无情而刻薄，但考虑到在这由政府规定的相亲时节里，产生两情相悦的爱情实属偶然，诗中女子在发现男子并不可心后，及时决断，倒显得十分有主见了。古代的礼制，给人的印象一般是古板而拘谨的，但透过此诗，我们却看到出于人类自身生产的需要，而保存于上古时代的一种异样的习俗。实际上，诗中女主人公的果决、泼辣，也正养育于这充满野性生命力的质朴习俗中。

殷其雷

殷其①雷，在南山之阳②。何斯违斯③？莫敢或遑④。振振君子⑤，归哉⑥归哉！

【章旨】诗之首章。陈继揆《读风臆补》："'违'字与'在'字相呼应，'归'字与'违'字相呼应，一步紧一步也。"

【注释】①殷（yǐn）其：犹言殷殷，《诗经》特定句法。殷殷形容远处雷声的沉重。②南山：应指终南山。阳：山南称阳。③何斯：犹说何其，多么的。此句两个斯字，都是语助词。违：离别，指下文的君子。④莫……或……：固定句式，表全称否定。遑：闲暇，此处作动词，即停下来的意思。这句是说，没有任何人敢闲下来。⑤振（zhēn）振：英武有为貌。君子：此处指外出的丈夫。⑥归哉：犹言回来吧。

殷其雷，在南山之侧。何斯违斯？莫敢遑息。振振君子，归哉归哉！

【章旨】诗之二章。

殷其雷，在南山之下。何斯违斯？莫或遑处[①]。振振君子，归哉归哉！

【章旨】诗之三章。

【注释】①处：安居。

解析

《毛序》："劝以义也。召南之大夫远行从政，不遑宁处，其室家能闵其勤劳，劝以义也。"此说颇与竹简《孔子诗论》相合，只是不够具体。《孔子诗论》第27简谓："可斯雀之矣，离其所爱，必曰吾奚舍之，宾赠氏（是）也。"马承源主编《战国楚竹书·孔子诗论》谓"可斯"二字即《召南·殷其雷》"何斯违斯"四字的简写，而何琳仪先生在其《沪简诗论选释》一文（见庞朴主持简帛研究网站）进而认为"雀"为"爵"之借字，并说"这是一首赠别之诗"。"爵之"即酒爵相敬，与"劝君更尽一杯酒"同慨。将诗义的理解推进了一大步。《毛序》说得虽平实，却没有透到"宾赠"即"送别"这一层。这在《毛序》已属难能可贵了。顺着《孔子诗论》的指示去读诗，会发现诗篇很会营造离别情绪。"南山"暗示出丈夫即将远行的方位。而南山以南的雷声不断地传来，似乎又暗示着某种危难的社会情势。轰隆的雷声滚动在高山那一边，言雷声，远远近近的风云变幻即在其中了。而这一边，是执手分别者的惜别。诗中的景象是宏阔的，格调是沉郁的。王朝继世经营南方，多少英武的人们抛家而往，又令多少家中人牵挂。此诗言"南山之阳"，《召南》诗篇喜言"南山"，或与此有关？诗的背景、时代，应该在周昭王、穆王之际，因为这个时候王朝对南方的淮夷等人群进行了旷日持久的征战，其间连周昭王都死于这场战争。

周家的“乡乐”，抒发的一般民众对战争的厌倦态度，这是很可贵的。

摽有梅

摽有梅[①]，其实七兮[②]。求我庶士[③]，迨其吉兮[④]。

【章旨】诗之首章。“求我庶士”两句，求爱何其质直！

【注释】①摽（biào）：抛、投。梅：蔷薇科植物，果子味酸可食，原产我国西南。②实：梅子的果实。七：从下文“顷筐塈之”看，当指筐里所剩下的梅子还有七成。③庶士：庶，众。士，男子。庶士即众多男子。④迨：差不多。吉：吉日。

摽有梅，其实三[①]兮。求我庶士，迨其今兮！

【章旨】诗之二章。数由“七”而“三”，急迫之情见乎词。

【注释】①三：三成。

摽有梅，顷筐塈之[①]。求我庶士，迨其谓[②]之！

【章旨】诗之三章。牛运震《诗志》：“三章一步紧一步。”

【注释】①顷：同倾，倾其所有的意思。塈（jì）：给予。②谓：闻一多《诗经通义》：“谓读为谓（yù），《玉篇》、《广韵》并曰：‘谓，行也。’”行，表女子嫁人，如《卫风·竹竿》：“女子有行，远父母兄弟。”

解析

这是一首表达待嫁女子急切求偶心情的诗歌。诗的可爱处，全在于它毫无掩饰的切直、心口如一的单纯。据闻一多研究：

"在某种节令的聚会里，女子用新熟的果子，掷向她所属意的男子，对方如果同意，并在一定期间送上礼物来，二人便可结为夫妇。这正是一首掷果时女子们唱的歌。"（《风诗类钞》）梅字从母，暗含生育之意，又写作楳，与掌管婚姻之事的"媒氏"之媒音义相谐。因此抛梅的行为隐含着男女结合、生育子嗣的双关语意。在解释《行露》一诗时，我们已经涉及到古代"会男女"的风俗，但那是在仲春之月，而梅子熟则是在初夏，由此可见这种习俗曾普遍盛行于那个时代的各个地区。如果说"会男女"的礼制，显示的是上古时代所保存的野性习俗，此诗所表现的，则是在那样一种古朴风俗下激荡着的原始生命力。在这首诗篇中，最值得注意的是，抒情女主人公无所顾忌地对求偶之情的表露。毋宁说，诗篇在表达这一切时，显现的是对生命本身的尊崇。尽管在任何时代，婚姻、生育都是被承认的人生权利，但并非每一个时期的人们都敢如此公然地袒露心迹。因为婚姻的决定权往往不在结婚本人的手中，而从此诗女主人公手中的梅子，我们却见到了别样的情形。风俗是人类生活的空气，养育着人的文化气质、精神品格。在这首心地坦然而热切的诗篇中，实际见到的是，我们这个过分"文化"的古老民族，在她少年时"粗野"的青春气息。

野有死麕

野有死麕①，白茅②包之。有女怀春③，吉士诱之④。

【章旨】诗之首章。白茅包麕比喻女子怀春。

【注释】①麕（jūn）：鹿的一种。②白茅：菅草，秋天变成白色。③怀春：春心萌动。④吉士：犹言美男子。诱：追求、引诱。

林有朴樕[①]，野有死鹿。白茅纯束[②]，有女如玉。

【章旨】诗之二章。前言白茅包鹿，此以白茅喻女子如玉，变化莫测。牛运震《诗志》：“只‘如玉’二字，便有十分珍惜。”

【注释】①樕（sù）：丛生小树。②纯束：纯与束同义，捆束的意思。

舒而脱脱[①]兮，无感我帨兮[②]，无使尨[③]也吠。

【章旨】诗之三章。女子推就、依违之态宛然。

【注释】①脱（tuì）脱：迟缓貌。②感：撼的假借字。帨（shuì）：古时的佩巾。③尨（máng）：毛绒绒的狗。

解析

这是一首爱情诗，更准确地说，是“怀春”之女与“吉士”恋情达到高潮时的一个片断。古代的婚事礼俗中，有“纳徵”即男方向女方交纳礼品一项，所用的就是鹿皮，此诗从“野有死麕”起，或许正与这种婚俗有关。但白茅、死麕的意象，大概不是写实之语，而是一种比喻。野麕已死，是猎取结束的表现，少女开始怀春，则是吉士追求的效果。“死麕”实际是喻示那位已被“猎获”的“如玉”之女。因此前两章不是在叙事，只是在为第三章的事作比兴。尾章之事，本自难言，但诗人写得却极为雅驯。口吻是女子的，“脱脱”句是在说女子对正在发生的事不适应，间接地也表现出“吉士”的鲁莽；“无感”句写的是她的羞怯与恐慌；最后一句则写出女子控制不了事态时对男子提醒，是避免更糟糕结局的努力。三句之间，不仅推就依违的情态毕肖，而且人物丰富而细腻的内心活动也层次晰然。有趣的是诗中“尨”的介入。它的出现，使正在发生的故事有了暴露的危险，因而陡增几分紧张。怕犬吠，是女主人公对礼法的正视；无使犬吠，是怀春的人对礼法的偷渡。女主人公对亲近的狗儿的“出卖”，使诗多了些深度的东西。汉代有一首《有所思》的乐府民歌，其“鸡鸣狗吠，兄嫂当知之”的句子，与此诗的“尨也吠”有相类之处。但那只是回想过去事时的后怕，与此诗女主人公的事先提醒相较，其心智要粗疏得多了。

邶风

邶、鄘、卫三《风》，从诗篇显示的内容看，绝大多数产生于卫国。但是，从先秦时代起，卫地之风即已三分，《左传 · 襄公二十九年》"为之歌邶、鄘、卫"可证。卫地而有三风，究其原因，可能此地本来与卫并存的还有邶、鄘小国，它们各有自己的风土乐调。《汉书·地理志下》说："河内本殷之旧都，周既灭殷，分其畿内为三国，《诗 · 风》邶、庸、卫国是也。""河内"，即黄河以西以北广大平原地区。商王朝灭亡后，立了商纣王之子武庚管理殷商遗民，同时把商王朝大片直属地带一分为三就是邶、鄘、卫。邶由武庚管，鄘卫为管叔、蔡叔和霍叔"三监"管制。"三监叛乱"平定，"王子禄父（武庚或他的儿子）北奔"，周公又把自己的同母弟康叔封建于此。《汉书·地理志》是这样说的。出土文献《沫司徒迗簋》有"王来伐商邑，征（乃）命康侯鄙于卫"的文字，表明康叔在评定三件叛乱时确曾在当时名为"卫"的地方活动过。又《左传·定公四年》载祝佗之言曰周初"分康叔""于殷墟"，而《逸周书·作雒解》又说"俾康叔宇于殷，俾中旄父宇于东"，"宇于殷"与祝佗"殷墟"之说合。但封建康叔的同时，还封建了康叔的儿子中旄父，也就是说三监叛乱结束之后，周王朝把殷商旧都之地一分为二了。而"俾于殷"，据《逸周书》孔晁注，就是康叔占有了邶鄘之地，"俾于东"就是中旄父占有北鄘以东的"卫"。表明当初封建康叔并没有让他全部占有殷商故地，是康叔这一支随着势力增加之后，把分给中旄父的邶、鄘以东之地合并了。这才有卫国。这合并，可能发生在卫顷公时，正值西周晚期夷王朝，因为《史记·卫康叔世家》载有康叔的七世孙“顷侯厚赂周夷王，夷王命卫为侯”之事，或与卫国合并有关。但是，周初既然把殷商故地分为邶、鄘、卫三部分，就一定有其区域上的依据。三地的地域文化如乐曲，就是在三地被合并一个卫国之后，依然延续流传着。这样，卫国一国之内的乐调就有起源不同的三种乐调。《汉书·地理志下》说“邶、庸、卫三国之诗相与同风”。这主要是指三风篇章内容说的，例如《邶风》之诗有“在浚之下”的句子；《鄘风》的篇章也有“在浚之郊”的句子；又如《鄘风》有“送我淇上”、“在彼中河”之句，《卫风》也有“瞻彼淇奥”、“河水洋洋”之句；都是其内容上“相与同风”的表现。如此说来，邶、鄘、卫三《风》的篇章就内容而言，并没有地域上的区别，有区别的是风调。就如同今天河南，同是豫剧中相同的剧目，也有郑州、洛阳和安阳各地的唱法的不同。至于邶、鄘、卫的排列次序为什么邶、鄘在前，卫在后，可能就与邶、鄘两地吞并在先有关。

邶、鄘、卫为殷商文化腹地，《史记·货殖列传》言及殷商遗俗是说：“中山地薄人众，犹有沙丘（今河北邢台一带）纣淫地馀民，民俗懁急，仰机利而食。丈夫相聚游戏，悲歌慷慨，起则相随椎剽，休则掘冢作巧奸冶，多美物，为倡优。女子则鼓鸣瑟，跕屣，游媚贵富，入后宫，遍诸侯。”《汉书·地理志下》也说：“卫地有桑间濮上之阻，男女亦亟聚会，声色生焉，故俗称郑、卫之音。”这是汉代犹可观察到的邶、鄘、卫之地殷商旧俗的流风遗韵。说起来，殷商遗俗的得以延续，是与周人在这里实施的问价政策有关。征诸周初文献《尚书·康诰》，周公教导康侯，要以殷商的法条治理这里的民众。另外《尚书·酒诰》篇显示，周人在自己内部厉行禁酒，可是对殷商遗民则可以宽容；又周人以农耕稼穑为重，但也允许殷商人经商做买卖。诸如此类，周人为了获得殷商遗民的顺从，是采取了不少包容政策的。考古显示，殷商遗民的墓葬，一直到春秋时期，还大多保存着殷商习惯。西周王朝建构了礼乐文化。可以想见，在卫国这样的地区，一开始统治阶层行的是周礼，下层依然我行我素地按照旧有的风俗习惯生活。西周后期的乱世到来后，卫地古老的风俗依然固我，而周礼文化却遭到废弛。邶、鄘、卫三《风》中多表现贵族家庭婚变，且多言贵族男子“桑中”、“中冓”之事，应该与此地特殊风俗有关。班固说“康叔之风既歇，而纣之化犹存”，实际道出的是邶、鄘、卫之地的周人统治者上层，已经放弃周礼的约束，在包括婚姻性爱生活在内的各方面，都被殷商故地的风俗深度地感染了。这种情况的发生，还与卫地的社会经济发展密切相关。魏源《诗古微》卷九“桧郑答问”有很好的说法，谓这里是“天下之中，河山之会，商旅之作走集也”，“商旅集则货财盛，货财盛则声色辏”。魏源的意思是，殷商旧俗所以在春秋时期复兴，是有着卫地为当时天下经济发展先进地区的原因的。商贸的发展往往与声色犬马相关，这是不难理解的。古人总是视“郑卫之风”为“淫风”，就是因为它们有商业文化的背景。

“邶风”之邶，其地当在殷商腹地靠北的地区。近代在河北北部出土过邶伯铜器，王国维《北伯鼎跋》据此推断，邶地应在今河北境内（见《观堂集林》）。实则北伯器物在河北北部发现，应与三监叛乱平定时不少殷商上层向北逃逸，在新王朝势力鞭长莫及的地方重建权威有关。就是说，他们还保留这“北伯”的名义，其实早就是“邶、鄘、卫”的那个“邶”了。但如果是邶、鄘风调流传卫境，矛盾自然不成其为矛盾。卫地是殷朝首都，又是四通八达商旅凑集之地，地理开放，有多方乐调流传并非不可能的事，春秋战国时，一些被视“靡靡之音”的新乐，即产生于卫，也是与此地文化悠久而开放大有关系的。

《邶风》十九篇，今选其九。

柏　舟

泛彼柏舟[①]，亦[②]泛其流。耿耿[③]不寐，如有隐忧[④]。微[⑤]我无酒，以敖[⑥]以游。

【章旨】诗之首章。总言忧愁。柏舟、泛流两句，喻心情沉重而恍惚；无酒、遨游两句喻忧愤难遣。牛运震《诗志》：“‘耿耿’之义，如物不去，如火不熄，不寐人深知此苦。”

【注释】①泛：漂荡。柏舟：柏木做的独木舟。②亦：语首助词。③耿耿：内心烦躁貌。④如：而。隐忧：深忧。⑤微：非。⑥敖：古遨字，与游同义。

我心匪鉴[①]，不可以茹[②]。亦有兄弟，不可以据[③]。薄言往愬[④]，逢彼之怒。

【章旨】诗之二章。痛言孤立无依之状。钱锺书《管锥编》：“我国古籍镜喻亦有两边。一者洞察：物无遁形，善辨美恶……二者涵容：物来斯受，不择美恶；如《柏舟》此句。前者重其明，后者重其虚，各执一边。”

【注释】①匪：非。鉴：铜鉴，形似圆鼎的容器，盛水后可以像镜子一样鉴照。此器后来为铜镜所取代。②茹：吃，含。③据：依靠。④愬（sù）：诉说。

我心匪石，不可转也。我心匪席，不可卷也。威仪棣棣[①]，不可选[②]也。

【章旨】诗之三章。继前章“匪鉴”后，又以“匪石”、“匪席”博喻，以明志节不移。

【注释】①棣棣（dài）：仪态有度的样子。②选：随意选择、改变的意思。

忧心悄悄[1]，愠于群小[2]。觏[3]闵既多，受侮不少。静言[4]思之，寤辟有摽[5]。

【章旨】诗之四章。写内心之痛。“寤辟”句与前“耿耿不寐”相应。牛运震《诗志》：“‘寤辟有摽’，写忧极惨切妙在‘静言思之’，以闲恬出之，意思便蕴藉。”

【注释】①悄悄：忧愁貌。②愠：怨恨。群小：成群的小人，指众妾。③觏：遭受。④静言：静静地。⑤辟（pì）：抚摸胸膛。摽（biào）：拍击胸膛发出的声音。

日居月诸[1]，胡迭而微[2]？心之忧矣，如匪浣衣[3]。静言思之，不能奋飞[4]。

【章旨】诗之五章。“浣衣”以喻内心挫伤，形象有力。

【注释】①日、月：《诗经》常以日月比喻夫妻关系。居（jī）、诸：语气词。日居月诸，犹言日啊月啊。②迭：叠，日月交叠则有日蚀月蚀。微：日蚀、月蚀。《小雅·十月之交》“彼月而微，此日而微”，微即指日月之蚀。③匪：彼的借字。浣衣：洗涤衣服，诗用揉搓衣服比喻内心的煎熬。④奋飞：振翅高飞，有摆脱烦恼的意思。

解析

此诗的主题历来说法分歧较多。一种看法是小人在朝、仁人不得志的忧愤之作；又有一种看法认为系正妻遭宠妾排挤的哀怨之诗；还有一种意见谓为失志的臣子托言失宠妇人的述意诗篇，是屈原《离骚》的先驱；其他说法还有不少。西汉今文家如下的一种说法就是值得注意的。刘向《列女传·贞顺》篇记载：“卫宣（据清代女学者王照圆《列女传补注》，“宣”当为“寡”字之误）夫人者，齐侯之女也。嫁于卫，至城门而卫君死。保母曰：‘可以还矣。’女不从，遂入，持三年之丧毕，弟立，请曰：‘卫，小国也，不容二庖，愿请同庖。’终不听，乃作诗曰：我心匪石，不可转也。我心匪席，不可卷也。……”据此，诗的本事是卫君及齐兄弟逼卫先君遗孀再嫁不从。《毛序》称此诗写作时代为卫顷公时期，卫顷公时当周夷王一朝，果真如此，就是西周后期的作品了。《孔子诗论》评价此诗是“《柏舟》闷”，只一个“闷”字。而这个“闷”字，当是从诗中“静言思之，寤辟有摽”的“辟”、“摽”得来。《孔丛子·记义》有孔了“丁《柏舟》见匹夫执志之不可易也”的评论，深合诗“我心匪石”等句之意。不过孔子言诗，多表达的是读《诗》的感受和受到的启示，因而“匹夫”不可坐实为诗中人就一定是男性。

此诗艺术成就极高，从隐忧言起，再以鉴镜之喻，表明自己不纳污浊的高贵性情，也表明诗中主人公所以有深痛隐恨的性格原因。高尚在那个时代是无助的，连最亲近的兄弟关系都不可依靠时，困顿的高贵只有靠高傲来捍卫。诗篇第三章中“匪石”、“匪席”的博喻，就高扬的是那煎熬中不破不碎的人格。格调阴郁的诗篇之所以具有撼动人心的力量，也就是因为有这样的人格力量。

燕　燕

燕燕于飞，差池[①]其羽。之子于归，远送于野[②]。瞻望弗及[③]，泣涕如雨。

【章旨】诗之首章。吴闿生《诗义会通》：“起二句，便有依依不舍意。”宋许顗《彦周诗话》：“‘瞻望弗及，泣涕如雨’，此真可泣鬼神矣。”

【注释】①差（cī）池：参差不齐的样子，形容燕子飞舞时振翅的形态。

②野：郊外。古代地广人稀，在一个地方建造城邑，城邑之外之大片的郊区，郊区之外的“野”就是人际罕至之地了。诗篇交代送别至野，表示送得远。③弗及：达不到。

燕燕于飞，颉之颃之[①]。之子于归，远于将之[②]。瞻望弗及，伫立以泣。

【章旨】诗之二章。

【注释】①颉（xié）、颃（háng）：向下飞为颉，向上飞为颃。②于：而。将：送。

燕燕于飞，下上其音[①]。之子于归，远送于南。瞻望弗及，实劳[②]我心。

【章旨】诗之三章。“远送于南”点明地点。“我心”语引出下文。

【注释】①下上：当作上下。音：叫声。②劳：忧愁苦痛。

仲氏任只[①]，其心塞渊[②]。终温且惠[③]，淑慎[④]其身。先君之思[⑤]，以勖寡人[⑥]。

【章旨】诗之四章。全是送别余情下的思致，余味无穷。

【注释】①仲氏：排行第二的女子。任：对人有恩义、讲信用。周礼六种德行之一。只：语气词。②塞渊：性格深沉、诚实。③终……且……：相当于既……又……。温：温和。惠：贤惠。④淑慎：善良谨慎。⑤先君：故世的君主。之思：是思。⑥勖：勉励。寡人：故世君主的遗孀，诗中女主人公的自称之辞。

解析

《燕燕》的创作时代，今文家明确地说它是卫定公死后的诗作，应当是故老相传的说法。我们可以暂定之为卫定公、献公之际的篇章。这时已经接近春秋后期了。

这首诗最大的成就就在它的深情。《孔子诗论》记载，孔子读《诗》时，也曾为诗篇这一点所感动，说："《燕燕》之情，以其独也。"（第16简）这个"独"字，正与今文家所说的定姜身世相符。值得注意的是，保存在焦赣《焦氏易林》中的"齐诗"家也以"在位独处"说此篇。刘向学"鲁诗"，与"齐诗"都属于西汉的今文家一派，从这个"独"字看，西汉今文家与《孔子诗论》保存的先秦旧说，是有一定的联系的。有人据"之子于归"句疑心古说，认为是送别嫁女的诗，并且还有人据"仲氏任只"、"先君之思"云云，定诗的送别者为任姓国君，被送的是他的妹妹。兄妹惜别，自是常情，但严重到生离死别般的"泣涕"、"劳心"，却又显得违反常理，且任姓之国在鲁地，与卫国何干？古说虽然从诗本身也找不到明显的内证，但"先君"之语可证事出诸侯之家，儿子死了，媳妇又要永别，此时作绝望的惜别情态，倒是势所必然的。

诗的前三章都是写送别情景。送之既远，而又长久张望以至于因目力不及而泣涕如雨，是何等的一往情深！诗以燕子起兴，燕子候鸟，去而有来，燕来而人去，怎不惹人悲从中来？燕子有归，可别去的人，其归期又在何时呢？燕的颉颃飞舞、高低鸣叫，都是送别人心绪的翻卷和心声的凄婉。情感的激荡之后是持久的怀念，于是有最后一章对所送之人品德的言说。仲氏是有德的，惟其有德，才值得怜惜。此一章使诗篇变得蕴藉而沉郁。走的人都走了，送别的人只剩下一个亡故的先君供她思念、作精神上的厮守。这也是她仅有的安慰了。诗篇的送别场景对后代送别诗的写法影响至大至远，也是应当注意的。

凯　风

凯风[①]自南，吹彼棘心[②]。棘心夭夭[③]，母氏劬劳[④]！

【章旨】诗之首章。“凯风”、“棘心”，意象鲜明而生动。

【注释】①凯风：南风，南风和煦。②棘心：棘，丛生灌木，棘心即棘木嫩芽，红色，以像七子赤心。③夭夭：摇摇，棘心迎风摆动貌。④母氏：即母亲。劬劳：劬，劳苦。劬劳即过分劳累的意思。

凯风自南，吹彼棘薪[①]。母氏圣善[②]，我无令[③]人！

【章旨】诗之二章。钟惺《评点诗经》：“‘棘心’、‘棘薪’，易一字而意各入妙。”

【注释】①棘薪：薪，柴，棘心长大成柴。②圣善：高尚善良。③令：好、善。

爰有寒泉，在浚[①]之下。有子七人，母氏劳苦！

【章旨】诗之三章。“寒泉”以喻母心难慰。

【注释】①浚：卫地名，在今河南北部。

睍睆黄鸟[①]，载好其音。有子七人，莫慰母心！

【章旨】诗之四章。自责人不如鸟。

【注释】①睍（xiàn）睆（huǎn）：圆转清和之貌，形容黄鸟的叫声。黄鸟：黄莺。

解析

这是一首表达儿子感念母亲辛劳的歌。一个母亲抚养七个儿子，确实是“劬劳”，确实“劳苦”，在儿子眼里，操劳的母亲当然也是“圣善”的。南来熏风吹拂棘心的意向，形象鲜明，孝子对慈母无以为报的拳拳之心，因这鲜明生动现象而越发动人。然而，这只是不看古人说法时的读诗印象。若看古人的解释，则会把初读此诗的印象破坏得一干二净。《毛序》和《郑笺》的说法是：因卫地淫风流行，生有七子的母亲在丈夫死后，意图改嫁，于是七子慰留母亲。照此解释，诗篇中的“七子”自责，就是不同意母亲改嫁而施的“苦肉计”，是在否定母亲做女人的权力。还有一种说法是慰留继母说：云后母因不爱前子而有去志。牟庭《诗切》、魏源《诗古微》等主此说。可是诗篇有哪一点显露了后母的消息？纯属想象罢了。近人还有一种新说法，认为是父亲虐待母亲，儿子作诗表母亲的辛劳以婉谏父亲。主此说者为闻一多《风诗类钞》，附和者不少。这同样是受了《毛序》干扰而生的另一种想象之说。又有一说认为是母亲死后儿子悼念母亲，表达了无尽的自责、愧悔之情。主此说者为蒋立甫《诗经选》等。若以“爰有寒泉，在浚之下”看，说母亲已死，也不算无据，可是看每一章结尾，都是强调母亲有子众多，却不能安顿母亲的心，都是在表自责，不应该是对去世的人说的话；这一说也不是很合理。关于此诗最早的解说是孟子，《孟子·告子下》篇记录孟子与公孙丑谈《诗经》中《凯风》以及《小雅·小弁》。（公孙丑）曰：“《凯风》何以不怨？”（孟子）曰：“《凯风》，亲之过小者也；《小弁》，亲之过大者也。亲之过大而不怨，是愈疏也。亲之过小而怨，是不可矶也。愈疏，不孝也；不可矶，亦不孝也。孔子曰：‘舜其至孝矣，五十而慕。’”公孙丑说《凯风》不怨。孟子也同意，而且引了舜五十而慕的典故来强调“七子”的不怨合乎孝子之道。至于因何“不怨”，孟子的说法是《凯风》中的母亲过错小，若因母亲小过就怨恨，母子关系就难以平复了（矶，据焦循《孟子正义》在此是磨即平复的意思）。至于母亲有什么样的小过，孟子好像知道，却没有说出来。这就给了一些人机会。孔颖达在为《毛诗序》作疏解时，就以《毛序》的说法解释孟子“过小”之说，说是“七子”一自责，母亲就收回了改嫁的主意，于是就避免了母亲犯大过错的可能。实则在一个要养育七个儿子的家庭中，负担沉重，母子之间难免要有些龃龉，母亲在某些事情上处置不当，因而引起儿子自责，是很平常的事。孔颖达那样的牵合《孟子》与《毛序》，可信度实在不高。

匏有苦叶

匏有苦叶[①]，济有深涉[②]。深则厉[③]，浅则揭[④]。

【章旨】诗之首章。言涉世当知深浅，是一篇大旨。格言体。

【注释】①匏：葫芦。秋天长成，质地坚硬，可用以渡河。苦：同枯。匏叶干枯时匏瓜长成。②济：津渡。涉：渡水。又疑此字为“浅”字之误。③厉：浮着葫芦渡水的意思。厉本义是衣服下垂的带子，《小雅 · 都人士》“垂带而厉”的“厉”即是。用葫芦渡水，葫芦浮起，犹如衣服的带子漂浮。一说厉就是砺，石头，踩着石头渡水的意思。④揭（qì）：搭起来，意即水浅，就把葫芦搭在身上过河。一说撩起衣服。

有沵[①]济盈，有鷕[②]雉鸣。济盈不濡轨[③]，雉鸣求其牡[④]。

【章旨】诗之二章。“措词谲诡隐微”（方玉润《诗经原始》），象征性语言，妙在若规若讽。

【注释】①有浵：犹言浵浵。浵，涨满。②有鷕（yǎo）：犹言鷕鷕。鷕，雉的叫声。③濡：湿。轨：车轴的轴头。④牡：雄雉。

雝雝鸣雁[①]，旭日始旦[②]。士如归妻[③]，迨冰未泮[④]。

【章旨】诗之三章。旭日与鸣雁相对，一片好光景，一段好时节。

【注释】①雝雝：雁叫声。雁：候鸟，初春北来，秋天南下。②旭日：红日。旦：升起。③士：男子。归妻：犹言娶妻。④迨：趁着。泮：冰解冻。

招招舟子[①]，人涉卬[②]否。人涉卬否，卬须[③]我友。

【章旨】诗之四章。牛运震《诗志》："'招招'二字画景。'人涉卬否'叠一笔，跌逗风神。"

【注释】①招招：招手貌。舟子：驾船摆渡的人。②卬（áng）：俺，我。③须：等待。

解析

此诗是以婚配为题表述人生处世的道理。艺术上采用的是亦实亦虚的象征手法。诗的第一章正如方玉润《诗经原始》所谓："借涉水以喻涉世，提出深浅二字作主，以见涉世须当有识量，度时务，知其浅深而后行，是全诗总冒。"第二章则专就眼前的光景着笔，其意是说河水浵然始涨，雉鸡鷕然鸣叫，已经不是婚配的时节；河水涨满，哪有不湿车轴头的？雌雉的鸣叫求偶，又岂是正常现象？第三章则正面表出：娶妻的合理时节，只在初阳变红、行行大雁北归、河水行将解冻的一段日子。"鸣雁"、"旭日"、"冰泮"等语，都是变一个样子说时节，是从正面说。一反一正之间，既点明了时节，更把时节物象的变化，丰富地表现出来，使篇章

【注释】①方、舟：都是动词。方，两船相并为方。舟，以舟渡水。②民：指他人。丧：灾难。③匍匐：手足爬行的意思，有竭尽全力的意思。

不我能慉[①]，反以我为雠[②]。既阻[③]我德，贾用不售[④]。昔育恐育鞫[⑤]，及尔颠覆[⑥]。既生既育[⑦]，比予于毒[⑧]。

【章旨】诗之五章。声讨之辞。牛运震《诗志》："怨怼之切，在连用'我'字及'尔'字、'予'字。"

【注释】①慉（xù）：相好。②雠（chóu）：仇人，对头。③阻：拒绝。④贾：出卖。用：因而。不售：卖不出去。此句以商贾比喻自己的美德不被看重。⑤育：两育字都是结构助词。恐：恐惧。鞫（jū）：穷迫。⑥及尔：和你一起。颠覆：潦倒困苦。句谓当年艰难的时候，两人心怀恐惧，怕一同陷入困境。⑦生、育：养儿育女。⑧于：如。毒：毒物。

我有旨蓄[①]，亦以御冬[②]。宴尔新昏，以我御穷[③]。有洸有溃[④]，既诒我肄[⑤]。不念昔者，伊余来塈[⑥]！

【章旨】诗之六章。以弃妇冤痛之辞作结。

【注释】①旨蓄：美好的积蓄。②御冬：比喻的说法，抵御艰难的意思。③御穷：抵御贫穷。两句是说，女子原来以为自己的努力是为抵御共同的艰难，现在才发现，男人一直把自己当做御穷的手段利用着。④洸（guāng）、溃：原意为水势凶猛，在此形容态度粗暴、凶恶。⑤诒：通贻，给予。肄：劳苦。⑥塈（xì）：忾的假借。忾，怒。

解析

这是一首弃妇之诗。从女主人公的自述看，这场婚变起因于色衰爱弛。但女主人公说得明白，所谓的"色衰"，只是由于男子好色恶德而对自己产生的厌倦；追新渔色，竟使其率然抛弃共同患难过的妻子。一句“薄送我畿”表明，这抛弃竟是关门了事地忍刻，男子是何等的薄幸！《孔子诗论》对此有“《谷风》鄙”的评论（第26简）。简文中“鄙”字原作“丕”，有人释作“背”，有人释作“悲”，有人释作“怌”。此处从周凤五先生之说。周先生在其《〈孔子诗论〉新释文及注解》（发表于庞朴主持简帛研究网站）中说：“《小雅·谷风》首章云：‘习习谷风，维风及雨。将恐将惧，维予及女。将安将乐，女转弃予。’次章云：‘将安将乐，弃予如遗。’卒章云：‘忘我大德，思我小怨。’则简文当读为‘鄙’。《楚辞·怀沙》：‘易初本迪兮，君子所鄙。’王（逸）注：‘鄙，耻也。’简文盖谓其人忘恩背德，行为可耻也。”周先生认为“《谷风》鄙”评论的是《小雅·谷风》，《邶风》中的这首同名诗，又何尝不可以作一“鄙”字的评价呢？《小雅》中《谷风》与《邶风》中的《谷风》只有内容繁简差别，都可适宜《孔子诗论》的评价，其背德之人，都应受这个“鄙”字的指谓。诗中的“凡民有丧，匍匐救之”一语，有人疑心是否当出自女性之口。实际上，这话是有其具体的指谓的。按当时社会法则，富贵的家庭，在经济上对族人有扶危济困的责任。“匍匐”云云，当系即此而言。而整个“就其深矣”一章的内容，都表达的是女子在家庭、家族乃至社会生活中的道义和德行。然而“德行”对一个女人应有的地位而言，其保障作用是何其微弱。诗中反复出现“宴尔新昏”的怨责之言，而“新昏”的宴乐，只在其“新”，一个“新”字可以击垮所有的旧德。但不论是诗人还是诗中人，似乎都没有意识到这一点。即使女主人公已经被赶出家门，仍然在陈述着自己的美德。这无益的行为，实际上反见出社会赋予女子的婚姻理想是有问题的。因为诗中人自信无亏的种种德行，实际表现的是依附的婚姻观念。这里的家庭两性关系，只有妇道，而没有女性的主体存在。“贾用不售”的话，是不幸而言中了。靠隐忍负重来获得男人的爱惜和夫妻关系的稳固，这事本身就多少有些像是在做买卖，而“以我御穷”也就是男权社会里一切婚姻关系的“买主”们的“德性”。诗毕竟触及到了这一层，虽说并不怎么自觉，但也使得诗篇在感人的伤悼之外，获得了某种思想的价值。

式　微

式微式微[1]，胡不归[2]？微君之故[3]，胡为乎中露[4]？

【章旨】诗之首章。“微君”一词，语含责备。

【注释】①式：发语词，无义。微：微末、轻贱。②归：归返自己的国家。③微：若非、若不是。故：缘故。④乎：于、在。中露：露中，经历风霜雨露的意思。

式微式微，胡不归？微君之躬[1]，胡为乎泥中[2]？

【章旨】诗之二章。

【注释】①躬：穷的假借，困穷的意思。②泥中：泥途，陷于艰难的意思。

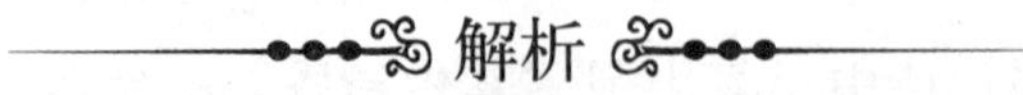

解析

《毛序》：“黎侯寓于卫，其臣劝以归也。”这是古文家对《式微》一诗的说法。据《左传·宣公十五年》记载，若干年前，北方民族赤狄曾“夺黎氏地”，鲁宣公十五年（前594年）即卫穆公八年，晋景公灭赤狄，“立黎侯而还”，即恢复了黎侯之位。《毛序》认为诗作于黎侯失国时，是劝他复国的。可是，既然黎侯被赤狄夺了地，无家可归，只有到了晋景公灭掉赤狄才有翻身的机会，大臣们硬劝他回归，有这样的道理吗？西汉后期的刘向学的是今文经学，他的《列女传·贞顺》篇记载此诗的本事，是这样的：卫侯之女嫁给黎侯，称黎庄夫人，婚后关系不好，她从娘家带来的傅母劝她回娘家，作了诗的前两句："式微式微，胡不归？"黎庄夫人以诗作答，就有了每章的后两句。今文家的这个说法可以解释此诗何以归入《邶风》，黎庄夫人和她的傅母都是卫国人，诗歌唱卫地乐调是很自然的。反之，古文家的说法则不行，黎国大臣唱歌劝他们的君主返国，该用黎地乐调才对，先秦人讲究的就是"乐操土风不忘旧"。黎地据载在今山西上党一带，无论如何此地流传的风调与卫地三《风》应该是有别的，这问题古文家说是解决不了的。今文家说还有一个好处，就是明示后人，风诗在当时不仅是可歌的，而且还有着对唱的形式。

北　门

出自北门[①]，忧心殷殷[②]。终窭且贫[③]，莫知我艰[④]。已焉哉[⑤]！天实为之[⑥]，谓之何哉[⑦]！

【章旨】诗之首章。终窭且贫，一副潦倒相。

【注释】①北门：都城的北门，出北门可能是外出行役。②殷殷：心情沉重的样子。③窭（jù）：贫困。④艰：艰难。⑤已焉哉：意思是算了吧。⑥为之：有意如此。⑦谓之何：奈之何。

王事适我[①]，政事一埤益我[②]。我入自外，室人交遍谪我[③]。已焉哉！天实为之，谓之何哉！

【章旨】诗之二章。政事一埤益我，室人交遍谪我，倒霉透顶！

【注释】①王事:犹言国事、公事。适:抛掷。②一:都，一齐。埤（pí）益：堆累增加。③室人：家人。交遍：轮番地。谪：指责。

王事敦[①]我，政事一埤遗[②]我。我入自外，室人交遍摧[③]我。已焉哉！天实为之，谓之何哉！

【章旨】诗之三章。牛运震《诗志》:“连用数‘我’字，气馁而声蹙。”

【注释】①敦：促迫。②遗：留给。③摧：折磨。

解析

这是一首表现官场小人物牢骚满腹却又无可奈何的诗篇。小人物所以有牢骚，一是他穷困，二是他事多。事多而薪水少，说明他官卑职小，什么事都由他去干，又说明他官场中受气，是个窝囊废。官场黑暗不好混，家庭中也不叫人舒心。“交遍”一词用得好，不分老少谁都可以蔑视他。照理说这日子没法过了，但诗中人却不见有什么让人提气的想头，一句“天实为之”，就算得精神胜利了。小人物毕竟是小人物。这倒不是说职位和地位，而是精神上的小。《诗经》真不愧是一个时代人生世态的万花筒，在一个小贵族自叹自怜的磨磨叨叨中,显示了社会生活的一副“体段”，散发着一股没落的情绪。

静　女

静女其姝[①]，俟我于城隅[②]。爱而不见[③]，搔首踟蹰[④]。

【章旨】诗之首章。陈震《识小录》:“有写形写神之妙。”陈继揆《读风臆补》:“其传神处，尤在‘搔首踟蹰’四字耳。”

【注释】①静女：静为靖的假借，靖女即淑女、善女的意思。姝：美貌。②俟：等待。城隅：城墙拐角处，古代筑城，在拐角处起台建屋。③爱而：爱，通薆，隐蔽的意思。而，然。爱而即薆然。④踟蹰：徘徊、焦急的意思。

静女其娈，贻我彤管[①]。彤管有炜[②]，悦怿女美[③]。

【章旨】诗之二章。展玩手中信物，昵呼“彤管”为“女（汝）”，情意荡漾。

【注释】①彤管：古代宫中有记录后妃群妾行为的女史，彤管即女史用以记事的赤色笔管。②炜：光泽。③悦怿（yì）：喜欢，双声词。女：汝，指彤管信物。

自牧归荑[①]，洵美且异[②]。匪[③]女之为美，美人[④]之贻。

【章旨】诗之三章。爱屋及乌，物以人重。许谦《诗集传名物钞》：“首言‘城隅’，末言‘自牧’，盖不特俟于城隅，抑且相逐于野矣。”

【注释】①牧：郊外为牧。归（kuì）：馈赠。荑（tí）：细嫩的白茅草根。②洵：实在。③匪：非。④美人：指诗中的男子，《诗经》中“美人”一词常用以形容男子的高大壮美。

解析

这是一首描述情人约会的诗篇。地点在城隅，当是事先说好了的。可小伙子赴会时，却见不到姑娘。以小伙子平时的经验，不是没有来，是藏起来了。小伙子伸头探脑地找不到，害得他抓耳挠腮地踟蹰徘徊。“爱而不见”两句在全诗中，最有画面效果，姑娘的调皮，小伙子的憨态，形神毕肖，漾出一股健康而又美妙的情致。小伙子见到姑娘了没有？诗人没说。结果是不需言表的，说了就没意思。诗人自有交代的办法。诗篇接着去表现男女主人公的心理。写场景，诗人是能手，写心理也是大手笔。找不到姑娘，小伙子手里握着姑娘给的信物。姑娘不会变心吧？展开手，掌心里是一支赤色的金属笔管，在城隅晚霞的辉光中晶莹透亮。是姑娘送的，原来姑娘是一位宫廷女史。小伙子应当有信心，在他盯着手里的彤管展玩不已、睹物思人时，躲在另一边的静女，又何尝消停呢？她也在摩挲着小伙子给的一把柔荑，沉浸于爱恋的幸福中呢！这荑是昨天或前天小伙子放牧归来时送的。原来小伙子是位牧羊人，原来这爱情发生在宫中女和牧羊人之间，还真有些“跨行业”的爱情永恒的意思呢！诗表观心理是细腻精微的。在姑娘、小伙子各自把玩手里的信物时，诗都用了第二人称的“女”(汝)字。物而人称，是因为物以人贵，即所谓的爱屋及乌(参钱锺书《管锥编》)。以“汝”呼物，与物对谈，是何等的一往情深！诗简洁得像剪影，但轮廓分明之中，却容纳了如许的曲折和情致。明快而不失蕴藉，十分招人喜爱。

鄘风

《鄘风》的诗篇所表现的内容应该属于卫地，已见《邶风》说明。具体到鄘的地点，日本学者樋口隆康《西周铜器之研究》认为在今商丘一带（见《中国考古学研究论文集》），与诗篇皆反映卫地情况是矛盾的，所以，鄘还是应该在商后期都城朝歌之南。西周铜器铭文《邢侯簋》载王朝移封周公之后邢侯，到今河北邢台一带建立新的诸侯邦国，有“王令……荸（匄）邢侯服，易（赐）臣三品：州人、重人、鄘人”的内容。其中的“鄘”，学者相信，就是“鄘风”的鄘。由这篇金文可知“鄘”在西周较早的时期就是人口相对稠密的地区，否则就不会从这里划拨人口给邢侯了。在上古时代，人口多就意味着富庶。由此，文化发达也是可以想见的。

《鄘风》共十篇，今选其二。

柏舟

泛彼柏舟，在彼中河。髧彼两髦①，实维我仪②。之死矢靡它③。母也天只④，不谅⑤人只！

【章旨】诗之首章。“之死”句决断，“母也”两句“柔恳有韵”（牛运震语）。

【注释】①髧（dàn）：头发下垂貌。髦：头发两分下垂至眉的样子，是父母未亡时男子的发式。②仪：配偶。③之死矢靡它：至死不移的意思。

④母也天只：呼母叫天，是痛苦至极的表现。旧说“天只”的“天”指父亲，未必确当。⑤谅：理解。

泛彼柏舟，在彼河侧。髧彼两髦，实维我特[①]。之死矢靡慝[②]。母也天只，不谅人只！

【章旨】诗之二章。陈震《识小录》：“含涕茹悲，芊眠（即缠绵——引者）婉转，读是词者，如闻其声，且如见其人，所谓下笔有神者耶！”

【注释】①特：配偶，指男子。②慝（tè）：忒的假借，改变想法的意思。

解析

这是一首忠贞女子自誓的诗篇。旧说卫国的太子早死，其妻共姜守义不嫁，而女子父母想迫使其改嫁，女子不改初衷，向父母发誓，因而有《柏舟》之作。此说或有所本，但诗内却无证明，信否在两可之间。不过从女主人公自誓的决绝看，她与“我仪”、“我特”是有真实的共同生活感情的。这也是旧说所明示的背景对理解此诗的可取之处。因此，此诗所表现的内容虽是家庭变故后女子的遭际，但实为一首表达忠贞不渝爱情的诗篇。孀居守节的生活，将是艰难的，父母令其改嫁的初衷，或本于此。但女子有自己的生活抉择，而且在这抉择经受压力时，能守护着自己的意志。诗篇突出的正是这种意志，这也是诗篇最能感人的地方。《诗经》中表现女性精神世界的篇什不在少数，但如此刚烈的性格，却不多见。

载 驰

载驰载驱，归唁[①]卫侯。驱马悠悠[②]，言至于漕。大夫跋涉[③]，我心则忧。

【章旨】诗之首章。言驱马归唁卫国时，被许大夫追回。

【注释】①唁：吊唁、慰问。②悠悠：路途遥远貌。③大夫：指许国大夫。跋涉：当是指许大夫追赶而来。

既不我嘉[①]，不能旋反[②]。视尔不臧[③]，我思不远[④]？既不我嘉，不能旋济[⑤]。视尔不臧，我思不閟[⑥]？

【章旨】诗之二章。叙述与反问相间，一片愤懑之情。

【注释】①我嘉：嘉我的倒文，嘉许、赞成我的意思。②旋反：旋，回转。反，同返，旋反即回返的意思。③视：此处有“相较”的意思，“视尔不臧”即“相较于你们的不善而言”之义。尔：指许国人。不臧：不善，无良策的意思。④远：有远见。⑤济：渡河。⑥閟：通密，周密。

陟彼阿丘[①]，言采其蝱[②]。女子善怀[③]，亦各有行[④]。许人尤之[⑤]，众穉[⑥]且狂。

【章旨】诗之三章。直言许人的愚狂。方玉润《诗经原始》：“缠绵缭绕，含下无限思意。”

【注释】①阿（ē）丘：偏高的丘陵。②蝱（méng）：即贝母，百合科草本植物，据说可以治疗郁积病症。③善怀：好怀私心、好动感情的意思，当是许人的指责之辞。④各有行：各有各的道理。⑤尤：责备。之：指诗人，即许穆夫人。⑥穉：骄狂。

我行其野，芃芃[①]其麦。控[②]于大邦，谁因谁极[③]？大夫君子，无我有尤。百尔[④]所思，不如我所之[⑤]！

【章旨】诗之四章。言救卫当求诸大国。继而痛责许国大夫君子之无能。

【注释】①芃（péng）芃：麦苗蓬勃的样子。②控：控告。③因：依靠。极：本义是屋顶的大梁，在此是依仗的意思。④百尔：百，百次、百种。尔：你们。意思是你们再多的思虑。⑤我所之：我所想到的。

解析

此诗为许穆夫人悯其宗国颠覆，试图归唁卫侯而不得的忧愤之作。据《左传》记载，公元前660年冬，狄人伐卫，卫因内政腐败，几至灭国，东渡黄河后遗民仅七百余人。卫大败之际，齐桓公（许穆夫人的姐妹为桓公夫人）接应卫人渡河，于曹地（曹亦作漕，在今河南滑县以东约二十公里处）立戴公并为之建造庐舍。戴公旋即死去，文公继立。从“采蝱”、“芃芃其麦”的景物看，诗当作于文公即位之后的第二年（前559年）春夏之交。诗云“大夫跋涉，我心则忧”，看来许穆夫人在初闻宗国倾灭之际，曾有毅然返国的举动，“许人”所以“尤之”，当因于此。女子既然已经嫁人，就成了男人的附属品，不是父母亡故，则无权出离国境，这是周礼的规定。从这角度说，许人不许夫人“归唁”，自有其道理。但问题的症结并不在此。许、卫既是婚姻之国，就有同恶相恤的义务，这也是周礼的规定。从诗人“视尔不臧”的蔑视及“我思不远”、“不闷”的反讥看，在许穆夫人毅然出走之前，曾与许国的权力人物在如何救卫的问题上，有过智术上的交锋。如此，“控于大国”就可能是许国的君子们逃避责任的遁辞，而“谁因谁极”则是对这遁辞的质问。在这里，既有礼法与人情的矛盾，又有礼法与礼法间的纠结，而中心则是如何才是真正遵循周礼、尊重道义的问题。在问题的抉择中，就有高明与鄙陋，远见与短浅之间的不同。而诗篇最大的成功，就在对这事件的自述中，显示出许穆夫人刚毅的性格和不凡的见识。这首诗历来都认为是许穆夫人自作，因而有人说她是中国文学史上第一个有主名的女诗人。有这种可能。但是也不能排除诗篇只是取材于许穆夫人故事所作的乐歌，意在歌颂她的真正懂得礼法、热爱邦国。齐桓公尊王攘夷、存邢救卫是民族大义高涨的时期，也是风诗写制的一个活跃期。

卫风

周初于殷商故地设三监，后三监联合殷商遗民叛乱。周公在平定叛乱之后，命其弟康叔镇守于此，是为卫国之封。原来卫之地，是商畿内朝歌以东的诸侯之地，《逸周书·世俘解》记载在克商之后第二十一天的甲申，“百弇以虎贲誓，命伐卫”。而且封建康叔时，还同时把康叔之子中旄父封到了朝歌以东的卫。到后来康叔后代才把殷商故地合并为一，并称卫，邶、鄘、卫的并立就此结束。又近出“清华简”有《系年》篇，言周初封建“乃先建卫叔于庚丘，以侯殷之余民。为人自庚丘迁于淇卫”。庚丘即康丘，庚康古通，康丘应该就是“殷墟”大范围内的小地名。之后康叔治下的民众才迁移到“淇卫”之地，也就是“淇水之滨的朝歌”。(李学勤《清华简〈系年〉解答封卫的疑迷》(刊《文史知识》2012年第3期)。这与《逸周书·作雒解》的说法可能相通，只是《系年》没有说清“迁于淇卫”即康叔之国最终把都城确定在朝歌的具体时间。至懿公时，赤狄入侵，卫几乎灭国。在齐、宋等诸侯帮助下，卫迁于黄河以南，都楚丘。之后，卫一直延续到战国。《卫风》中的诗篇多为春秋前期作品。

《卫风》十篇，今选其四。

硕　人

硕人其颀[①]，衣锦褧衣[②]。齐侯[③]之子，卫侯[④]之妻，东宫[5]之妹，邢侯之姨[6]，谭公维私[7]。

【章旨】诗之首章。细表新妇身份的华贵。牛运震《诗志》："首二句一幅小像，后五句一篇小传。"

【注释】①硕人：丰满高大的人。其颀：犹言颀颀，修长。②锦：锦缎的衣服。褧（jiǒng）：绢丝制成的罩衣。古代富贵者穿绸缎衣服时，要在外面罩上一层绢纱制成的外罩，据说是怕绫罗绸缎的色彩太显眼，实际可能是起保护绸缎作用。在西汉马王堆辛追墓中曾发现过一件这样的保存完好的西汉褧衣，薄如蝉翼，叠起来可以放到一个火柴盒大小的容器里，由此可见古代丝织技术的高超了。③齐侯：齐庄公。④卫侯：卫庄公。⑤东宫：太子居住的宫室称东宫，齐庄公太子为得臣，庄姜为得臣之妹。⑥邢：西周时始封之姬姓国，在今河内邢台一带。姨：妻子的妹妹。⑦谭：春秋时诸侯国，故地在今山东历城县境内。维：是。私：姊妹的丈夫称私。

手如柔荑[1]，肤如凝脂[2]。领如蝤蛴[3]，齿如瓠犀[4]，螓首蛾眉[5]。巧笑倩兮[6]，美目盼[7]兮！

【章旨】诗之二章。前五句工笔细描，后二句点染出神。姚际恒《诗经通论》："千古颂美人者，无出其右，是为绝唱。"

【注释】①柔荑（tí）：柔，柔嫩。荑：白茅始生为荑。柔荑即柔嫩的白荑。②凝脂：凝结的油脂，形容皮肤的细腻、白中透青。③领：颈。蝤（qiú）蛴（qí）：一种寄生于木上的昆虫，幼虫长而白。④瓠犀：瓠瓜的子，形容牙齿的整齐洁白。⑤螓（qín）：俗名伏天，似蝉而小，头广而方正，形容女子的额头发式。蛾眉：蛾是蚕蛾，触须细长弯曲，人眉以长而弯曲为美，以蛾须喻之。⑥巧笑：即甜甜的笑。倩：笑时口颊间动人的形态，如今所谓酒窝。⑦盼：眼睛黑白分明。

硕人敖敖[①]，说[②]于农郊。四牡有骄[③]，朱帻镳镳[④]，翟茀以朝[⑤]。大夫夙退[⑥]，无使君劳。

【章旨】诗之三章。送亲、迎亲场景，笔触热闹。"大夫"二句，语含戏谑。

【注释】①敖敖：犹言昂昂，颀长貌。②说：音义同税，暂时停歇的意思。按当时习惯，嫁女来夫家之国的农郊，要停留一下，换下从娘家穿来的衣服，穿上君夫人的服装。③四牡：指驾车的四匹公马。有骄：犹言骄骄，雄壮的样子。④朱帻（fén）：系在马嚼子上的红色饰物，并用以扇汗。镳（biāo）镳：盛貌。⑤翟（dí）茀（fú）：茀，遮蔽车篷的帘子，翟是雉的羽毛。翟茀即装饰有翟羽的车帘。朝：拜见君主，亦即新婚丈夫。⑥夙退：早退。

河水洋洋，北流活活[①]。施罛涉涉[②]，鳣鲔发发[③]，葭菼揭揭[④]。庶姜孽孽[⑤]，庶士有朅[⑥]。

【章旨】诗之四章。仍从上一章"农郊"二字着眼，拓展开去，赞美卫邦的水土，连续的叠字，更有效地渲染出邦家的吉庆！

【注释】①活（guō）活：水流声。②罛（gǔ）：鱼网。涉（huò）涉：入水的声音。③鳣（zhān）鲔（wěi）：鳣，鲤鱼。鲔，似鲤而大。在此只是说鱼种类繁多。发（bō）发：鱼出水时击尾声。④葭：芦苇。菼：荻苇。揭揭：挺秀貌。⑤庶姜：陪嫁的姜姓女子。孽孽：众多貌。⑥庶士：护嫁而来的齐国武士。朅（qiè）：武壮。

解析

《硕人》铺叙的是庄姜始嫁于卫国时的情景，赞美新娘是诗篇的主调。据《左传·隐公三年》和《史记·卫世家》记载，卫庄公五年娶齐女为夫人，庄公五年即前 753 年，是诗篇为国风中较早的诗篇之一。第一章细表新人家世背景的不凡，说明这桩婚事的政治意义。第二章极赞硕人的娇好，是表这件婚事的美妙。第三章言车服之盛、礼数之备，是说婚事过程的庄重。最后一章渲染环境，是赞美婚事的吉庆。以上是诗写了些什么，“怎么写”诗篇也颇有可观。写美人一章，前六句用比喻，如工笔的精描细摹。仅于此，则只是“人样子”，有了后两句，则如龙成点睛、颊上三毫，一团生气荡漾其间。美的动人在媚，诗人画眼染笑的工夫，不亚于蒙娜丽莎的效果。而第三章，稳重的叙事之后，忽然接上一句“无使君劳”的提醒，表现出了诗人的谐趣。喜事就容得人开玩笑，君主结婚亦然。这是诗的生活气息。工稳的笔触嵌以精巧的点染，矜持的态度伴以偶尔的调笑，使得诗篇既稳重，又活泼。末尾一章连用叠字，写卫国的丰饶，来到这样的国度做一国之母，该是让人称心如意的。这里既有对新人心意的揣度，又有诗人对自己国家的自豪。诗赞美“硕人”本身所体现的美人观念，也是值得一提的。以硕大为美，是《诗经》中普遍的审美观，如《陈风·泽陂》言“有美一人，硕大且卷”，“卷”是双颊，美人不仅要高大，还得肌丰肉满。而《鄘风 · 君子偕老》、《郑风 · 野有蔓草》则都以额角宽阔称道美人，正与此诗的“螓首蛾眉”之喻美趣相通。

氓

氓之蚩蚩[1]，抱布贸丝[2]。匪[3]来贸丝，来即我谋[4]。送子涉淇，至于顿丘[5]。匪我愆期[6]，子无良媒。将[7]子无怒，秋以为期。

【章旨】诗之首章。由相恋写到定婚。“子无良媒”显示，是男女私定终身后再提媒。“匪来贸丝”二句传神。

【注释】①氓：民、人，不定为谁的称呼，犹言那个人。这一称谓道出的是这场婚姻的男女主角都是“野”中之民，身份较低。蚩（chī）蚩：傻乎乎、笑嘻嘻的样子。②布：布帛。贸：交换。丝：丝麻之物。③匪：同非。④谋：商量，即商量婚姻的事。⑤顿丘：卫地名，在淇水之南。⑥愆（qiān）期：错过了佳期。⑦将（qiāng）：请。

乘彼垝垣[①]，以望复关[②]。不见复关，泣涕涟涟。既见复关，载笑载言。尔卜尔筮[③]，体无咎言[④]。以尔车来，以我贿[⑤]迁。

【章旨】诗之二章。世表女子的翘盼之情。“不见”、“既见”等数句，写尽了女子痴迷之情。

【注释】①乘：登上。垝（guǐ）垣：高墙。②复关：地名，王应麟《诗地理考》引《太平寰宇记》：“澶州临河县，复关城在南，黄河北埠也。复关堤在南三百步。”一说复关即回来的车。关为车箱板。③尔卜：尔，你。卜，占卜。尔卜即为你而卜的意思。筮：用蓍草算卦。④体：卦体，即卜筮所显示的卦象。咎言：不吉利的话。⑤贿：财物。

桑之未落，其叶沃若[①]。于嗟鸠兮[②]，无食桑葚[③]。于嗟女兮，无与士耽[④]！士之耽兮，犹可说[⑤]也。女之耽兮，不可说也！

【章旨】诗之三章。对天下痴情女作“枯鱼”之泣。与前章形成鲜明对比。

【注释】①沃若：桑叶肥大润泽的样子。②于（xū）嗟：感叹词，于即吁。鸠：鸟名，一名斑鸠，性情温和而有固定的配偶，所以《诗经》常用以为女性的象征。③桑葚（shèn）：桑树的果实，据说鸠吃多了桑葚会醉，所以用来比喻女子不可过分耽溺于爱情。④士：男子的通称。耽：沉溺。⑤说：

同脱，解脱的意思。

桑之落矣，其黄而陨[①]。自我徂[②]尔，三岁食贫[③]。淇水汤汤[④]，渐车帏裳[⑤]。女也不爽[⑥]，士贰其行[⑦]。士也罔极[⑧]，二三[⑨]其德。

【章旨】诗之四章。从“桑落”起笔，揭出男子的负心。“淇水”二句，似是回忆出嫁时景，更似以帏裳打湿，喻自己的择婿不慎。

【注释】①陨：飘落。②徂：往。③食贫：缺少食物，指生活困难。④汤（shāng）汤：水盛貌。⑤渐（jiān）：沾湿。帏裳：围车的幕布。⑥爽：差错、过失。⑦贰：改变。行：行事的初衷。⑧罔极：没定准、不忠贞。⑨二三：不专一。

三岁为妇，靡室劳矣[①]。夙兴夜寐[②]，靡有朝矣[③]。言既遂矣[④]，至于暴[⑤]矣。兄弟不知[⑥]，咥[⑦]其笑矣。静言[⑧]思之，躬自悼矣[⑨]。

【章旨】诗之五章。述蚕女的辛勤，表男子“中山狼”本性。

【注释】①靡室劳矣：意思是家中的事情没有不是我操劳的。②夙兴夜寐：早起晚睡。③靡有朝矣：不是一天两天这样。④言：发语词。遂：顺心，指生活好过了。⑤暴：暴虐。⑥兄弟不知：古代重视血亲，以兄弟称道好的夫妻关系。此句是说，原本像兄弟一样亲密的夫妻关系，现在却变得互不理解了。⑦咥（xì）：大笑。是男子暴虐的表现。⑧静言：静静地。⑨躬：自己。自悼：自己伤悼自己。

及尔偕老[①]，老[②]使我怨。淇则有岸，隰[③]则有泮。总角之宴[④]，言笑晏晏[⑤]。信誓旦旦[⑥]，不思其反[⑦]。反是不思[⑧]。

亦已焉哉[⑨]！

【章旨】诗之六章。痛定思痛，作决断之语。牛运震《诗志》："称之曰氓，鄙之也；曰子曰尔，亲之也；……曰士，欲深斥之而谬为贵之也。称谓变换，俱有用意处。"

【注释】①偕老：相伴到老。②老：重复前一句的简略语，含责备之意。③隰（xí）：下湿之地。两句是说什么事情都要有个边际，这样不幸的关系也该结束了。④总角：结发，女子结婚后侍奉公婆的发式。宴：欢乐，指男女初结合时的欢爱。⑤晏晏：安乐貌。⑥信誓：互相亲信的誓言。旦旦：诚恳的样子。⑦不思：不料想。反：违反。⑧反是不思：是"不思其反"颠倒说法。⑨亦已焉哉：作罢的意思，表示女子的决绝之情。

解析

《氓》是一首弃妇诗。诗借女子的独白，叙述了诗中男女主人公从私定终身到结婚后女子吃苦耐劳，再到男子变心的过程，最后表女子的决绝之情。是叙事又是抒情，叙事简括而抒情浓郁，三百篇中别具一格。钱锺书《管锥编》评价说："此篇层次分明，工于叙事。'子无良媒'而'愆期'，'不见复关'而'泣涕'，皆具无往不复、无垂不缩之致。然文字之妙有波澜。读之只觉是人事之应有曲折。"不仅叙事颇有特色，事中的人物亦颇具性格。如诗中男子"抱布"而来的伪饰，"将子无怒"中的态度，都触及人物的脾性；而"氓之蚩蚩"的嬉皮笑脸，与"咥其笑矣"的谑浪笑傲，前恭后倨的反差，都是其脾性的自然展现。女子一方，先是为爱情而痴迷造次，婚后则恪尽妇德，至情至性，前后表现一致。而最可贵的是女主人公最终的决断，能爱才能恨，诗第三章表明，失意的主人公最终从生活的废墟中发现了某些生活的真实：婚姻家庭生活中女子总是被压榨甚至抛弃的受害一方。诗中人在失败的婚姻现实面前，并不像《诗》中常见的那些“弃妇”那样，只会一味地诉说自己的妇道美德，她有自己的思想和愤怒，诗篇因此也给我们矗立起一个性格统一的形象。在思致上，“士之耽兮”等四句，也大可玩味。钱锺书又谓：“夫情之所钟，古之‘士’则登山临水，恣其汗漫，争利求名，得以排遣；乱思移爱，事尚匪艰。古之‘女’闺房窈窕，不能游目骋怀，薪米丛脞，未足忘情摄志；心乎爱矣，独居深念，思蹇产而勿释，魂屏营若有亡，理丝愈纷，解带反结，‘耽不可说’，殆亦此之谓欤？”人类一个难以克服的也是基本的不平等，就是男女两性之间的不平等，几千年前的诗中弃妇在对同性的呼告中，触及了这一点，是十分可贵的。在各国风的诗篇中，此诗所涉及的男女是野外之民，就是非周人的土著居民，他们的生活能够进入《诗经》，一定与那个“王官采诗”的制度有关。就是说，诗篇虽以“我”为叙述主体，但其作者未必就是胼手胝足的蚕桑之人。这正是“采诗观风”这一社会观念的不凡之处，正因这一观念的存在，《诗经》反映社会生活的视野才能触及这些下层之人，表现他们的悲欢离合。另外，诗篇的男女爱情也是发生在桑林的环境之下的。

伯兮

伯兮朅兮[①]，邦之桀兮[②]。伯也执殳[③]，为王前驱。

【章旨】诗之首章。言夫婿为王前驱，语含自豪之情。

【注释】①伯：女子对丈夫的称呼。朅：勇武。②邦：邦国。桀：杰，杰出。③殳（shū）：古代兵器，长一丈二尺，湖北随县擂鼓敦墓葬曾有出土，其形制由柄和金属的殳头两部分组成，金属殳头部分，顶部为三棱形矛头，其下紧连一个带有棘刺的铜箍，间隔一段还有一个细棘刺的铜箍。柄一般由竹或者木为之。殳主要用来击打。殳与矛、戈等同为“五兵”，《周礼·夏官·司右》云：“凡国之勇士，能用五兵者，属焉。”诗称伯为“邦之桀”，正因其能执五兵之殳也。

自伯之东[①]，首如飞蓬[②]。岂无膏沐[③]，谁适为容[④]？

【章旨】诗之二章。不梳妆打扮，只是为夫婿守志。牛运震《诗志》：“女为悦己者容，翻得新妙。”

【注释】①之东：去往东方。②飞蓬：头发散乱貌。③膏沐：洗头润发的油脂。④谁适：适，当，谁适即对谁、为谁的意思。容：容貌。

其雨其雨[①]，杲杲[②]出日。愿言[③]思伯，甘心首疾。

【章旨】诗之三章。言思念之苦。“甘心”二字，仍表守志且以疾首为荣，“其雨”二句，则不免守得颠倒错乱。

【注释】①其雨其雨：祈使句，盼望下雨的意思。②杲(gǎo)杲：日出貌。两句是说，盼望着下雨，但太阳却升起来了，比喻思妇盼夫不归的失望心情。③言：语气词。

焉得谖草[①]，言树之背[②]。愿言思伯，使我心痗[③]。

【章旨】诗之四章。以忘忧草解决问题，思念之苦实在无药可治。

【注释】①谖草：即萱草，一种据说可以令人忘忧的草。②背：背阴处，堂屋的背后。③痗（mèi）：心病。

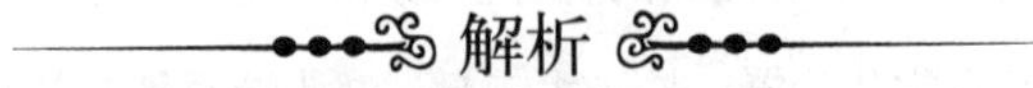

解析

《伯兮》是一首思妇之作，诗义自明。从“为王前驱”的诗句看，当作于东周较早的时期，此时周王还有从诸侯国征调人力的权威。再从“邦之桀兮”及“伯也执殳”云云看，这位被思念的丈夫，可能是军伍中的显眼人物，如卫戍人员等等；“朅兮”、“桀兮”也可能是情人眼里幻出的，算不得实际。不过无论如何做妻子的对丈夫此次的“之东”有一股自豪情绪，为诗篇情感的一个方面，这一点是明确的。它也为下文的苦楚思念给出了一种前提和限定：女子是不反对丈夫出征的，相反，她还由丈夫在人群中的出众获得了某种满足。然而，人前的荣耀马上会被长时间夫妻分离的苦楚所替代，这是要由她自己一个人独自消受的，不会有谁能和她共享的。诗的后三章所写的就是闺中人苦苦地守着自己身心苦痛颠沛造次的。“首如飞蓬”是因为少了“伯也”的赏阅，“疾首”而又是“甘心”，闺愁虽则浓郁，却沿着对丈夫爱恋的方向蔓延。换言之，妻子虽然深陷于属于她自己的苦恼，她却有意地用这苦恼，用对自己爱美天性的取消，表达着做妻子的贞诚，以报答为家庭获得荣耀的丈夫。因此，在荣耀和苦恼之间，前者始终暗自占据上风。但这毕竟是一首思妇的诗篇，苦苦的思念才是它着意表现的内容。在诗的最后一章，当诗中人试图靠着忘忧草来解决内心的愁闷时，可以看出她是一位多么深情而痴迷的人！而诗结穴处“愿言思伯，使我心痗”的真实情感的如实“招供”，则又表明女主人公是一个真性情、不俗气的人。而诗篇从“首如飞蓬”的情状和“谁适为容”的心理来写女子的思情，论把握人物，诗人真称得上是圣手了！

木　瓜

投我以木瓜[①]，报之以琼琚[②]。匪[③]报也，永以为好也。

【章旨】诗之首章。陈继揆《读风臆补》："千古交情，尽此数语。"

【注释】①木瓜：今名相同，又叫楙楂，木本植物，果实长椭圆形，状如小甜瓜，一端有鼻状突起，经水煮后可食。②琼琚（jū）：佩玉，美玉为琼。③匪：非。

投我以木桃[①]，报之以琼瑶[②]。匪报也，永以为好也。

【章旨】诗之二章。

【注释】①木桃：与木瓜树科属相同，为可观赏植物，枝有刺，果实较木瓜小。②琼瑶：美玉名。

投我以木李[①]，报之以琼玖[②]。匪报也，永以为好也。

【章旨】诗之三章。

【注释】①木李：今名榅桲，落叶灌木，枝小纤弱，果实味酸，气味香，形状与木瓜相似却无鼻端突起。②琼玖（jiǔ）：美玉名。

解析

《孔子诗论》对《木瓜》篇有如下的评论："[吾以《木瓜》得] 币帛之不可去也。民性固然，其隐志必有以俞 (抒) 也。其言有所载而后纳，或前之而后交，人不可解 (干) 也。(以上第 20 简)《木瓜》有藏愿而来未得达也。因木瓜之报，以俞 (抒) 其悁者也。(以上第 18 简)" 这段话有两点可注意，一是孔子从这《木瓜》中看出的一种民情民性，要表达心中的志愿情感，单用嘴说不行，还得加上币帛之类的礼物，这是言语被人接受的条件，这样结成的关系，才不易被人离间、破坏。再有一点是就诗篇本身而言的：《木瓜》在孔子看来歌唱的是有愿望未得表示的不惬。这有助于准确

理解诗意：诗篇好像是在抱怨对方没有给他（或她）行礼，如果对方那样做了，他（或她）会重重地回报对方的，这样两者间的关系就永远坚固了。这也是《诗经》中不必拘泥本事理解的诗篇。有人说诗是卫国人对齐国救卫表达回报之情的，与之相反的说法是卫人讽刺卫文公伐齐、不思回报的；有人说诗讽刺的是送礼行贿的，又有人说诗是赞美礼尚往来的；自然在今人看来，又是表达爱情的。这些说法都可说通，而且诗的直接写作动机，每一种说法都有可能。但拘泥于哪一说，都会局限了此诗的意蕴。因为诗道及的不是一人一事的情理，而是社会人生中所显现出的一般之理，所表述的是人世间一种基本的关系样态，所映现的是社会具有普遍意义的世俗人情。如果将投轻报重理解为双方超脱物利的友情结好，诗便是赞美"君子之交"或真挚的爱情了。如果从相反的方面理解，认为这是一种投桃报李的物利交换，所谓的"为好"，便是"小人"之间的"甘如饴"了。关键在于这里将友谊与物利扭在了一起，因而诗人实际洞达了这样一层道理：不论是摆脱了物利的"好"，还是深陷于它的"好"，货利都是一种媒介，即使是高尚也不可能是彻底高超的。《史记·货殖列传》载商人白圭语曰"以取予"，为取而予，明乎此，"于古来所谓'交际'、'人事'，思过半矣"（钱锺书《管锥编》）。所以可以说，诗洞达了人性的一个侧面，表述了生活的一层真实。《孔子诗论》的论述，看重的也正是这一点。

王风

西周灭亡（前770年）后，周平王率众迁都雒邑，作为东方政治中心的成周成为周王朝的惟一首都。“王”即王畿的简称，王畿即雒邑及周围地区。王畿之诗而被称为“风”，是因为周天子权威下降如同诸侯了。这是传统的说法。西周昭王穆王之际的器物铭文《作册夨令方尊、方彝》记载作册夨令随同新被周王委以“尹三事四方”之命的明保，到东都雒邑完成履新的事。铭文记述了明保在东都的各种活动，其中就有“用牲于王”一项，就是说，在西周时代的东都，有一个可以简称为“王”的处所。东周王畿之地的“风”被称为“王”，是否与这个金文的“王”有关呢？金文中的“王”，有学者指出，就是王城，而王城在当时与成周并存，都是东都的组成部分。又有学者研究，这个“王城”，不是周王及其所属居住的，而是被西迁来的殷商遗民的住地，所以称为“王”或“王城”，是因为这里的殷遗多为“商王士”，即殷商王室血缘关系的人，为殷遗民上层（彭裕商《新邑考》，见《西周青铜器年代综合研究》一书）。如此，东周王都的诗篇所以称为“王”或者“王风”，就有可能不像过去所理解的是因为诗篇地域是王畿，而是因为那个殷遗民居住的“王”。也就是说，随着大量殷商遗民的西迁雒邑，在王城这个殷遗民聚集的地区出现了一种曲调的新声，这就是“王风”的乐调，带有强烈的殷商因素。所以，要分出来单独为一“风”。过去认为，东迁之后，王室卑弱，庙堂无诗，所以东周只有《风》而没有《雅》。事实并非如此。今存《小雅》中的《十月之交》，根据其所反映的日食月食情况，懂得天文学的学者已经确定这首诗为东迁之后所作。或许就是因为《十月之交》的声调与其他王风不同，所以才被归入《小雅》的。所以《王风》并不是东周王朝直接辖地诗歌的全部，只是其中一部分，且内容多为反映下层情感的篇章。

《王风》十篇，今选其四。

黍离

彼黍离离①，彼稷②之苗。行迈靡靡③，中心摇摇④。知我者，谓我心忧。不知我者，谓我何求。悠悠苍天，此何人哉⑤！

【章旨】诗之首章。言路途所见激起的内心之痛。吴闿生《诗义会通》："旧评：起二句满目凄凉。结句含蓄无穷，欷歔欲绝。"

【注释】①黍：一种谷物，今称黄米、黏米。离离：稀疏成行的样子。②稷：据程瑶田《九谷考》，稷为高粱。③行迈：行进、前行。靡靡：行动迟滞的样子。④摇摇：忧心无主的样子。⑤此何人哉：这是什么人造的孽。

彼黍离离，彼稷之穗。行迈靡靡，中心如醉。知我者，谓我心忧，不知我者，谓我何求。悠悠苍天，此何人哉！

【章旨】诗之二章。

彼黍离离，彼稷之实。行迈靡靡，中心如噎①。知我者，谓我心忧。不知我者，谓我何求。悠悠苍天，此何人哉！

【章旨】诗之三章。写时序："苗"、"穗"、"实"；写心情："摇"、"醉"、

“噎”。时序节节渐晚，心情则一层深过一层。牛运震《诗志》：“悲凉之调，沉郁顿挫。”

【注释】①噎（yē）：内心郁闷的意思。

解析

旧说此诗系东周大夫行役镐京，目睹故国宗庙宫室，尽为旷野禾黍时的伤悼之辞。虽然此说于诗内并无明显的证据，但较之其他说法，更经得起推敲一些。据载，周朝东迁后，宗周之地为戎狄所据，二十余年后，秦国收复此地并献之于周，此诗果真如旧说所云，则当作于王朝始有其地之后，此时距西周灭亡已有三十余年的时光（在周幽王死、平王东迁之前，据研究，中间还有十几年的间隔期，参晁福林《论平王东迁》一文）。诗从路途所见写起，见黍稷禾苗而行动迟缓，是因为沧海桑田的悲悯和感慨。赫赫宗周，一场兵燹竟然灰飞烟灭。几十年的风雨消蚀，行行稀疏的黍稷间，或许还微露些旧日的砖瓦？田野的远处或许还横兀着几段残垣断壁？在这硗薄的土地上，弄着稀疏的禾苗的，或许还有劫难后的先朝孑遗？这一切，诗都没有明确表示，诗人只是用“如醉”、“如噎”等字眼，用他的徘徊不忍离去，来传达此时内心的百感交集。而结尾一句银瓶乍破般的“悠悠苍天”，将荒圮的现实置之于苍茫迥远的天地之间，凭吊出一股苍凉的历史悲慨。诗“开口着一‘彼’字，见他凄凉满目。结尾着一‘此’字，见他怨恨满怀”（陈继揆《读风臆补》），“彼”与“此”的对峙，“黍稷”向“何人”的跳跃，表明诗篇的伤悼意蕴，已不限于故国的幽古之思，它实际是在表达生存于历史、生存于天地间的个人，在面对无限的宇宙与有限的历史时，幻灭的感受和怅惘的意识。诗人不去细说他所见到的景物,而是用虚拟的“谓我何求”的他人疑问,来反复强调他内心的悲哀感，就是为突出他面对眼前一切时无以言传的苍凉感受。荒圮的景象，旷远的天地，孤特的个体，浓烈的伤悼，构成诗篇沉郁而悠远的特征。

君子于役

君子于役①，不知其期，曷至哉②？鸡栖于埘③，日之夕矣，羊牛下来④。君子于役，如之何勿思？

【章旨】诗之首章。言君子未有归期。“如之何”三字曲折有力。姚际恒《诗经通论》:“日落怀人，真情实况。”

【注释】①君子：妻子对丈夫的称呼。于役：服徭役。②曷至哉：到哪儿了呢？一说,什么时间才回来呢？③埘(shí):在墙壁上挖洞修成的鸡窝。④下来：归圈。

君子于役，不日不月①，曷其有佸②？鸡栖于桀，日之夕矣，羊牛下括③。君子于役，苟④无饥渴!

【章旨】诗之二章。祝愿君子无饥无渴。是无奈中的祈望之语。

【注释】①不日不月：没有定期、时间漫长的意思。②佸（huó）:会见、见面。③括：会集。④苟：但愿。

解析

这是一首妻子挂念在外服役的丈夫的诗。“暝色起愁”即借助落日晚景来抒情是诗篇表现形式上的一大特点（参钱锺书《管锥编》)。日出而作，日入而息，是农耕时代的常人之家习惯的生活节律。因此当目睹着羊牛归圈、鸡禽上架的夕阳晚景时，对外出家人的挂怀的恓惶，便愈发强烈了。羊牛都在“下来”，如果在外的人回家，这黄昏的时节，也该是“有佸”的时刻了。盼归的思情在黄昏中越发强烈。看来这一次又让人失望了，而黄昏时的失望又何止这一次了呢？这难免让人懊恼，“不知其期”，“无日无月”就是因懊恼发出的怨望之词。不过，毕竟失望太多，女主人公已经把期望的情绪换成一种关切：他现在到哪里了？该没有受饥挨饿吧？诗表现女子的内心活动是细腻的，在简短的描述中，读者似乎看到沉浸在愁绪中的女主人公一面照料着归笼入圈的牲畜家禽，一面谛听服役丈夫归来声息的情景。诗的情调是幽隐而平静的，人物的内心活动也是委婉的。富于生活气息的晚景，竟是不团圆的煎熬。人物的惹人怜惜，诗的言外之意，都从诗篇简笔勾勒的图景中扑面而来了。

兔 爰

有兔爰爰[1]，雉离于罗[2]。我生之初，尚无为[3]。我生之后，逢此百罹[4]，尚寐无吪[5]！

【章旨】诗之首章。“我生之初”与“之后”相对较，慨叹自己生不逢辰，沉痛而消极。后二章义同。

【注释】①爰爰：同缓缓，自由自在的样子。②离：附丽，遭遇。罗：网。③为：兵役之事。④罹：忧患。⑤尚：庶几，希冀之词。吪（é）：动。

有兔爰爰，雉离于罦[1]。我生之初，尚无造[2]。我生之后，逢此百忧，尚寐无觉！

【章旨】诗之二章。

【注释】①罦（fú）：一种装有机关的网，可自动掩捕鸟兽，又称覆车网。②造：同上文之"为"。

有兔爰爰，雉离于罿[1]。我生之初，尚无庸[2]。我生之后，逢此百凶，尚寐无聪[3]！

【章旨】诗之三章。

【注释】①罿（tóng）：罗网的一种。②庸：用，与为、造同义。③聪：闻听。

解析

诗为没落贵族的哀叹之辞。《孔子诗论》第25简"有兔逢时"，是说此诗是遭逢特殊世道所作。朱熹《诗集传》说："为此诗者，盖犹及见西周之盛。"大概为宣王、幽王至平王期间作品，与《王风·扬之水》大体相近。诗表达的是厌世悲观心理。世道的变迁带给诗中人处境的没落，诗中人除了抱怨之外，就是采取"尚寐无吪"、"无觉"、"无聪"的驼鸟政策，很没出息。而诗中人又自比为雉，说一切苦难应由被他称为"兔"的人们承担，就不仅没出息，而且是面目可憎了。诗篇可视作两周之交贵族没落情绪的一幅写照。

采　葛

彼采葛兮，一日不见，如三月兮！

【章旨】诗之首章。一日不见如三月，夸张之语。下三章仿此。

彼采萧[①]兮，一日不见，如三秋兮！

【章旨】诗之二章。

【注释】①萧：香蒿，又叫牛尾蒿。枝干晒干后燃烧，有香气。古代祭祀时常用牛尾蒿和动物油脂放在一起献给神灵。

彼采艾[①]兮，一日不见，如三岁兮！

【章旨】诗之三章。方玉润《诗经原始》："千古怀友佳章。"

【注释】①艾：一种可用以治百病的草。

解析

这是极言思情迫切的诗篇，视之为情人相思可以，视之为朋友相求也可，视之为臣子"三日无君惶惶如也"亦无不可。诗的妙处不在谁是诗中人、诗中人想谁，而在诗人所表达出的思念的诚挚和一往情深。"一日不见"是实情，而"如三岁兮"却是"一日"之别所产生的心情。"三秋"、"三岁"的感受是夸张么？不是，它也是一种"实情"，是由人情的笃厚和真挚而具有的实情。诗篇在两种实情的比照下，表现了一种人情的醇美。

郑风

郑封国在西周晚期的宣王之世。始封之君是周宣王的弟弟姬友，即郑桓公，初封之地在郑（今陕西华县西北）。郑桓公在幽王朝为司徒，知王朝将乱，谋逃亡之地，选中了东方的虢、桧小国作为鸠占鹊巢之地。不久王室大乱，幽王和桓公皆死，桓公之子武公率众东迁于虢、桧，虢、桧自此灭亡。郑国遂有今河南中部地区。郑地地处南北要冲，西靠嵩岳山地，东南有广阔平原，土地肥沃，河流众多，物产丰饶，溱水、洧水发源于国之西北，合流后流经都城附近东南入颍。两条河流与《郑风》密切相关。郑为后封的国家，立国观念的突出特点是保护商人的利益，因此商业也颇为发达。这在诗篇中有所反映。还有一点也很重要，那就是《国语·郑语》所说："谢、郏之间，……未及周德。"郑国的主要地区西周礼乐文化流布较弱。这一点已为考古发现证明。然而，周人文化较弱，当地文化累积却十分深厚，这里是新石器时代裴李岗文化的中心地带，在舞阳县贾湖村发现的距今九千年的禽鸟腿骨制的七孔笛曾震惊世界。在距郑国都城不远的长葛石固，也发现过时代较贾湖骨笛稍晚的骨笛。深厚的文化蕴积，方便的交通，肥沃的土地，重视商业的国策，都使得郑这个后期的邦国在文化上后来居上。它的音乐和诗篇，自然会非同一般。传统上总是说"郑卫之音"，实际两者是有分别的，卫诗多言贵族上流社会在男女婚姻上的败道，而郑国的诗篇却多表现在原始风俗下，"溱、洧之水，男女聚会，讴歌相感"（《礼记·乐记》疏引许慎《五经异义》）的风情。还有，孔子说"郑声淫"，又说"放郑声"，有学者认为，所谓“郑声”是指这里流行的乐调与古乐的不同，实际代表了当时音乐的新发展。《左传》记载春秋时期诸多的“赋诗言志”活动，惟有郑国的诸位大臣在一次群体性的“赋诗”活动中全都赋的郑诗，这显示的应是郑国人对本地诗篇的熟悉和热爱。《礼记·乐记》记载魏文侯说自己听古乐昏昏欲睡，听郑卫之声“则不知倦”，正表明郑地声乐的新鲜活泼，适于当时的审美情趣。《郑风》诗篇绝多为春秋作品。

《郑风》二十一篇，今选其十。

将仲子

将仲子兮①，无逾我里②，无折我树杞③。岂敢爱之④？畏我父母。仲可怀⑤也，父母之言，亦可畏也。

【章旨】诗之首章。言谓父母以提醒仲子。牛运震《诗志》：“仲可怀也，亦可畏也。较量得细贴婉切，至情至性，恻然流溢。”

【注释】①将（qiāng）：请，祈求、央告之意。仲子：仲，排行第二为仲，犹言老二，是对情人的昵称。②逾：翻越。里：古代乡村，五家为邻，五邻为里，每一里都用墙围着，所以诗中人有逾墙行为。③树杞：即杞树。④爱之：爱惜它，之指代树杞。⑤怀：念。

将仲子兮，无逾我墙，无折我树桑①。岂敢爱之？畏我诸兄。仲可怀也，诸兄之言，亦可畏也。

【章旨】诗之二章。言谓诸兄以提醒仲子。《孔子诗论》：“将仲之言，不可不畏也。”

【注释】①树桑：桑树。

将仲子兮，无逾我园[1]，无折我树檀[2]。岂敢爱之？畏人之多言。仲可怀也，人多言之，亦可畏也。

【章旨】诗之三章。言畏他人以提醒仲子。吴闿生《诗义会通》："语语是拒，实语语是招，蕴藉风流。"

【注释】①园：园墙，实即里墙。②树檀：檀树。

解析

这是一首"里巷歌谣"的爱情诗。诗篇极其巧妙地表达出恋爱中女子婉曲而复杂的心态。语语都是拒绝之辞，句句都是爱惜之情。逾墙有声，折杞留迹，这些都会暴露隐秘的爱情，招致他人的干扰。"仲子"是个性急而鲁莽的家伙，姑娘是位真情而心细的人儿。这里有幽隐的深情，有各自的性格。父母、诸兄，都是至近的亲人，但情爱将他们推得远了，把他们变成了"可畏"的人。爱情是第一的，情人是最近的，爱是需要加以保护的。诗中人的声声告诲，实际上是以躲避的方式，维护着自主的恋情。在"可畏"与"可怀"之间，实际隐含着爱情和礼教的冲突。父母、诸兄及不相干的"人之多言"，都是自由爱情对立面的社会意志。因而诗中的里园之墙、杞桑之树，都可视为礼教的象征。而女子对恋人"无逾"、"无折"的告诫，则又可视为礼教观内化为女主人公心灵意识的象征。所以她才爱得那么小心那么谨慎。在《郑风》及其他《国风》中，有许多表现大胆而真率爱情的诗篇。此诗与那些诗篇的重要不同，就在于它所展示的爱而不敢的内心矛盾。我们已经反复说过，《国风》中男女坦率相悦的篇章，多与一种古老的野性婚俗息息相关。大胆而真率的爱情，受着自由习俗的支持。但在《将仲子》中，事情已不那么简单了。野性的习俗已经被“文化”了，礼教已经干预爱情了。郑国是西周末年才由西方迁移至东方的，该地区固有的文化本来受周礼影响不深（参《国语·郑语》），反映于文学，表现自由爱情的诗篇多些。但姬姓人群西来既久，“周德”便日渐深入，《将仲子》一诗的出现，实际反映的正是这种文化的易俗。又据说此诗与人们熟悉的《左传·隐公元年》“郑伯克段于鄢”有关，是诗人讽喻共叔段的。即便果真如此，也不影响此诗的爱情性质，因为“讽喻”的手法，正模拟着爱情的口吻。

大叔于田①

叔于田，乘乘马②。执辔如组③，两骖如舞④。叔在薮⑤，火烈具举⑥。袒裼暴虎⑦，献于公所。将叔无狃⑧，戒其伤女。

【章旨】诗之首章。言狩猎之始，特表叔徒手搏虎。牛运震《诗志》：“‘如舞’字形容活妙。”吴闿生《诗义会通》：“火烈四字，光焰逼人。”“戒其伤女”的“其”指“虎”？指“公”？含混之语，有味。

【注释】①大叔于田：按《诗经》命题惯例，此诗诗题应作《叔于田》，加一“大”字，是为了区别于前篇。②乘（chéng）：驾车，作动词。乘（shèng）：古时一车四马为一乘。③辔：缰绳。如组：组的本义是丝绳，这是说执辔的舞蹈动作驾轻就熟，像舞动丝绳一样。④两骖：驾车的四匹马中在旁边的两匹叫骖马。如舞：像舞蹈一般和谐中节。⑤薮：大泽。⑥烈：《毛传》：“烈，列。”列是迾的古字。《说文》：“迾，遮也。”打猎时放火烧草，遮断群兽逃走的路，叫“火迾”。具：通俱。⑦袒裼（xī）：赤膊。暴：通搏。《毛传》：“暴虎，空手以搏之。”⑧狃（niǔ）：习。无狃，不要因自恃技艺而大意。

叔于田，乘乘黄①。两服上襄②，两骖雁行③。叔在薮，火烈具扬。叔善射忌[4]，又良御[5]忌。抑磬控忌[6]，抑纵送[7]忌。

【章旨】诗之二章。言狩猎场景，特表叔善御射。

【注释】①乘黄：四黄马。②两服：驾车的四匹马中，居中驾辕的两匹叫服马。上襄：王引之《经义述闻》："上者前也，上襄犹言前驾，谓并驾于车前，即下章之'两服齐首'也。"③雁行：谓在旁而差后，即下章之"两骖如手"也。④忌：语尾助词。⑤良御：善驾车。⑥抑：发语词。磬控：《毛传》："骋马曰磬，止马曰控。"⑦纵送：《毛传》："发矢曰纵，从禽曰送。"

叔于田，乘乘鸨[1]。两服齐首，两骖如手。叔在薮，火烈具阜[2]。叔马慢忌，叔发罕忌[3]。抑释掤[4]忌，抑鬯弓[5]忌。

【章旨】诗之三章。言狩猎收场。牛运震《诗志》："'如手'二字写出马德。"

【注释】①鸨：黑白杂色的马。②阜：盛。③发：射箭。罕：少。④释掤(bīng)：释，打开。掤，字一作冰，即箭筒的盖子。《左传·昭公二十五年》："公徒释甲，执冰而踞。"释掤，打开箭盖，准备将箭收起。⑤鬯（chàng）弓：鬯，通畅，弓袋，这里作动词用。鬯弓指将弓放进弓袋里。

解析

此诗是写叔的田猎表现的。《毛序》："刺庄公也。叔多才而好勇，不义而得众也。"以"大叔"或"叔"专指庄公宠弟大叔段。前人多认为是望文生义、牵强附会。然而诗中之人雄豪自肆，及"献于公所"句显示的与君主的关系，无疑是个一等一的大人物，即指大叔段也并非不可能。《序》言"刺庄公"，诗篇本身没有任何这方面的意思显示。考《左传》及《史记》相关的记载，共叔段，因有母后的宠溺，在郑国的确得势过一阵子，老谋深算的郑庄公则欲擒故纵，姑息养奸，《叔于田》和本诗当是这一特定时期的诗作。“献于公所”还显示，这是一场有君主在的狩猎，在这样的场合，叔的“袒裼暴虎”的表现，即有逞能的嫌疑；若是将诗篇理解为写共叔段，诗篇“戒其伤女”的“戒”字含义，就越发像是一语双关了。诗篇对叔的态度是爱惜的，或许共叔段在雄武风采上确实比郑庄公要更招人喜欢。如此，武姜偏爱他就不单是因为他出生时顺产了，能引得一般百姓喜爱，也就不单是因一国之母的偏心所致。果然如此的话，诗篇就有补《左传》记载之不足的价值了。这首诗写作上的最大特点是场面的描绘。清人姚际恒以为其“铺张亦复淋漓尽致，便为《长杨》、《羽猎》之祖”（《诗经通论》）。诗篇“火烈具扬”的热烈场面，读之感受强烈；狩猎过程的交代，读之也可对古人射猎有生动了解。诗用语工绝，“执辔如组，两骖如舞”，“两服上襄，两骖雁行”，“两服齐首，两骖如手”，前后句排列整饬，用韵一致；而“磬控”为双声，“纵送”为叠韵，再加上“抑”、“忌”等语词的巧妙运用，使诗篇本身亦有“两骖如舞”般的韵律。

女曰鸡鸣

女曰鸡鸣，士曰昧旦①。子兴视夜②，明星有烂。将翱将翔③，弋凫与雁④。

【章旨】诗之首章。言女子催促男子早起。

【注释】①昧旦：黎明。②子：你。兴：起来。③将翱将翔：是说天亮后水鸟就要飞起来了。④弋：带绳索的箭，在此作动词。凫、雁：两种大的水鸟。

弋言加之[①]，与子宜之[②]。宜言饮酒[③]，与子偕老[④]。琴瑟在御[⑤]，莫不静好[⑥]。

【章旨】诗之二章。继上章，女子劝诱之辞。

【注释】①言：而。加：射中的含糊说法。②与：为，介词。宜：用合适的配料烹饪。③宜言饮酒：射猎回来一起饮酒。④偕老：一起生活到老。⑤御：御本意是相迎、相对，此处有在一旁的意思。⑥静好：音乐和谐的意思。

知子[①]之来之，杂佩[②]以赠之。知子之顺[③]之，杂佩以问[④]之。知子之好[⑤]之，杂佩以报[⑥]之。

【章旨】诗之三章。女子继言将以杂佩之物慰劳男子。《朱子语类》："《女曰鸡鸣》一诗，意思甚好，读之，真个有不知手之舞足之蹈者。"

【注释】①知子：相知者，即丈夫的好友。此句的意思是若你的知己好友来看望你。②杂佩：各种玉石镶制的佩带。③顺：顺意，在此有喜爱的意思。④问：赠送。⑤好：喜欢。⑥报：赠。

解析

这是一段夫妻间的体己话，劝勉勤奋是诗篇的主旨。钱锺书解释首章几句说："'子兴视夜'二句皆士答女之言；女谓鸡已叫旦，士谓尚未曙，命女观明星在天便知。女催起而士尚恋枕衾，与《齐风·鸡鸣》情景略似。"（《管锥编》）诗既然是女的劝勉男的，所以"妇人为主辞"，全诗对话以女子发言为多。第一章是催促起床，第二章则是女子从男女分工上说夫妻关系的和谐。男的打回雁来，女的给烹饪一番，主内主外之间，正有一般平等夫妻的琴瑟和谐。第三章言女子把爱丈夫的情感到推移到丈夫的相知好友上。夫人不仅主家贤德，在社会生活方面也能做到对丈夫相扶相助。好的家庭妇人，不仅能给天生有着懒散倾向的男人紧紧钟表的发条，还能辅助男子的社会交往。对女子在家庭生活中的作用，诗篇是高度肯定的。说起来这是一首彰“妇德”的诗。诗既以“妇人为主辞”，虚词“之”字的用法，就使得语气相当和顺，颇符合说话人的口吻。此外，“琴瑟在御”两句，也颇得点染之妙。钱锺书《管锥编》引张尔歧《蒿庵闲话》的评价谓：“此诗人凝想点缀之词，若作女子口中语，似觉少味，盖诗人一面叙述，一面点缀，大类后世弦索曲子。三百篇中述语叙影，错杂成文，如此类者甚多，《溱洧》、齐《鸡鸣》皆是也。”

山有扶苏

山有扶苏①，隰有荷华②。不见子都③，乃见狂且④！

【章旨】诗之首章。牛运震《诗志》：“比物点衬鲜泽。”

【注释】①扶苏：即唐棣树。又写作扶疏。段玉裁《说文注》：“扶疏谓大木枝柯四布，疏通作胥，亦作苏。”②隰：低洼的湿地。荷华（huā）：荷花。③子都：古代著名的美男子。《孟子·告子上》：“至于子都，天下莫不知其姣也。”这里以子都代称美男子。④狂且（jū）：狂行拙钝之人。

山有桥①松，隰有游龙②。不见子充③，乃见狡童④！

【章旨】诗之二章。

【注释】①桥：乔的假借字，高大。②游龙：龙是茏的假借。今名红蓼，喜生在水边，枝叶和果实均可入药，有清热化痰、解毒、明目之疗效。诗是说红蓼枝叶放纵，恰如红色的游茏。③子充：指美男子，充与姝音近，是一音之转。④狡童：狡猾的年轻人。

解析

这应该是女子对情人的戏谑俏骂之辞。诗以物起兴，言山上的树木与低洼地的花草各得其宜，自己一心想遇到一个美男子，却偏偏碰上个轻狂愚笨的家伙。女子在真假难分的怨尤中，有着对命运捉弄的嗔怪之意。四处的荷花与满地的游茏，是何等的烂漫！失意的人在这样光景下，该是越发的寂寥无奈吧。《毛序》以为是刺郑昭公忽"所美非美然"，应属附会之说。

褰　裳

子惠[①]思我，褰裳涉溱[②]。子不我思，岂无他人？狂童之狂也且[③]！

【章旨】诗之首章。言涉溱而往。

【注释】①惠：好、对我好。②褰裳：撩起衣裳。溱（zhēn）：郑国水名，发源于今河南省新密市境内，东南流与洧水合流。溱洧水泮，与卫之桑中、陈之宛丘一样，为当时男女自由会合之地。③狂童：任性的小子。且（jū）：语气词。

子惠思我，褰裳涉洧[①]。子不我思，岂无他士？狂童之狂也且！

【章旨】诗之二章。言涉洧而去。戴君恩《读风臆评》："多情之语，翻似无情。"

【注释】①洧（wěi）：郑水名，溱洧合称双洎河。发源于嵩岳山地，东南流接纳溱水，之后经郑国都城西南继续东南流入颍水。

解析

这是一首最后通牒式的男女相悦之诗。理解诗的感情基调，要先读两章的最后一句。无疑那是因怒而骂的言语。骂的什么？骂的是“狂童”之“狂”。两情中的狂，其样态自然是傲气、不理不睬。原因是什么不得而知，但的确惹恼了女方。向他提出警告：你还想着我，撩起衣裳过河找你；你不思我，我还怕找不到别人？“通牒”要的只是对方的一个明确答复，好就无条件地好，不好就彻底断裂。泼辣真够泼辣，烈性也真烈性。诗是忍无可忍后的痛语，是被三心二意逼出来的。所以诗篇只是截取了这一对“怨偶”恋情关系的一小段。“狂童”如何狂不写，女子如何受“狂”之折磨不写，都从一句骂詈中带出。这是诗篇用笔的经济之处。但由此却突出了爱恨将分之际女子的爽利。短短的小诗，却提炼出特定关系、特定情状下一种性格、一幅人情样态，颇具魅力。这样诗篇今人说它是爱情诗，也对，就是不太准确。准确说，应该是溱洧河畔男女相会打情骂俏的风情诗。据《周礼·地官·媒氏》等文献记载，仲春之月，政府允许男女自由相会，其地点就在桑林水边，其间“奔者不禁”就是女子可不经家长同意就跟看中的男人走，政府不管。同时，政府还派专门的人员负责“阴讼”之事，解决在这样的时节里出现的男女纠纷。古代重视人口繁衍，所以有这样的“会男女”的节日，在这样的节日里男女盛装前往，互相对歌，尽力表现自己的美好，《褰裳》就是古老的“野性”婚恋习俗下的男女风情之诗。

风　雨

风雨凄凄，鸡鸣喈喈[①]。既见君子，云胡不夷[②]！

【章旨】诗之首章。言既见君子的喜悦之情。风雨与鸡鸣交加，营造氛围，鬼斧神工。

【注释】①喈喈：鸡鸣声。②夷：喜悦。

风雨潇潇[①]，鸡鸣胶胶[②]。既见君子，云胡不瘳[③]！

【章旨】诗之二章。陈震《识小录》："'凄凄'第（但）动于气，'潇潇'则传于声矣。'喈喈'犹清音作引，'胶胶'则长吭迭赓矣。'夷'则惬怀人之素愿，'瘳'则愈忧世之深衷矣！妙！"

【注释】①潇潇：风雨声。②胶胶：鸡鸣声。③瘳（chōu）：病愈为瘳，在此有心情变好的意思。

风雨如晦，鸡鸣不已。既见君子，云胡不喜！

【章旨】诗之三章。牛运震《诗志》："'鸡鸣不已'，白描愈妙。"

解析

这是一首风雨怀人的诗篇。晦暗的环境，郁闷的心情，心中思念的人忽然出现，心情该是多么的欣喜！诗的感人处，就在于抑郁而能破闷，逆境而见前景，有一种黑暗之后的明朗乐观。诗的精彩，全在"风雨如晦，鸡鸣不已"八字之中。"凄凄"、"潇潇"与"喈喈"、"胶胶"的对立，使自然的变化显示出某种深刻的象征意义。风雨造成了晦暗，鸡鸣预示着光明。一边黑暗"如晦"，一边在奋扬"不已"，幽明代转之际的自然描写，产生了巨大的表现力。诗人或许只是在点染环境，诗篇或许只是夫妻雨夜团聚的描述。但由于对自然情景的裁制刻画，显示了不同寻常的意味，所以诗篇就获得了一种新意味，因而使得风雨之夜的相会显得意义非常了。好的比兴，是在营造一种语境，为诗篇增添着无限的蕴含。此诗可算突出的一例。

子　衿

青青子衿[①]，悠悠我心。纵[②]我不往，子宁不嗣音[③]？

【章旨】诗之首章。怨对方没音信。

【注释】①青衿（jīn）：衿，衣领。青衿即青色的衣领。古时父母在世的人穿纯青色的衣服。②纵：纵然。③宁：难道。嗣音：嗣，继续。嗣音即继续通音信的意思。

青青子佩[①]，悠悠我思。纵我不往，子宁不来？

【章旨】诗之二章。责对方不来见。

【注释】①佩：古代男子佩带的香囊、玉石之物。

挑兮达兮[①]，在城阙[②]兮。一日不见，如三月兮！

【章旨】诗之三章。直言思念之情深。前二句似为回忆当初相见情景。

【注释】①挑达：犹后世所谓的溜达。②城阙：城门的高台。

解析

这是一首表达怨望之情的诗篇。旧说此诗是讽刺学校废弛、生徒分散的作品，诗中之“我”指代的是教师。但“纵我不往”

云云分明有一股幽怨，古时师道尊严，恐怕难有这样的情。此诗之情，要不出友情、爱情两端，而更像后者。第一章责对方不通寄问，第二章怨对方不曾看望，第三章则说自己在城阙上徘徊；如联系《卫风·静女》的城隅约会，此处似乎是他们常见面的地方。诗中有意思的倒是"纵我不往，子宁不嗣音"、"不来"几句。怜惜对方而又先自忍着，观察对方的表现，考察对自己的态度。对方还没有怎么样，自己就又先自怨责起来了。这都是情人之间的常态惯伎。善体人情，是《诗经》亘古常新、魅力永恒的地方。小诗情调幽怨，自有其风致嫣然处。

出其东门

出其东门①，有女如云。虽则如云，匪我思存②。缟衣綦巾③，聊乐我员④！

【章旨】诗之首章。言虽有女如云，心上人却只是那穿着粗朴者。下章仿此。

【注释】①东门：郑国都城的东门，是市廛繁华地带。②思存：挂怀。③缟（gǎo）衣：缟是未经染色的绢布，缟衣即白色衣服。綦（qí）巾：綦是青色，綦巾即青色的佩巾，女子所服。④聊：姑且。员（yún）：语气词。

出其闉阇①，有女如荼②。虽则如荼，匪我思且③。缟衣茹藘④，聊可与娱！

【章旨】诗之二章。牛运震《诗志》："'如云'、'如荼'，写尽奇丽。"

【注释】①闉（yīn）阇（dū）：《毛传》："曲城也。"是城门外的护门小城，半圆形，又称瓮城。②荼：茅、芦之类的白花，形容东门女子的服装颜色。

③思且：义同思存，且为徂之假借。④茹藘：一种可以做染料的茅草，在此指代绛红色的衣巾。

解析

这是一首表达感情操守的诗篇。东门之外美女如云，而诗中人不为所动，是由于他心中有人。《诗经》有关情爱的作品，表现追求的多，表现失意的多，而像此诗表述对已有爱情的操守的，并不多见，因此也就特别值得重视。用语中“聊”字很耐寻味。聊即聊且，含所需甚少的意思。需求少是因知足，知足是因心中有定，有定则可以不受浮靡的诱惑。与《鄘风·墙有茨》中“中冓之言，不可道也”的败俗相比，诗中人尤其显得高尚而难得。“缟衣茹藘”的物质朴素，或许正可解释“聊乐我员”的心地朴素。古时城关因处国门要冲，往往又是市廛萃集之处。而此诗说市廛中人皆是“如云”、“如荼”的服色，颇值得考究。照汉儒的说法，东门之外这些白衣女子都是因世乱被抛弃之人。被抛弃的女子聚集在瓮城以外，本就令人生疑，而且诗中人还要说对她们不感兴趣，再没头脑的人也会觉得这不像话！实际上，白衣秀女们当是些殷商女子，据说殷人衣制尚白。殷人又以商贾为生业，云集城门正是生意所致。在其他诸侯国家，殷商遗民的地位可能不高，但在郑国却不同。史书记载郑人东迁时，是得到商人的帮助的，所以他们的利益是受政府保护的（参见《左传·昭公十八年》）。崤之战时郑国的商人弦高疏财救国的举动，也颇能见出殷商遗民在郑的地位。但此诗中的人物，面对着东门商女不为所动，是由于骨子里尚存着轻贱呢，还是因为担心商贾之女德行不牢靠呢？这些都不得而知。所幸的是我们从诗中看到了殷商遗民在郑“如云”、“如荼”的生活，这比将她们视为一群被弃之人，不是强多了吗？

野有蔓草

野有蔓草[①]，零露漙兮[②]。有美一人，清扬婉兮[③]。邂逅[④]相遇，适[⑤]我愿兮！

【章旨】诗之首章。言佳偶巧合，适我心愿。

【注释】①蔓草：蔓延的草。②零：落。漙(tuán)：露珠圆团貌。③清扬：眉目之间清秀貌。婉：美好貌。④邂逅：佳偶巧合的意思。⑤适：顺。

野有蔓草，零露瀼瀼[①]。有美一人，婉如[②]清扬。邂逅相遇，与子偕臧[③]！

【章旨】诗之二章。言各适其愿。陈继揆《读风臆补》：“‘婉如清扬’是倒句，亦是妙句。”

【注释】①瀼瀼：浓郁貌。②婉如：婉然。③偕臧：各适所愿的意思。

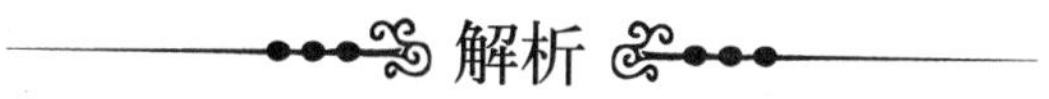

解析

此诗当也是一首“仲春之月，奔者不禁”的篇章。“零露”点明时节，“邂逅”、“适愿”则与《召南·野有死麕》中“吉士诱之”说的是同一事情。不过那一首有叙述，而此诗只是抒发遂愿后的喜悦心情，表现方法上有所不同。诗的格调清新明丽。硕大的露珠零落在青青的野草上，这意象是多么的生机勃勃！不消说诗所写的是带着野性的情爱。

溱洧

溱与洧[1]，方涣涣兮[2]。士与女，方秉蕑[3]兮。女曰："观乎[4]？"士曰："既且[5]。""且往[6]观乎！洧之外，洵訏且乐[7]。"维士与女，伊其相谑[8]，赠之以勺药[9]。

【章旨】诗之首章。言春水荡漾之时，男女在溱洧水畔相会，互赠以芍药。陈继揆《读风臆补》："始用'方'字，下转一'既'字，继转一'且'字，而复转一'洵訏且乐'字、'伊其'字，诗家转折之妙，无踰于此者。"牛运震《诗志》："两'方'字神色飞动。"

【注释】①溱、洧：见《褰裳》注。②方：正在。涣涣：春水荡漾貌。③蕑（jiān）：泽兰，喜潮、喜阴凉。《左传》载，郑国人喜爱兰，誉之为国香。④女曰：女子问男士的话。观：看。⑤士曰：男子的回答。既且：已经去过了。且读如徂，前往的意思。⑥且往：姑且再往的意思。女劝男之辞。⑦洵：实在。一说为"既"。訏（xū）：大，这里指场面大、热闹。⑧伊：他们。相谑：互相戏谑、调笑。⑨赠：互赠。勺药：即芍药花，芍与妁、药与约谐音，所以送芍药是表达求爱的意思。

溱与洧，浏[1]其清矣。士与女，殷[2]其盈矣。女曰："观乎？"士曰："既且。""且往观乎！洧之外，洵訏且乐。"维士与女，伊其相谑，赠之以勺药。

【章旨】诗之二章。姚际恒《诗经通论》："诗中叙问答，甚奇。"

【注释】①浏：水清澈貌。②殷：众多。

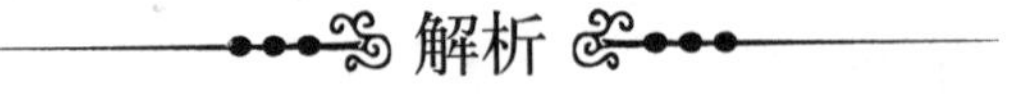

解析

这首诗与夏历三月三日即所谓上巳之日的河畔祓禊礼俗有

关。《太平御览》载韩诗家的说法曰："郑国之俗，三月上巳之辰，于此两水（溱、洧）之上，招魂续魄，祓除不祥，故诗人愿与所说（悦）者俱往观之。"韩诗的说法只是上巳节日变化了的意义，其本初当与祈子有关。传说殷人的女始祖简狄水边行浴，因吞食玄鸟之卵而生契（xiè），上巳日浴身祓除不祥的风俗，当与此有关。又据学者研究，《周礼·地官·媒氏》中"仲春之月会男女"之俗与三月三的祓除不祥是同一个节日，起码性质相类。古礼之所以要"会男女"，本是为了生育。而有男女会合，则必有两情相悦。诗篇说士与女秉兰草，显然是消灾用；而赠芍药，则是爱情了。诗在写法上颇为特殊，作者站在第三者的角度，叙述中嵌入男女相约的对话，写景象、写场面或直接描述，或借对话侧面传达，叙事笔触时出时入，直接、间接，富于变幻。"洧之外，洵訏且乐"的光景，由人物说出则尤具表现力。句式强烈的口语化倾向，是汉乐府杂言的先声，在"诗三百"是创格。古有所谓"王官采诗说"，此诗应是采诗的"王官"所作。而上巳之日的古俗，说起来是远古、殷商以来的旧习。春秋是地域文化重新崛起的时代，西周王朝几百年统一整治，将不同的人群孵化为统一民族。但地域性的习俗并未因此而泯除，郑国溱洧之地烂漫的风情表明，不同族群间的界限逐渐消除之后，某一群的风俗，已经化作某一地区的人文景观。这是春秋时期中国文化演变的一个重要特征，风诗正有着它的记录，此篇即其中之一。

齐风

周武王灭商之后，封太师姜尚于齐，始都营丘（今山东乐昌县境内）至五世胡公时迁至薄姑（今山东省博兴县内），胡公之子献公又徙都于临淄（今山东临淄市齐都镇），战国初被田氏取代，仍号为齐。此地殷周之前即为文化发达之域，近代考古发掘证明为大汶口、龙山文化中心地区，文化积蕴甚深。齐国疆域在今山东泰山以北地区，为东方泱泱大国。《史记·货殖列传》说："齐带山海，膏壤千里，宜桑麻，人民多文采布帛鱼盐。临菑亦海岱之间一都会也。其俗宽缓阔达，而足智，好议论，地重，难动摇，怯于众斗，勇于持刺，故多劫人者，大国之风也。其中具五民（士农商工贾）。"齐风俗重视经济，崇尚智慧，相对而言，对于周贵族所实行的那套礼法的遵循并不严格。齐风舒缓，其诗雍容，《左传·襄公二十九年》记载"季札观乐"："为之歌《齐》，曰：'美哉！泱泱乎！大风也哉！表东海者，其大公乎！'"对齐国的歌乐给予了很高的评价。《齐风》都是春秋以前作品。

《齐风》十一篇，今选其二。

鸡　鸣

鸡既鸣矣，朝既盈矣①。匪鸡则鸣②，苍蝇之声。

【章旨】诗之首章。男女对答之辞。女曰鸡鸣，男曰苍蝇。令人发笑。

【注释】①朝：朝堂。盈：满，上朝的人已经满了。②匪：非，不是。则：结构助词，相当于之、的。

东方明矣，朝既昌[①]矣。匪东方则明，月出之光。

【章旨】诗之二章。仍为对答之辞。“月出之光”句答得滑稽，亏他想得出！

【注释】①昌：盛，人多的意思。

虫飞薨薨[①]，甘与子同梦。会且归矣[②]，无庶予子憎[③]。

【章旨】诗之三章。女子之辞。“虫飞”句应首章“苍蝇”句。后二句言“会且归”是催促人的常态。

【注释】①虫：即上文所说的苍蝇。薨薨：苍蝇飞动的声音。②会：朝会。归：回来。③无庶予子憎：大意是不要因为我的缘故而使人们憎恨你。

解析

这是一首对话体的诗，写的是夫人劝告丈夫早些上朝的内容。《尚书大传》载：“鸡鸣，大师奏《鸡鸣》于阶下，夫人鸣佩玉于房中，告去也。然后应门击柝，告辟也。然后少师奏《质明》于陛下，然后夫人入庭立，君出朝。”郑玄注：“应门，朝门也。辟，启也。”据此可知古代为防止“君子”们早朝误时，有一系列保障措施，于此亦可见对早朝正点的重视。《鸡鸣》之作讥刺的当是那些不能按时早朝的君子一流人物。前二章的前两句，是提醒的话，后两句是贪睡者的漫应语，第三章则是夫人的劝说。诗表现的是两口子说私房话，自然是设身处地的悬拟，但笔触却颇为精彩。女的说鸡叫了，提醒男人早起。男的漫应一声，读者仿佛

看到他翻身睡去的颟顸之态。两次提醒他，他却振振有词，但他的理由，既不是用耳朵听来的，也不是眼睛看来的，他只是在用懒惰的习性，得过且过。诗人善于营造喜剧氛围，一句“苍蝇之声”的答话，是一副多么活脱而可笑的懒汉嘴脸！狡猾也是懒人的智慧。诗篇中男女人物，一个郑重其事，一个囫囵应付，一庄一谐，颇具戏剧性。诗篇的作意，要之与上流人物们贪恋床笫影响正事有关，诗中的人物既然与上朝有关，无论如何都是“君子”者流。在诗篇的点染中，“君子”的酣梦同“薨薨”的“虫飞”有了瓜葛，诗人对“君子”者流的态度，是不言而喻的。《史记》言齐俗“宽缓阔达”，篇中男子之态即其表现。

东方未明

东方未明，颠倒衣裳[①]。颠之倒之，自公[②]召之。

【章旨】诗之首章。臣子的颠倒错乱，原因在君。

【注释】①衣裳：古时服装，上为衣，下为裳。②公：指齐国君主。

东方未曦[①]，颠倒裳衣。倒之颠之，自公令之。

【章旨】诗之二章。义与首章同。

【注释】①曦：天亮。

折柳樊[①]圃，狂夫瞿瞿[②]。不能辰夜[③]，不夙则莫[④]！

【章旨】诗之三章。点明诗篇之作，是刺“不能辰夜”的昏乱。言君主手下的人不能准确报时。“折柳”二句喻荒唐至极。

【注释】①樊：动词，圈围篱笆。②狂夫：无知的人。瞿（jù）瞿：疑惑貌。

两句的意思是柳枝柔弱不能用来做篱笆，如那样做，连无知的人也会疑惑。古有所谓司时之官，称挈壶氏，两句是比喻司时官的用人不当。③辰夜：早晨和夜晚。④夙、莫(mù)：早、晚。两句是说不能掌握时间的人报时，不是晚了，就是早了。斥责君主政令不当，瞎指挥。

解析

这是一首讽刺朝廷报时令不当，致使大臣们颠倒错乱的诗篇。"不能辰夜，不夙则莫"两句，是读诗的关键。古代朝政，有朝有夕，即一天要有早晚两次议论政务，朝、夕特别是朝即早朝的时间就非常重要。《毛传》："古者有挈壶氏，以水火分日夜，以告时于朝。""挈壶氏"即专门负责报时之官。《孔子诗论》第17简有"《东方未明》有利词"一语,"利词"之"词"即时间之"时","时"写作"词",简帛文字中有其例。简文的意思是说《东方未明》这首诗可以促使人们重视朝政的时间。不过就诗篇本意说，却是埋怨司时错乱。本来朝廷的早朝一般就在"东方未明"之际，是有确定的时刻的,现在却乱了套,致使臣子们衣裳颠倒、狼狈不堪。诗人或者说大臣们的不满和愤慨，都在第三章中表达出来。古人重视早朝,《诗经》中有关早朝的诗篇除《东方未明》外，还有《齐风·鸡鸣》和《小雅·庭燎》两首。《东方未明》和《鸡鸣》这两首同在《齐风》的诗篇，一个写朝廷失时，一个写君子懒惰，真可谓相映成趣。此诗则专从大臣们的颠倒错乱写，表现他们的不满。朝堂之上，连议政的时间都弄不准，其政务的一般也就不言而喻了。

魏风

魏为周初姬姓封国，其地在今山西西南部，北及汾水，南枕黄河。据说舜曾在这里从事制陶，禹曾在这里“尽力于沟洫”，故此地有先王之遗风。商代后期这一带有古芮国即《诗经·大雅·绵》“虞芮质厥成”之“芮”，即在此地。西周建国后，又有一芮国，为周同姓。《尚书·序》有“芮伯作《旅巢命》”，此芮伯为周武王时人，西周晚期《毛序》“《桑柔》，芮伯刺厉王也”是后期芮伯。《左传·桓公三年》载“芮伯万之母芮姜恶芮伯之多宠人也，故逐之，出居于魏”。是魏也是一个古国。《左传·闵公元年》载晋献公灭耿、灭霍、灭魏，并将魏地赐予毕万并命毕万为大夫，是战国三晋之魏的由来。《左传·襄公二十九年》载季札观乐：“为之歌《魏》，曰：‘美哉！沨沨乎！大而婉，险而易行，以德辅此，则明主也。’”魏地狭隘，民生疾苦，所以有讽刺贪鄙的诗篇。魏地的曲调可能十分古老，但诗篇的内容可能多为春秋时篇章。

《魏风》七篇，今选其四。

葛屦

纠纠葛屦[①]，可以[②]履霜？掺掺[③]女手，可以缝裳？要之襋之[④]，好人服之[⑤]。

【章旨】诗之首章。葛屦履霜喻纤手缝裳，内心寒苦。

【注释】①纠纠：缠绕貌。葛屦（jù）：葛麻编制的鞋子，夏天穿用。②可以：何以，何、可古时可以通用。③掺掺：同纤纤，细弱的样子。④要：衣服的腰部，在此为动词，制作衣服的腰部的意思。襋（jí）：衣领，在此为动词。⑤好人：受宠的女人，语含讽意。服：穿用。

好人提提①，宛然左辟②，佩其象揥③。维是褊心④，是以为刺⑤。

【章旨】诗之二章。斥“好人”邪辟偏心。陈继揆《读风臆补》：“通篇最吃紧在‘好人’二字。盖不提‘好人’，而刺褊之意不醒。”

【注释】①提（shí）提：绰约的样子。②宛然：柔顺的样子。左辟：即邪辟，古左与邪通。③象揥：象牙做的头饰物，犹如今天发卡之类的东西。④维是：只是。褊（biǎn）心：心地狭隘。⑤是以：所以。为刺：作诗讽刺。

解析

《葛屦》，讽刺丈夫偏心的诗，表现的是一夫多妻家庭的内部纠葛。失宠的人为得宠者缝裳，同是妻妾，其间竟有主仆般的区别。诗以葛屦履霜起兴，是感叹自己“女手”、“缝裳”的不应当。不当然而然，是在说自己夫人的身份、丫环的命，“要之襋之”中，便有一股愤愤之情在鼓噪。得宠与否，主动权在男人手里，但诗怨刺的矛头，却主要指向邀宠竞赛中的胜利者。“好人提提”几句明是在描述什么，实际上却是在挖苦、揶揄，从中能看出说话人嘴角上的不屑和鼻子中的冷气。这也是失宠者的惯态。此诗表现的是夫权社会里带有普遍意义的现象，诗对这现象中的情态的刻画，是相当成功的。

园有桃

园有桃，其实之殽[①]。心之忧矣，我歌且谣[②]。不知我者，谓我士[③]也骄。彼人[④]是哉，子曰何其[⑤]？心之忧矣，其谁知之？其谁知之，盖亦勿思[⑥]！

【章旨】诗之首章。言世人既不知我之忧虑，何如不忧不思？“彼人”一句说反语，文意跌宕顿挫。下章义同。

【注释】①殽：字又作肴，果实。②歌、谣：有伴奏为歌，无伴奏为谣。③我士：我这人。④彼人：那些人，指批评自己的人。⑤子：你。此处实即作者变换人称以自指。何其（jī）：怎样。两句意是说，那些人都对，那你还说什么？反语。⑥盖：同盍，何以、为什么的意思。勿思：不去想。

园有棘[①]，其实之食。心之忧矣，聊以行国[②]。不知我者，谓我士也罔极[③]。彼人是哉，子曰何其？心之忧矣，其谁知之？其谁知之，盖亦勿思！

【章旨】诗之二章。贺贻孙《诗筏》：“诗家有一种至情，写未及半，忽插数语，代他人诘问，更觉情致淋漓。最妙在不作答语，一答便无味矣。如《园有桃》章云‘不知我者……’三句三折，跌宕甚妙。接以‘心之忧矣’，只为不知者代嘲，绝无一语解嘲，无聊极矣。”

【注释】①棘：酸枣树，在此指棘树的果实。②聊：姑且。行：离去。③罔极：不坚持原则、无操守的意思。

解析

这是一首表达因忧国之心不被理解而内心郁闷的诗篇。因何而忧，所忧的是什么，这些诗中未曾明确表示，用力去追究则易失之穿凿。诗有意表现的是忧国者的遭遇及有思想者的愤激。前者表现在众人的“谓我士也骄”的指责，后者则表现在“子曰何其”的自我诘问。对有思想的人来说，最大的苦恼莫过于世人只对他的思考予以攻击，而不能与之产生思想的交锋。世界由愚昧而酿制的冷漠，诗中人是痛切地感受到了，因此他在劝说自己取消忧虑。愚昧并不缺乏制人的法宝，当诗中人有“行国”的念头时，一句“士也罔极”的冷箭，就足以使之逡巡裹足了。于此也可以看出诗中人的软弱和怯于行动，是属于没落一流的人物。诗多用疑问的句式，文势徘徊，全篇笼罩在狐疑的氛围中，这与诗中人物性格软弱是相得益彰的。诗篇或许产生于芮被晋献公吞并之前。

陟　岵

陟彼岵[①]兮，瞻望父兮。父曰嗟，予子行役，夙夜无已[②]。上慎旃哉[③]，犹来无止[④]！

【章旨】诗之首章。登高望父，悬想父之诫己之辞。“父曰嗟”四句，贺贻孙《诗筏》：“四句中有怜爱语，有叮咛语，有慰望语。低徊宛转，似只代父母作思子诗而已，绝不说思父母，较他人作思父思母语，更为凄凉。”

【注释】①岵（hù）：无草木的山。②已：松懈、大意。③上：同尚，希冀之词。旃（zhān）：“之焉”的合音词，表语气。④犹来：尽量能回来。无止：不要留在外面。

陟彼屺[①]兮，瞻望母兮。母曰嗟，予季[②]行役，夙夜无寐[③]。上慎旃哉，犹来无弃[④]！

【章旨】诗之二章。望母。

【注释】①屺（qǐ）：有草木的山。②季：最小的儿子。③寐：打盹，意思是早晚要经心，不要一时打盹伤害了自己。④无弃：不要把性命丢在外头。

陟彼冈兮，瞻望兄兮。兄曰嗟，予弟行役，夙夜必偕[①]。上慎旃哉，犹来无死！

【章旨】诗之三章。望兄。

【注释】①偕：一起，随从，不要掉队的意思。

解析

这是一首征役在外的人登高而望、思念家乡的诗。从诗中及父母兄弟的叮嘱可知，诗中主人公是一位年纪不大、没有什么社会经验的人。怀念，思情，发之于一位年少的役夫，诗篇先自有一股令人酸楚的地方。诗篇的出奇和精彩之处，是诗中人登高一望之际的内心活动。“父（母、兄）曰嗟”以下诗句，传统的解释是父母兄长临行之际的嘱咐之辞，但钱锺书辩之曰：“然窃意面语当曰‘嗟女行役’，今乃曰‘嗟予子（季、弟）行役’，词气不类临歧分手之嘱，而似远役者思亲，因想亲亦方思己之口吻耳。”（《管锥编》）此说辩析语气，揆情度理，别有会心，远胜旧说，诗的意蕴亦由此愈见悠长。己思亲人和亲人思己的对峙，暗示行役已历长久；父母兄弟“夙夜无已”、“无寐”、“必偕”的喟叹，“犹来无止”、“无弃”、“无死”的祈望，虽出于他人之口，而实出自思念者自己对眼下苦难处境的感受。诗篇构思的精巧，深化着诗篇的内涵，过分行役的痛苦不是个人的，而是社会性的，是伤害人们的心灵的。这些都是在诗巧意构思中表现出来的。诗篇当初演唱的时候，也可能采取的是对唱的方式。

伐檀

坎坎伐檀兮[①]，寘之河之干兮[②]，河水清且涟猗[③]。不稼不穑，胡取禾三百廛[④]兮？不狩不猎，胡瞻尔庭有县貆兮[⑤]？彼君子兮，不素餐兮[⑥]！

【章旨】诗之首章。以不稼不狩不得衣食，言君子不当素餐。后二章仿此。戴君恩《读风臆评》："忽而叙事，忽而推情，忽而断制，羚羊挂角，无迹可寻。"钱锺书《管锥编》谓"坎坎"一语："象物之声，而即若传物之意，达意正亦拟声，声意相宜，斯始难能见巧。……唐玄宗入蜀，雨中闻铃，问黄旛绰：'铃语云何？'黄答：'似谓"三郎郎当。"'"

【注释】①坎坎：伐檀声。檀：一种树木，木质坚硬，可以做大车的轮子。②寘：同置。干：岸。③涟：小的波纹。猗：语气词。④三百廛：廛，缠字的假借，禾捆，三百廛极言其多。⑤县：同悬。貆（huán）：兽名，即獾，皮毛可做衣服。⑥素餐：白吃饭。

坎坎伐辐[①]兮，寘之河之侧兮，河水清且直[②]猗。不稼不穑，胡取禾三百亿[③]兮？不狩不猎，胡瞻尔庭有县特[④]兮？彼君子兮，不素食兮！

【章旨】诗之二章。

【注释】①辐：车轮的辐条。②直：直的波纹，河流湍急处波纹直。③亿：繶的假借字，禾束为繶。④特：大兽。

坎坎伐轮兮，寘之河之漘[①]兮，河水清且沦[②]猗。不稼不穑，胡取禾三百囷[③]兮？不狩不猎，胡瞻尔庭有县鹑[④]兮？彼君子兮，不素飧兮！

【章旨】诗之三章。孔子曰:“于《伐檀》见贤者之先事后食也。”(《孔丛子·记义》)王柏《诗疑》:“《伐檀》之诗,造语健而兴寄远。”

【注释】①漘(chún):水涯。②沦:漩涡的水纹。③囷(qūn):捆。④鹑(chún):鸟名。

解析

这是一首慨叹人世不平的诗作。每一章的前三句都是比兴之词,不可坐实理解,而三句之中,又有所侧重。伐檀(辐、轮)寘干(侧、漘),意在引起“河水清”一句。河水上游的支流和干流,经过土质疏松的黄土高原地区,自古水土流失严重,在古魏国的流段,南有崤山,北有中条山,两山相夹,为巨大谷地,水流汹涌,河水也不会变清。这就是说,诗人所谓的“河水清”,一种可能是非实见之景,而是想象祈愿之辞,如此“猗”这一虚词就不可轻易读过。它是在表达河清何日可待的祈望。还有一种可能,就是此诗篇中的“河”,不是流经魏地的黄河,而是其他什么河流。无论如何,这样的诗篇都是在表现着一种对现实的不满。“不稼不穑”和“不狩不猎”所引起的问句,则是直接道出的不平。每一章最后两句“彼君子兮”的彼字,对准确理解诗意,也很关键。前面的两句中都用第二人称“尔”,而此处改用第三人称泛指的“彼”,是说真正的“君子”不素餐,言下是说现在的“君子”“素餐”。诗的句法长短错落,有叙述,有质疑,冷嘲热讽,极尽变化之妙,是《诗经》中的上乘之作。

唐风

《唐风》的诗篇就是晋国的诗篇。西周建立后，周武王之子、成王之弟叔虞被封到古唐国地区，称唐叔。到唐叔之子燮父，国号改为晋，一直延续到战国初期三家分晋前后。西周时期晋不过一“甸侯”之国，养兵只有“一军”。进入春秋，在曲沃武公嫡而掌晋国大权之后，至晋献公时迅速扩张，兼并了今山西许多同姓异姓邦国，为晋文公称霸奠定了基础。对此诗篇都有所反映。晋国的诗篇不称“晋”而称“唐”，应与诗篇演唱的乐调有关。就是说，晋国诗篇的乐调来自源远古老的古唐国。古唐国的地域在今山西南部的翼城、曲沃、绛县一带。这一地区有汾水、浍水流过，古代水利、交通皆便。古唐国的历史可以追溯到唐尧虞舜时期。这可以为考古发现所证明。2003年，在今襄汾县陶寺村考古工作者发掘出距今四千多年的模宏大城邑遗址，发现了世界上最早的天文观象建筑，出土了大量陶器和土鼓、鳄鱼皮木鼓等重要文物。遗址的时代和传说的尧舜时期相吻合。传统的说法，叔虞封唐在今天山西太原附近，考古显示，这一说法是有问题的。上世纪在翼城县西北十余里的天马曲村发现了从西周中期至春秋早期的晋国遗址，出土了大量器物。另外，在翼城县的东南也发现了西周早期晋国遗址，专家判定，这里应该是早期晋国政治中心。之后又沿着浍水向中下游迁移，建新都于天马曲村一带。就是说，唐叔封唐的区域就在今汾水浍水交汇的翼城曲沃和绛县一带，一个文化渊源极为古老的地区，尧、舜及夏人，都曾在这里建国，其风分为魏、唐，当是这里古老传统所致。《左传·襄公二十九年》

记载季札观乐："为之歌《唐》，曰：'思深哉！其有陶唐氏之遗民乎？不然，何忧之远也？非令德之后，谁能若是？'"

《唐风》十二篇，今选其四。

蟋蟀

蟋蟀[①]在堂，岁聿其莫[②]。今我不乐[③]，日月其除[④]。无已大康[⑤]，职思其居[⑥]。好乐无荒[⑦]，良士瞿瞿[⑧]。

【章旨】诗之首章。既劝行乐，又戒"太康"，取中之道即"好乐无荒"后二章意同。

【注释】①蟋蟀：一种昆虫，又名促织、蛐蛐，在堂鸣叫的时间一般在秋冬之际。②聿：语词。莫：同暮。③乐：享受。④除：去。⑤无已：不要。大康：大同太，太康即过分享乐。⑥职：当，应当。居：平素、平时。⑦无荒：不要因沉溺享乐而耽误正事。⑧良士：有德行的人。瞿瞿（jù）：警惕貌。

蟋蟀在堂，岁聿其逝。今我不乐，日月其迈[①]。无已大康，职思其外[②]。好乐无荒，良士蹶蹶[③]。

【章旨】诗之二章。

【注释】①迈：过去。②外：意外的事。③蹶蹶：疾敏貌。

蟋蟀在堂，役车其休[①]。今我不乐，日月其慆[②]。无已大康，职思其忧。好乐无荒，良士休休[③]。

【章旨】诗之三章。高朝璎《诗经体注图考大全》："通诗以'思'字为主。……总靠着‘思’字说来，自然有味。”

【注释】①役车：行役和车马之事，概言一年的劳作。休：停止。②慆（tāo）：流逝。③休休：和乐貌。

解析

这是一首提倡适度享乐的诗篇。《孔子诗论》第27简谓:“《蟋蟀》知难。”只有“知难”,才懂得适度。所以诗一方面说光阴荏苒，不享乐则生活无味，一方面又告诫说行乐之时还要想到平时，节制的享受才是中道，才是“良士”戒惕所取的法则。这里既谈不上高尚，也谈不上消沉，只是一种看似平易却难做到的理想，料理好在世的生活是诗表达的最高旨趣。此诗传统的说法是刺晋僖公，但从“岁莫”及“役车其休”云云看，当是一年劳作结束之际宗族会食的“饮酒礼”上的乐歌。诗所表达的当系一种普遍的生活观念。通观《诗经》及所有先秦典籍，调护好世间的生命即所谓“正德、利用、厚生”，是一基本而又通常的观念，但像《蟋蟀》这样把这一观念表达得如此动人并不多见。最近“清华简”部分文字发表，其中有《耆夜》一篇，记载周武王命毕公伐“耆”(亦即黎)，得胜后行告庙庆功之礼时周公赋诗，所赋之词与《蟋蟀》大同，于是有学者以为诗篇为西周建国之前作品。这种看法是有问题的，因为《耆夜》篇的写成年代不是周初，应该是一篇春秋战国文献，不足以据之以定《蟋蟀》的年代。但是，《左传》载季札观乐，为之歌《唐风》，季札评论：“思深哉！其有陶唐氏之遗民乎！”是说《唐风》作品的文化渊源十分古老。看《蟋蟀》“岁聿其莫”、“役车其休”之类的句子，知诗是过年时歌唱。《礼记·郊特牲》说“伊耆氏始为蜡，蜡也者，索也。岁十二月，合聚万物而索飨之也”。又《礼记·杂记》载孔子与子贡观于蜡，“一国之人皆若狂”,正是“过年”才有的光景。伊耆氏就是唐尧虞舜的尧，晋正在其故地。在过大年举国若狂的时候歌唱《蟋蟀》岂不正合时宜？如此，《蟋蟀》一类的歌唱也许早随着蜡祭节日的形成就有了。但是，先民的歌唱和文献的写成毕竟是两回事。或许在西周之前山、陕一带的就有“好乐无荒”一类的歌唱,但是写成文本，播之于太师的歌乐,成为王朝的风诗,则可能是西周晚期即《毛序》所谓晋僖公时的事情。因为当时正是采诗观风的高潮期。

绸　缪

绸缪束薪[1]，三星[2]在天。今夕何夕？见此良人[3]。子兮[4]子兮，如此良人何[5]？

【章旨】诗之首章。言良人。从男的一边说。孙月峰《批评诗经》:“三星入景，妙。”

【注释】①绸缪（móu）：犹缠绵，紧紧捆缚的意思。束薪：做火把用的薪束，在《诗经》中往往隐喻结婚行为，下文“束刍”、“束楚”同义。②三星：排在一起的三颗星，古人常以三星的位置判断时间，此习几十年前在北方农村还沿袭着。③良人：好人。④子兮：犹言你呀。⑤如此良人何：怎么对付这么好的人呢？语含调笑。

绸缪束刍[1]，三星在隅[2]。今夕何夕？见此邂逅[3]。子兮子兮，如此邂逅何？

【章旨】诗之二章。言见邂逅。从佳偶相遇上说。

【注释】①刍：草。②隅：角落，指三星偏斜。③邂逅：佳偶称邂逅，《诗经》中特定用语。

绸缪束楚，三星在户[①]。今夕何夕？见此粲[②]者。子兮子兮，如此粲者何？

【章旨】诗之三章。言见粲者，从女子一边说。“今夕何夕”句，极表庆幸。“子兮子兮”句为调笑语。

【注释】①在户：言三星很低，从窗户就可以看到。②粲：美女为粲。

解析

从诗的情调看，《绸缪》当是一首流行于晋地的新婚之夜闹洞房的谐谑曲。“绸缪”句喻示着成婚，“三星”则点出夜晚的同房。“今夕”以下四句，都是戏谑之辞。本是结婚的日子、合卺的夜晚，诗却说不知“何夕”、不知“如何”，故作糊涂正是玩笑的语式。诗赞美新人是“良人”、为“粲者”，但与“如此何”的虚问放在一起说，是含义很明显的荤话。一般都将“今夕”以下的几句解释为表现男子面对娇美的新娘，不知所措的傻相，但如将诗解为洞房的谐谑，则这几句实际是闹房的人，在以自拟新郎的方式同新娘取笑。这在今天某些地方的习俗中，仍可以看到。“邂逅”一词，也很有意思。《郑风·野有蔓草》言“邂逅相遇，适我愿兮”，男女随意地就结合了。此诗用一“邂逅”之语，当是笑话新人很浪漫，自然也是一种逗弄之辞。闹新房的习俗起源甚早，晋代葛洪《抱朴子·外篇·疾谬》：“俗间有戏妇之法，于稠众之中、亲属之前，问以丑言，责其慢对，其对鄙黩，不可忍论。”人类文化学家认为，迎亲仪式及洞房挑闹的习俗，与远古时代的抢婚制有关，此诗所表现的就是这种古老婚俗的遗迹，甚至诗中的自拟新郎，都有可能是远古亚血族婚俗虚套化了的表现。

鸨羽

肃肃鸨羽[①]，集于苞栩[②]。王事靡盬[③]，不能蓺[④]稷黍。父母何怙[⑤]？悠悠苍天，曷其有所[⑥]！

【章旨】诗之首章。言居处何时可定。

【注释】①肃肃：翅膀扇动的声音。鸨：鸟名，似雁，形体比雁大。鸨鸟因无后趾，故不善于树居。②集：栖落。苞：丛生。栩：柞栎树。③王事：诸侯之事也可称为王事，不可拘泥。靡盬（gǔ）：靡，没有。盬，坚固。靡盬即没有完成、止息的意思。④蓺：字同艺，种植。⑤怙：依靠。⑥所：停息之处。

肃肃鸨翼，集于苞棘。王事靡盬，不能蓺黍稷。父母何食？悠悠苍天，曷其有极[①]！

【章旨】诗之二章。言行役何时而可已。

【注释】①极：尽头。

肃肃鸨行[①]，集于苞桑。王事靡盬，不能蓺稻粱。父母何尝[②]？悠悠苍天，曷其有常[③]！

【章旨】诗之三章。朱公迁《诗经疏义》："言旧时之乐，何时而可复。"

【注释】①行：行列。②尝：食。③常：正常的生活。

解析

《鸨羽》是一首讥刺征役苦民的诗。诗以不宜树栖的鸨鸟集落树起兴，表达出对征役之事的厌倦和无奈。一句“苍天”的呼喊，则将个人及家庭的不幸喷涌而出。父母无靠的呼告，是诗篇中关键之语。为国事劳苦是臣子之道，养父母则是孝子之道。宗法社会，对父母的义务和对国家的义务同等重要。但是现在的政治却是在以后者伤害前者。应当说，诗人用父母的不幸来抗议当局的滥用民力，是十分有力的，因为它有伦理的支点。任何社会的崩溃，大都源于内部关系的失衡。此诗的呼告中，正显示着这种现实。旧说诗鸨羽之兴，指喻晋君子之流也被迫参加征服，实为谬说。农耕社会，农民安土重迁，尤视服役为畏途，这一点至后世犹然。所以，鸨羽之喻不指贵族。诗的艺术颇有可称，行文有平稳的叙述，有不平的呼喊，二者相间，平稳者见其深沉，不平者见其激切，有沉郁顿挫之妙。

葛　生

葛生蒙楚[①]，蔹蔓于野[②]。予美[③]亡此，谁与独处[④]。

【章旨】诗之首章。言予美亡故多年，坟茔上已长满了藤葛之物。“葛生”、“蔹蔓”二句，描绘墓地荒景，气氛悲凉。下一章仿此。

【注释】①葛生：葛藤生出，《法言·重黎》注谓：“死则裹之以葛，投诸沟壑。”诗以葛生起篇，或与此俗有关。蒙楚：蒙在荆棘上。②蔹（liǎn）：草本植物，又名乌敛苺，喜欢生长在田野岩石的边缘。野：野外。③美：美好的人，意即爱人。④谁与：谁通唯，与通以。唯以，只有的意思。独处：一个人居处，下文独息义同。

葛生蒙棘，蔹蔓于域[①]。予美亡此，谁与独息。

【章旨】诗之二章。

【注释】①域：坟茔地。

角枕粲兮[①]，锦衾烂兮[②]。予美亡此，谁与独旦[③]。

【章旨】诗之三章。想起当年下葬时的情景。牛运震《诗志》："极惨苦事，忽插极鲜艳语，更难堪。"

【注释】①角枕：弯曲如角的枕头。《周礼·玉府》："大丧……共（供）角枕。"粲：有光彩。②锦衾：织锦做的被。烂：光彩貌。③独旦：一个人独自到天明。

夏之日[①]，冬之夜，百岁[②]之后，归于其居[③]！

【章旨】诗之四章。表死后同穴之志，转出下文。

【注释】①夏之日：与后冬之夜为互文，冬夏日夜时时思念的意思。②百岁：即百年。③归于其居：同归一处。

冬之夜，夏之日，百岁之后，归于其室

【章旨】诗之五章。姚际恒《诗经通论》："'冬之夜，夏之日'，此换句特妙，见时光流转。"

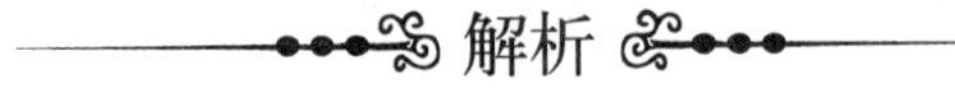

解析

《葛生》系一首怀念亡故亲人之作，为中国悼亡诗之祖。"葛生蒙楚"的起句，使诗篇笼罩在一片感伤气息之中。葛麻裹尸的坟茔，现在又生起了蔓延的葛藤，亡故的人都已经奄然物化了。

但在深怀故人的思念者来看，亡者的魂灵却一直在独处中等待着。因此在伤悼之人的想像中，当年下葬时的“角枕”、“锦衾”依然明璨光亮。深深的眷恋，穿透了幽明之隔。前三章是蕴藉的默念，为后二章激烈的情绪的抒发做出了坚实的铺垫。幽居的亡灵在独处，活着的人又何尝不在经历着日夜的煎熬？前三章是从逝者一面说，后二章从悼念这一方说，并将诗的情绪推向了高潮。重章叠调是《诗经》惯见的技法，而在此诗的后二章中，则起到了极好的抒情作用。专一的眷念，正是借着变换语序的错综句法强调地表出。“此诗甚悲，读之使人泪下！”（陈澧《读诗日录》）《毛序》谓此诗为“刺献公”之作，原因是他“好攻战，则国人多丧”，如此，则诗篇是一首乱世悼亡的作品了。

秦风

秦为嬴姓，据载其远祖为尧、舜时期的伯益，其子孙商周鼎革之际附逆纣王而沦落，被投至西裔。中潏时居于西戎，中潏七世孙非子，事周孝王，为周人养马，封为附庸，其地在今甘肃天水一带。周宣王时，非子曾孙秦仲被封为大夫。西周灭亡，平王东迁，秦仲之孙襄公护驾有功，升为诸侯，周室将西周故地一部分赐封于秦。至文公时驱走犬戎，尽有西岐之地，至穆公时秦已为霸主国家。秦杂戎狄之俗，强悍尚武，同时也有野蛮的陋习。这在诗歌中均有反映。秦人东进，袭居西周故地，在乐调上也承继了不少西周的东西。《左传》记季札观乐："为之歌《秦》，曰：'此之谓夏声。夫能夏则大，大之至也，其周之旧乎？'"“夏”通“雅”，“夏声”是说秦人诗乐中有西周音乐的因素，所以说是“周之旧”。秦国早期刻在石头上的《石鼓文》四言体韵文，一开篇就是“避车既工，避马既同”，与《诗经·小雅·车攻》篇语句相同，看来秦人不仅继承了周人的乐调，连篇章的写制也深受其影响。

《秦风》十篇，今选其四。

驷驖

驷驖孔阜[①]，六辔[②]在手。公之媚子[③]，从公于狩。

【章旨】诗之首章。言秦君驾车带着宠爱的人去打猎。“六辔在手”句，言马之良、御之善。

【注释】①驷驖（tiě）：四匹铁青色的马。驷，古代车驾以四马为尊。又陈奂《传疏》认为驷当作四。驖，铁青色。孔阜：很大，很强壮。孔，很。阜，大。②六辔：六条缰绳。古代车驾两边两匹马共四条缰绳，中间两马靠车辕的一边是拴系在辕上的，所以只有两条缰绳；如此诗言“六辔”。③媚子：被宠爱的人，也可能是男，也可能是女；可能是君主子女，也可能是其宠幸。

奉时辰牡[①]，辰牡孔硕[②]。公曰左之[③]，舍拔则获[④]。

【章旨】诗之二章。言虞人驱使猎物供君主射猎。“公曰左之”句，有声色。

【注释】①奉：供给。指负责园囿事务的虞人。时：是，这。辰：合时令的。古代四季狩猎的对象各有不同，是由虞人掌握的。一说辰为“麎”字之假，母鹿。牡：公兽。②硕：肥大。③左之：朱熹《诗集传》：“公曰左之者，命御者使左其车以射兽之左也。”胡承珙《毛诗后笺》引沈氏说谓：“古人尚右，猎获物有的用作祭品，射其左可以使右半体完整。”④舍：放箭。拔：发的借字。获：获得。

游于北园[①]，四马既闲[②]。輶车鸾镳[③]，载猃歇骄[④]。

【章旨】诗之三章。言狩猎结束，游于北园。猎犬载以驖车，何等名贵。写犬足以见其主人。前人王世贞谓“载猃”句“大拙”（见《艺苑卮言》），毛先舒视之“古人恒调”（见《诗辩坻》），不如孙月峰《批评诗经》谓二句“饶态”为允当。

【注释】①北园：秦国的园囿，在今陕西凤翔县南。马叙伦《石鼓为秦文公时物考》一文中说：“《吴人石》中之中囿孔口，即《秦风·驷驖》诗之北园，在汧。汧源，乃秦襄公故都。”②闲：训练有素。③輶（yóu）车：狩猎用的轻车。鸾：马首所挂的铃。镳：马口中含的铁具，俗称马嚼子。④载：

载着。猃（xiǎn）：长嘴巴的猎犬。歇骄（xiāo）：短嘴巴的猎狗。

解析

这是一首描写秦君狩猎的诗篇。《毛序》及今文三家都认为是美秦襄公之作，宋儒亦无异说。秦襄公为秦仲之孙，周平王东迁时护驾有功，被封为诸侯。陈子展《诗经直解》引《通鉴前编》载宋太宗时，秦襄公冢坏，得铜鼎，铭曰："天公迁洛，岐、丰锡公。秦之幽宫，鼎藏于中。"可证秦襄公确有受赐宗周故地之事。诗一则言"公"，再则曰"园"，古说看来不无道理。郭沫若《古刻汇考序》曰："阅《秦风·诗序》，《驷驖》，美襄公也。则是与《石鼓诗》乃同时之作。《诗》云'游于北园，四马既闲'，盖即西畤之后苑也。"诗篇写秦君狩猎，带着自己亲近的人，还满车载着各种各样名贵的猎狗，秦人好狩猎风尚的表现十分突出。这又与《石鼓文》多写狩猎场面的内容吻合。王应麟《困学纪闻》论《秦风》曰："风俗，世道之元气也。……观《驷驖》、《小戎》之诗，文、武好善之民，变为山西之勇猛矣。晋秦以是强于诸侯。然晋之分为三，秦之二世而亡，风俗使然也。"可称善言风俗。

蒹　葭

蒹葭苍苍[①]，白露为霜。所谓伊人[②]，在水一方[③]。溯洄[④]从之，道阻且长。溯游[⑤]从之，宛[⑥]在水中央。

【章旨】诗之首章。钟惺《评点诗经》："异人异境，使人欲仙。"牛运震《诗志》评首二句："只两句，写得秋光满目，抵一篇悲秋赋。"姚际恒《诗经通论》："'在'字上加一'宛'字，遂觉点睛欲飞，入神之笔。"

【注释】①蒹葭：芦苇。苍苍：老绿色。②伊人：那个人。③一方：那一方。《毛传》："一方，至难矣。"④溯（sù）洄：逆流而上。⑤游：顺流而下。⑥宛：宛然，好像。

蒹葭凄凄[1]，白露未晞[2]。所谓伊人，在水之湄[3]。溯洄从之，道阻且跻[4]。溯游从之，宛在水中坻[5]。

【章旨】诗之二章。姚际恒《诗经通论》："'在水之湄'，此一句已了。重加'溯洄'、'溯游'两番摹拟，所以写其深企愿见之状。"

【注释】①凄凄：即萋萋，茂盛的意思。②晞（xī）：晒干。③湄（méi）：水畔。④跻（jī）：升高。⑤坻（chí）：水中高地。

蒹葭采采[1]，白露未已。所谓伊人，在水之涘[2]。溯洄从之，道阻且右[3]。溯游从之，宛在水中沚[4]。

【章旨】诗之三章。陈继揆《读风臆补》："意境空旷，寄托玄淡。秦川咫尺，宛然有三山云气，竹影仙风，故此诗在国风为第一篇缥缈文字。宜以恍惚迷离读之。"

【注释】①采采：茂盛的样子。②涘（sì）：水涯。③右：迂回。④沚（zhǐ）：水中小洲。

解析

这是一首秋水怀人、怅惘不已的诗篇。思者及所思者具体为谁？笔者以为，即在我国家喻户晓的牵牛星和织女星。牵牛、织女的传说，起源甚古，在西周较晚时期的诗篇《小雅·大东》篇里，已有"跂彼织女"、"睆彼牵牛"之句，而《大东》篇，是抨击王政酷烈、"大东"、"小东"之民"杼柚其空"的。唱到"牵牛"、"织女”，实际是在以“织女”的织不成布和“牵牛”的“不以服箱”，来讥讽周王朝的德不称位、有名无实。这已使人相信两个星宿与周人有关联了，而《国语·周语》谓：“我姬氏出自天鼋及析木者，有建星及牵牛焉。”更印证了这一点。据韦昭解释，“天鼋”即“玄枵”，其分野在齐地。而姬姓周家的女祖太姜(太王之妻)来自姜姓，故称“出自天鼋”。同时韦昭引旧说谓：“有星出于须女，姜氏、任氏实守其祀。”这个“须女”既由姜氏“守其祀”，实际上也就是织女。《广雅》：“须女谓之婺女。”《史记·天官书》张守节《正义》曰：“须女，贱妾之称，妇职之卑者，主布帛裁制。”是“织女”、“须女”异名同实之证。牵牛、织女的传说，对应的是姬、姜两姓的婚姻关系。

更关键的是，1961年我国考古工作者曾在西汉昆明池古遗址发现过牵牛、织女两尊石像。牵牛像在昆明池中间靠北的一块高地上，而织女像则发现于昆明池之外的西侧。昆明池今已干涸，若依当年池水丰沛的情形看，两尊石像，一个在昆明池中央，一个在昆明池之外，正好是隔水相望。牵牛像在昆明池中央如岛屿的高地上，文献记载西汉曾于此小岛建造过豫章馆。班固《两都赋》和张衡《二京赋》都在描述豫章馆时言及石像称其为“左牵牛而右织女”、“牵牛立其左，织女处其右”，即池中的牵牛在东，池外的织女在西。据专家说石像是西汉时物，但考虑到先秦典籍所载，昆明池立石像，应遵循西周古制。这又涉及西周旧制辟雍问题。西周以迄西汉，都城都在今陕西之地。汉之昆明池是一片方圆数十里的水泽，专家实地考察后认为，西周礼乐性建筑辟雍就在昆明池范围内（参胡谦盈《丰镐地区诸水道的踏察——兼论周都丰镐位置》）。辟雍的中心建筑是灵台，据《左传》记载，西周灵台至春秋时犹存，秦穆公俘虏晋惠公后将其囚禁在灵台，即被天河隔着的。我们看诗篇所唱，诗中人找寻那“所谓伊人”，先是“溯洄从之”，再是“溯游从之”，不论其顺流还是逆流，都是可望而不可及，因为“伊人”总是“宛在水中央”、“水中坻”。这情形正与古代辟雍四面环水的形制合若符契。不仅如此，“中央”、“中坻”之谓，还表明“伊人”所指，就是牵牛星；诗篇所唱，是诗人代昆明池外面那一侧的织女星抒情;“水中央”(坻)而冠以“宛在”，正传达着织女的引颈遥望之思。史载周王室东迁后，西周故地一时尽为戎人所袭，是秦人经过几辈人的浴血奋战，至文公时“收周余民”而即有其地。此时，旧时辟雍业经多年荒圮，台榭倒塌；灵台旧馆，惟有石人站立。此情此景，周之余民或不免见而生悲，因赋此诗，托为织女思郎之慨。又《史记·秦本纪》载秦文公“二十七年，伐南山大梓、丰大特”。所谓“丰大特”实为一段神话传说，《史记集解》引徐广说:“今武都故道有怒特祠，图大牛，上生树本，有牛从木中出，后见于丰水之中。”所云“丰水”即沣水，为西周、西汉辟雍、昆明池水源，发源于终南山，北流入渭水。传说中的“青牛”既“后见于丰水之中”，就可能被认为与“牵牛”有关。秦人占有周人故地时，既有青牛作怪，在丰水、辟雍之地祭祀安抚牵牛之神，未尝不是消灾免祸的法子。《蒹葭》之诗，又或起于此。

黄　鸟

交交[①]黄鸟，止于棘。谁从穆公[②]？子车奄息[③]。维此奄息，百夫之特[④]。临其穴[⑤]，惴惴其慄[⑥]。彼苍者天，歼我良人！如可赎兮，人百其身[⑦]。

【章旨】诗之首章。哀叹奄息，并言愿百次去死以换取其生。余冠英《诗经选》:“三章分挽三良。”

【注释】①交交：鸟的鸣叫声。②穆公：秦国君主，名任好，春秋五霸之一。③子车：姓氏。奄息：人名，子车氏，与下文仲行、鍼（qián）虎为三兄弟，同为穆公贤臣，据《汉书·匡衡传》应劭注，穆公生前曾与三人相约"生共此乐，死共此哀"，所以三人殉葬。④百夫：百位男子，百是虚数，以言其多。特：匹配。⑤穴：墓穴。⑥惴：颤抖。⑦人百其身：人愿意死去百次，以换取其一人生命的意思。

交交黄鸟，止于桑。谁从穆公？子车仲行。维此仲行，百夫之防[①]。临其穴，惴惴其慄。彼苍者天，歼我良人！如何赎兮，人百其身。

【章旨】诗之二章。哀子车。

【注释】①防：防同方，比的意思。

交交黄鸟，止于楚。谁从穆公？子车鍼虎。维此鍼虎，百夫之御[①]。临其穴，惴惴其慄。彼苍者天，歼我良人！如可赎兮，人百其身。

【章旨】诗之三章。哀鍼虎。

【注释】①御：相当、比得上。

解析

《黄鸟》，秦人哀叹穆公以三良从殉的诗篇。《左传·文公六年》载："秦伯任好卒，以子车氏之三子奄息、仲行、鍼虎为殉，皆秦之良也，国人哀之，为之赋《黄鸟》。"这是《诗经》中极少几首有史可据的诗篇之一。秦人对三良从葬的态度，仅从"彼苍者天，歼我良人"呼喊中，即可以明显看出。诗中最让人不忍读的是“临其穴，惴惴其慄”一句。汉儒解此句以为秦人临穴，战战而栗，但朱熹《诗集传》则说：“临穴而惴栗，盖生纳之圹中也。”就是生人而活埋了。生人而活埋，是多么令人发指的场景！但可怖又岂止于此，《史记》言穆公墓里“从死者百七十七人”！有前人说解此诗一厢情愿地视之为反对杀殉的宣言，是“人的发现”的文告。舍百七十人于不顾，而只痛三良，哪里有反杀殉的意思。悼三良与反杀殉，根本是两回事。穆公杀殉后七十余年，后人在秦景公的墓里又发掘出一百八十副殉葬的尸骨（见《光明日报》1980 年 4 月 28 日的考古报道），而《史记》载“献公元年止从死”，其时距景公杀殉已一百五十余年，距三良从葬已二百三十余年。杀殉如果真的在穆公就木的时代，就伤害了民意，其俗何至于延续数百年而不绝？“百夫之特”、“之防”、“之御”的痛惜，实是在赞三良的勇力。诗篇实际是在痛悼秦国失去爪牙。冬烘得可笑的是《左传》里所称述的“君子”，“君子曰：秦穆之不为盟主也，宜哉！死而弃民……君子是以知秦之不复东征也！”“君子”实在短视，杀殉的秦人不最终以其“杀人”收拾了中国？读《黄鸟》应当视之为一种风俗势力的表征，放远一步说应当看到在我们“相斫”的历史兴亡背后，主宰着的是一种什么样的力量。“呜呼！俗之敝也久矣。其后始皇之葬，后宫皆令从死，工匠生闭墓中，尚何怪哉！”（朱熹《诗集传》）

无　衣

岂曰无衣？与子同袍[①]。王于[②]兴师，修我戈矛，与子同仇[③]！

【章旨】诗之首章。言同袍同仇。陈继揆《读风臆补》：“开口便有吞吐六国之气。”

【注释】①同袍：同穿一件战袍，慷慨之语。古代军人穿统一制服，《方言》“卒”字，钱绎《笺注》：“卒，隶人给事者为卒；卒，衣有题识者。”题识即统一标识。②王：据王国维《古诸侯称王说》，古代诸侯也可称王。于：语词，一般用在动词之前。③同仇：同伴。仇，匹偶。

岂曰无衣？与子同泽[①]。王于兴师，修我矛戟，与子偕作！

【章旨】诗之二章。言同泽偕作。

【注释】①泽：贴身内衣。

岂曰无衣？与子同裳。王于兴师，修我甲兵，与子偕行！

【章旨】诗之三章。言同裳偕行。

解析

《无衣》，激励士气的军歌。“岂曰”开首，横扫一切庸碌怯懦之气；“同袍”、“同泽”之语，则畅扬军中手足之情。以此相激，如何不士气超拔，舍生忘死！而“王于兴师”所领起的数句，则又将这慷慨之情，尊崇为天经地义。诗风雄放，气格豪迈，不仅为《诗经》所仅见，即唐人边塞诗亦无以立马当风。《汉书·赵充国辛庆忌传赞》谓：“山西天水、陇西、安定、北地，处势迫近羌胡，民俗修习战备，高上勇力鞍马骑射。故秦诗曰：‘王于兴师，修我甲兵，与子皆行。’其风声气俗自古而然，今之歌谣慷慨，风流犹存耳。”朱熹《诗集传》评论此诗曰：“雍州土厚水深，其民厚重质直，无郑卫骄惰浮靡之习。”又说：“秦人之俗，大抵尚气概、先勇力，忘生轻死……则已悍然有招八州而朝同列之气矣！”

陈风

周武王灭商之后，将舜的后代胡公满封于陈，是为陈国之始。其地在今河南南部、安徽北部，都宛丘（今河南淮阳）。此地本属太昊之墟，是远古东夷部族文化的发祥地之一，考古曾发掘出平粮台古城遗址；至春秋时期，陈地文化的地域性特征仍然十分明显。陈为舜之后，“有虞氏上陶”（《周礼·考工记》），胡公满之父曾为周之陶正，可知陈地制陶等手工业发达；至汉司马迁作《史记·货殖列传》，犹言陈“通鱼盐之货，其民多贾”。史载陈国人好巫尚祠。周武王曾把长女大姬嫁给胡公，据说由此引生陈地“妇人尊贵”之俗；又据说大姬无子，于是“好祭祀，用史巫”，对民风有很大的影响。实际上陈的好祠巫风，应该是远古东夷文化的遗俗旧风，而不会是大姬个人影响所致。时至今日，据民俗学者的研究，陈国故地仍然保存了不少的古代风俗，如有所谓“担经挑”的舞蹈，舞蹈者几人一组，舞步都象征男女交媾，就是古代祈子仪式的孑遗（穆广科、王丽娅《颂扬人祖伏羲女娲的原始巫舞——担经挑》，刊《民间文化》2000年11—12期）。在两周之际，随着采诗活动的活跃，陈地与西周的不同风俗被采诗官发现并有节制地谱入诗篇，就有“宛丘”、“东门”的歌唱。读这些诗篇时应该注意的是，诗的字里行间有着采诗官不以为然的态度在内。后来《左传》记载季札观乐：“为之歌《陈》，曰：‘国无主，其能久乎？’”同样也是不以为然。两者可能都流露的是奉“礼乐”为文化正宗者的主观倾向。

《陈风》共十篇，今选其四。

宛 丘

子之汤兮[①]，宛丘[②]之上兮。洵[③]有情兮，而无望[④]兮。

【章旨】诗之首章。言宛丘之事，使人溺于情而废于礼。刘玉汝《诗缵绪》:“惟用一‘汤’字，而下文所咏之歌舞皆非其正可知。”

【注释】①子：你。汤：同荡，游荡。②宛丘：四周高、中间凹的丘，称宛丘。据《水经注》，宛丘在陈国都城（今河南淮阳）南三里处。又有学者认为，考古发掘平粮台古城遗址，即古宛丘之地。③洵：实在，真是。④无望：无德望，即不知礼的意思。

坎其[①]击鼓，宛丘之下。无冬无夏，值其鹭羽[②]。

【章旨】诗之二章。言宛丘歌舞无时间节制，下章仿此。

【注释】①坎其：犹言坎坎然。②值：持。鹭羽：鹭鸟的羽毛，舞蹈用的道具。

坎其击缶[①]，宛丘之道。无冬无夏，值其鹭翿[②]。

【章旨】诗之三章。陈仅《诗诵》:“自宛丘之上而下而道，无地不热闹，无冬无夏，无时不热闹，直揭出一国若狂景象。”

【注释】①缶：一种可以用来伴奏的瓦器。②翿（dào）：鹭羽制成的扇形道具。

解析

《宛丘》是一首讽刺陈国好巫祠过分的诗。以第二人称起始的第一段，是在借对某些人的调侃，来说明这种巫风对人的诱惑之害。而二、三两章“无冬无夏”这句对无节制的抱怨之语，就是诗人对巫风态度的正面表达了。巫风何以能蛊惑人？这与巫风中的男女之事有关。元代刘玉汝《诗缵绪》说："愚谓歌舞祭祀而亵慢无礼，楚俗尤甚，屈原《九歌》犹然。陈南近楚，此其楚俗之薰染欤？"陈、楚巫风皆盛，应是地域相近的缘故，未必是谁熏染谁。此外从"宛丘"这一名称中，也可以略窥宛丘中祀事的某些端倪。宛丘之宛，是四周高中间低的意思。与之形状相同的丘亦称"尼丘"，孔子名丘字仲尼，据说就是由于他是父母祷于尼丘山生的。那么与"尼丘"同义的宛丘，其祭祀的内容与生育有关，当是大致可信的。祈祷生育总免不了有一些那样动作的模拟，弄得人神不守舍、趋之若鹜，是可以想见的。在前面的一些有关男女婚恋的诗篇中，我们已经看到过一些表仲春之月男女自由结合风俗的诗篇。此诗当也与这种带有野性气息的习俗有关。不过，从诗篇"坎其击鼓"云云看，似乎这里的祈子仪式也高度节日化，成为民众喜闻乐见的活动了。但"节日"的风情太盛，漫无限制，还是要招致诗人（可能就是采诗官）的侧目。因此我们从此诗中，约略可以看到一些周礼与原始风俗的矛盾和冲突。周代文化绝非铁板一块，其间有着较大的差异，也是可以从《陈风》中的此诗及其他一些诗篇中看出的。值得一提的是，新出土的文献《孔子诗论》中，对"洵有情兮，而无望兮"两句特别表示了赞叹之情，谓："《宛丘》曰：'洵有情，而无望。'吾善之。"诗人讥讽宛丘舞荡之人诚然有情，却无礼法，无民望，造语很工巧。此为孔子之所"善"欤？

衡　门

衡门[①]之下，可以栖迟[②]。泌之洋洋[③]，可以乐[④]饥。

【章旨】诗之首章。言安贫守贱之意。《战国策·齐策四》："晚食以当肉，安步以当车。”与此同调。

【注释】①衡门：衡木为门，衡为横，形容居所简陋。②栖迟：栖息。③泌（bì）：泉水。洋洋：水流貌。④乐：㾢字的假借，㾢，疗。

岂其食鱼，必河之鲂？岂其取[①]妻，必齐之姜[②]？

【章旨】诗之二章。言娶妻不必齐之姜。“可以”与“岂其”呼应。《洛阳伽蓝记》载俚语：“洛鲤伊鲂，贵于牛羊。”

【注释】①取：同娶。②齐之姜：齐国姜姓的女子。

岂其食鱼，必河之鲤？岂其取妻，必宋之子[①]？

【章旨】诗之三章。言不必宋之女。

【注释】①宋之子：宋国子姓的女子。姜、子都是两国贵姓。

解析

这是一首劝人甘于实际的诗，钱锺书《管锥编》“降格求次，称心易足”的概括，可谓深达诗旨。不过虽口称贫贱，心中高一层的标准还是有的。即是说，在高门广第之下“栖迟”，迎娶齐、宋有身份的女子，仍然是生活及婚姻最美妙的。问题是，没有这样的条件该怎么办，以茶当酒、安步当车，“慰情以退”的态度，就派上用场了。所以说起来诗是教人如何对付不如意的生活。诗的情调，既可以说是达观，也可以视之为消极。达观总是在人感到生活不那么通达时才生出的情感。这样说来，此诗即使是出自没落贵族之手，表现的是没落情调，亦不可不视为得世人情理常态之正。诗的本意，当是针对贵族的婚事而说的。娶“齐之姜”、“宋之子”，是高门贵族的事。贵族要到异姓异国去娶妻，按周礼的规定，主要是出于政治联姻的考虑。问题就出在这里。诗人“岂其”的反问中，含着结婚应当重实际的意思，无形中是对世代遵循的婚姻惯例的不以为然。也许是娶不起才说这样“酸葡萄”的话，也许是觉得齐姜、宋子没什么了不起才这样说。但无论如何，固有的婚姻成法在诗人的眼里已不那么神圣不可犯，则又是显而易见的。考虑到周代贵族婚事中的政治含义，诗人在对婚姻之事发表如此的言论时，无意间也显露出“王纲解纽”的现实。诗表达的是生活中的某些哲理，反问句式的使用，使诗篇更加警策、诙谐。

东门之池

东门之池①，可以沤麻②。彼美淑姬③，可与晤歌④。

【章旨】诗之首章。言淑姬可以对歌。

【注释】①池：城池。②沤（òu）麻：麻经过浸泡脱去纤维中的胶质后方可纺绩。③淑姬：陈国贵族妫姓，多与姬姓诸侯通婚。一说即指夏姬。④晤歌：对歌，对唱。

东门之池，可以沤纻①。彼美淑姬，可与晤语。

【章旨】诗之二章。言淑姬可以对言。

【注释】①纻（zhù）：纻麻，古代使用最多的一种纺织原料。

东门之池，可以沤菅①。彼美淑姬，可与晤言。

【章旨】诗之三章。言淑姬可以晤语。一章近似一章。

【注释】①菅（jiān）：一种茅草，沤后可以搓制成绳。

解析

诗篇表达的是以娶姬姓妇女为乐事的愿望。既然是一种愿望，所歌之姬就不必确指，不过似乎一种虚幻偶像而已。这种偶像的形成，当是与贵族婚姻习惯有关。陈国第一代君主就曾娶武王之女大姬为妻，料想此后来自姬姓贵族的女子也不会少。贵族人家多娶姬姓女子，而周家女子又素重德、言、工、容，即妇德的教养，门第就成为社会一般性的婚姻向往了。在《衡门》中，诗人已表达过不一定非娶姜姓、子姓女子的意思，此诗则又以“淑姬”为佳偶之选，两诗倒颇能相映成趣。

月　出

月出皎兮。佼人僚①兮。舒窈纠②兮。劳心悄兮③。

【章旨】诗之首章。言体态姣好。吕祖谦《读诗记》：“此诗用字聱牙，意者其方言欤？”

【注释】①佼人：佼通姣，佼人即姣好之人。僚：通嫽，姣美。②舒：发语词。窈纠：犹言窈窕，仪态优美的样子。③劳：惆怅。悄：忧愁。

月出皓兮。佼人懰①兮。舒忧受②兮。劳心慅③兮。

【章旨】诗之二章。言神情妩媚。

【注释】①懰（liú）：通嬼，妩媚。②忧受：与窈纠同义。③慅（cǎo）：内心躁动。

月出照兮。佼人燎①兮。舒夭绍②兮。劳心惨③兮。

【章旨】诗之三章。言光彩照人。全篇拗拗折折，朦朦胧胧，缠缠绵绵，别是一调。

【注释】①燎：光彩照人的样子。②夭绍：与窈窕同义。③惨：内心痛苦的意思。

解析

诗犹如一幅月下美人图，爱慕之情自在其中。将皎洁的月光与姣好的美人联系在一起，是此诗造诣的殊胜处。月光如水之下，美人荡漾着清辉，是何等的景致！难怪佼人的每一举步投足都令人销魂了。奇特处还在诗的句法。每章的第三句首尾两个虚词中嵌以联绵词，犹如律诗中的拗句，而所表达的又是轻盈的仪态，真可谓别具一格、别开生面了。姚际恒《诗经通论》评此诗曰："似方言之聱牙，又似乱辞之急促；尤妙在三章一韵。此真风之变体，愈出愈奇者。"

桧风

桧为周初封国，相传为帝颛顼之后，妘姓，都城在今河南密县东北。东周初年，为郑国所灭。其诗当产生于东西周交替之际。

《桧风》四篇，今选其二。

隰有苌楚

隰有苌楚[①]，猗傩[②]其枝，夭[③]之沃沃，乐子之无知[④]！

【章旨】诗之首章。见物起兴，语绝沉痛。钟惺《评点诗经》：“亡国之音读不得。此诗更不必说自家苦，只羡苌楚之乐，而意自深矣！凡苦之可言者，非其至也。”

【注释】①隰：下湿之地。苌楚：又名羊桃，蔓生植物，花叶果实都像桃子。②猗（ē）傩（nuó）：音义皆同婀娜，摇曳多姿貌。③夭：屈伸貌。沃沃：枝叶润泽的样子。④无知：无匹、无配偶。

隰有苌楚，猗傩其华[①]，夭之沃沃。乐子之无家！

【章旨】诗之二章。牛运震《诗志》：“三‘乐’字惨极，真不可读。”

【注释】①华：同花。

隰有苌楚，猗傩其实，夭之沃沃。乐子之无室！

【章旨】诗之三章。钱锺书《管锥编》：“此诗意谓：苌楚无心之物，遂能夭沃茂盛，而人则有身为患，有待为烦，形役神劳，唯忧用老，不能长保朱颜青鬓，故睹草木而生羡也。”

解析

这是一首表达对生活的厌倦态度的诗篇。《孔子诗论》第26简谓：“《隰有苌楚》，得而悔之也。”人生有家室而羡慕无知无虑的草木，生的苦难和无谓，自在不言之中。有知只是苦难的原因，诗人羡慕苌楚的“无知”，只是由于它们藉此可以免除人的“家室”拖累。诗是一种虚无、厌世的文学，更是一首抗议的篇章，是以植物的率性生长，反喻人世的人趣都绝。诗只就苌楚的丰腴上着笔，对人的生趣枯干之愤激，则溢于言表。

匪　风

匪风发兮[①]，匪车偈[②]兮。顾瞻周道[③]，中心怛[④]兮！

【章旨】诗之首章。言睹疾行的车马而内心悸动。高朝璎《诗经体注图考大全》：“此诗之神，全在‘瞻顾周道’中。”下一章仿此。

【注释】①匪：通彼。发：风疾吹的声音。②偈（jié）：疾驱貌。③周道：通往西周的大道。④怛：悲悼。

匪风飘兮，匪车嘌[①]兮。顾瞻周道，中心吊[②]兮！

【章旨】诗之二章。

【注释】①嘌（piāo）：车疾速行驶的声音。②吊：同吊，伤悼。

谁能亨[①]鱼，溉之釜鬵[②]？谁将西归[③]，怀之好音[④]！

【章旨】诗之三章。言如烹鱼赠釜，西去之人谁能行方便，捎去信息。姚际恒《诗经通论》："风致极胜。"

【注释】①亨：烹的假借。②溉：字当作塈，给予的意思。鬵（xín）：大锅。③西归：回到西周。④怀：通归，遗、带去。好音：犹言好语、好消息。

解析

这是一位身处桧地的西周人士怀念故国的诗篇。一般认为，此诗作于两周交替之际。如此，则西周之民，因西方的战乱徙居东方，是此诗创作的背景。据《国语·郑语》记载，幽王将灭之际，身为王朝司徒的郑桓公就已为东逃作准备，将大量的宝物寄存于虢、桧之地。桓公属下之民随之流寓于此，当是可以想见的情形；而诗以"发兮"、"嘌兮"比喻车马，则表达的是内心骚动的不祥之感。由此，诗人才瞻顾着通往西方的大道焦虑不已；才渴望着有西归的人，带去探问的消息。因此，诗篇从独特的角度，真切动人地展示出动荡时期里人们的内心感受。诗的结尾一章，历来受人推崇，"亨鱼"两句，也多有穿凿的解释。人烹鱼则予之釜鬵，言下含有与人方便的意思，正是"西归"句的取譬之辞，无须深文周纳，节外生枝。诗比史更真实，史只能提供给人往事的知识，而诗却能将人对事件的感受，亘古常新地保存下来。此诗虽然未尝有一语言及宗周的覆灭，但诗人内心的躁动不安，却能使后人仿佛亲见着那重大的事变给社会带来的剧烈的动荡不安。

曹风

周初封曹叔振铎于曹，疆域在今山东西南部地区，都陶丘（今山东定陶西南），传二十四世而为宋所灭。

《曹风》四篇，今选其二。

蜉蝣

蜉蝣之羽[1]，衣裳楚楚[2]。心之忧矣，於我归处[3]！

【章旨】诗之首章。蜉蝣朝生暮死，而羽翼鲜明，荣华如梦，死归何处？吴闿生《诗义会通》："旧评：喻意危悚。"

【注释】①蜉蝣：昆虫名，古称渠略，寿命极短，朝生暮死。羽：翅膀。②衣裳：比喻蜉蝣的羽翼如衣服一样。楚楚：鲜明貌，蜉蝣的翅膀极薄而透明。③於（wū）：叹辞。归：死人谓之归人，归处即死后的归依之处。

蜉蝣之翼，采采[1]衣服。心之忧矣，於我归息！

【章旨】诗之二章。

【注释】①采采：光华貌。

蜉蝣掘阅[1]，麻衣[2]如雪。心之忧矣，於我归说[3]！

【章旨】诗之三章。陈震《识小录》："'楚楚'、'采采'、'如雪'，其人得意在此，劳人赞叹正在此，盖一念为朝生暮死，则其得意处，正可悼可畏处也，故曰'心忧'。'於我归'者，叹其失所归也。"

【注释】①掘阅（xué）：穿穴而出。②麻衣：麻制的衣服，比喻蜉蝣的羽翼。③说：通税，停息的意思。

解析

这是一首慨叹浮华幻影、死生促迫的感伤诗篇。朝生暮死的蜉蝣，却有鲜洁如雪的衣裳，正如同短暂的人生，有如梦如幻的荣华一般。像蜉蝣的不断"掘阅"一样，耽于享乐的人们，也在为了眼前无常的浮华而不停地钻营忙碌着。诗人在沉吟着死归何处的问题时，似是在提醒，又像在黯然自伤。在《诗经》中，慨言生死的篇什，大致有两种情形。一种如《桧风·隰有苌楚》及《小雅·苕之华》等，生不如死的哀叹，是由于生活的苦难，因此是一种愤激之辞。还有一种即此诗所表现的样态，对死亡的考虑，乃是荣华易逝的幻灭感，想到死，实是出于对世俗的留恋。如果说愤激着意的是对世道的指责，那么幻灭的忧伤，则是彻头彻尾的虚无。荣华都是假象，惟有死亡最堪忧虑，还有什么比这更能表达人们对生活失去兴趣呢？这是一首贵族的篇什，没落的情绪弥漫全诗。一个社会的主体阶层，对生活抱着如此的态度，难道不是社会走向腐烂的绝好象征？诗人敏于取喻、精于设譬，"衣裳楚楚"、"麻衣如雪"的句子，直将蜉蝣屑小之物的魂灵勾勒而出。用蜉蝣以兴寄人生迫促的本身，其造艺的手法相当工巧。

候　人

彼候人[①]兮，何戈与祋[②]。彼其[③]之子，三百赤芾[④]。

【章旨】诗之首章。言贤人失位而美女乘轩。两者对举而国政的昏乱不言自明。

【注释】①候人：官职名称。《周礼·夏官·候人》："候人各掌其方之道治，与其禁令，以设候人。"②何：同荷，扛、举。祋（duì）：古代一种长柄武器，字又写作殳，竿为竹制，长一丈二尺，祋头装有八棱形的金属尖。③其（jì）：与姬姓不同的古族姓氏。④赤芾（fú）：红色的蔽膝。

维鹈在梁[①]，不濡[②]其翼。彼其之子，不称其服[③]。

【章旨】诗之二章。直刺乘轩者德不称位。

【注释】①维：发语词。鹈（tí）：即鹈鹕，一种水鸟，白色羽毛，嘴长尺余，下颌有囊与嘴相连，捕鱼为食。梁：筑在水中用以捕鱼的坝子。②濡：沾湿。③不称：配不上。服：服装。

维鹈在梁，不濡其咮[①]。彼其之子，不遂其媾[②]。

【章旨】诗之三章。指责女宠太多，于礼法不合。

【注释】①咮（zhòu）：鸟嘴。②不遂：不称，不配的意思。媾：婚配。

荟兮蔚兮[①]，南山朝脐[②]。婉兮娈兮[③]，季女斯饥[④]。

【章旨】诗之四章。宫中多淫气，而民间多旷女。牛运震《诗志》："末章精神飞动，更自蕴藉风流，一篇生色争胜处。"

【注释】①荟、蔚：本义为草木茂盛，在此比喻云彩的浓密。②脐（jī）：据杨树达《积微居小学述林》卷一，脐即虹，古人以虹为淫气所成。③婉、娈：女子美好貌。④季女：少女。饥：饿。在此比喻女子待嫁的心情。

解析

此诗为讽刺曹国君主女宠太盛的篇章。此诗理解的难点在首二句与尾四句，两处解释不当，全诗的意思就难以说通。“候人”本是守护道路、迎接宾客的官员，诗说他“何戈与祋”，当是指他做了一般的士卒，不再是迎客者，而成了远行在外的异乡客。如此才有结尾处“季女斯饥”的渴望之情与之相应。但诗篇并没有这么简单，在这一首一尾的相应之间，加进了对现实的针砭。候人不能任其故职，是因为曹国的现实昏暗，通观诗篇可知，当“季女”因候人的远去他乡而“斯饥”的时候，曹君却是“彼其之子，三百赤芾”。关于“彼其之子”的解释，过去总是与《左传》所记晋文公灭曹相联系。《左传 · 僖公二十八年》载晋文公入曹，执曹共公，“数之以其不用僖负羁，而乘轩者三百人也”。《左传》不言“赤芾”，只言“乘轩”，而《史记 · 晋世家》记文公入曹之事又有另外说法，谓：“晋师入曹，数之，以其不用僖负羁言，而用美女乘轩者三百人也。”是“三百人”指美女，不指大夫。也就是指责共公好色，多女宠；而“彼其之子”也就是指那些来路不正的女子。“三百”云云，未必实数，虚言其多而已。女宠那么多，肯定不合礼法，所以诗篇反复说“不称其服”、“不遂其媾”。结尾处的“季女斯饥”也就在解释上有了着落。隮指彩虹，在古代有特定含义，指淫气。曹君后宫有那么多乘轩女子，自然以“朝隮”形容之，最恰当不过。曹宫廷里淫气冲天，而民间美好少女却嫁娶失时，受着煎熬，就是因为候人失位所致。所以读到最后，我们才知道，原来诗篇是表达季女失时的哀怨作品；而她的失时不嫁，与候人“何戈执祋”的特定变化有关。诗篇写得相当婉曲。候人、季女的婚嫁失时，可能是一个特殊现象，但诗将此事与曹君的好色连起来写，其主题便大大深化了。

豳风

豳地在今陕西旬邑、彬县一带。考古工作者曾在这一带发掘出过先周遗址。周人初居有邰，有邰何在，学术界有不同的说法。《国语·周语上》载："昔我先王世后稷，以服事虞、夏。及夏之衰也，弃稷不务，我先王不窋用失其官，而自窜于戎、狄之间。"就是说在虞夏之际，周人的祖先世代做"后稷"之官，到了夏商兴替时，才逃奔到戎狄人群之中生活。又据《史记·周本纪》，公刘"复修后稷之业，务耕种，行地宜，自漆、沮度渭，取材用，行者有资，居者有畜积，民赖其庆。百姓怀之，多徙而保归焉。周道之兴自此始，故诗人歌乐思其德。公刘卒，子庆节立，国于豳"。所谓公刘"复修后稷之业"就是努力摆脱戎狄之俗而经营农业，为周族强大布下了根基。"豳风"当是西周保存的古豳之地的乐调。《周礼·春官·籥章》说："掌土鼓、豳籥。中春，昼击土鼓、吹豳诗，以逆暑。"是说"豳风"歌唱是击土鼓、吹籥来伴奏的。"土鼓"曾发现于陶寺遗址中，至于"籥"，据《礼记·明堂位》"土鼓、蒉桴、苇籥，伊耆氏之乐也"的说法，系苇子制成且起源于古老的唐尧之世。看来《豳风》的乐调，是周人自己的老家底，与《周南》、《召南》之"南"采自南方有不同。那么《豳风》诗篇的内容如何？《豳风》七篇，若据传统的说法，都与周公有关。可是与周公相关之诗又何以名之为"豳风"？至今也没有一个合理的回答。而且，现代有学者还认为《豳风》篇章不是古豳地之诗，而是鲁国诗，豳风即鲁风。就诗篇内容而言，传统的说法可能含有合理的成分。周公虽有大功，但晚年很可能因受迫害而"奔楚"，过了一段时间，王朝为周公冤案平反，于是诗人创制了一些关于周公东征的诗篇来怀念他，这可能就是今所见《豳风》中《鸱枭》、《东山》等篇的背景。至于《七月》,《毛序》说是周公对成王言周家王业的艰难，是因《尚书·无逸》载周公经劝告“君子”们“知稼穑之艰难”而生的误解。实际上，本书考证，《七月》既不是西周早期之作，也不是春秋诗篇，而是写定于西周中期，与《周颂·思文》和《大雅》中的《生民》、《公刘》同时。“豳风”的得名，很可能就是因为《七月》演唱用古豳之乐进行所致。具体的说明，请看各篇的解读。古人在音乐上注意“金声玉振”,《豳风》最终被排在《国风》结尾（《左传》载季札观乐时的顺序，豳在秦之前），或与此有关。这应该是儒家的安排了。

《豳风》七篇，今选其三。

七　月

七月流火①，九月授衣②。一之日觱发③，二之日栗烈④。无衣无褐⑤，何以卒岁⑥？三之日于耜⑦，四之日举趾⑧。同我妇子⑨，馌彼南亩⑩，田畯至喜⑪。

【章旨】诗之首章。言寒暑之变；深秋授衣，开春耕种。在全篇为总写。孙月峰《批评诗经》引谚云：“三九二十七，篱头吹觱（bì）栗。”

【注释】①七月：夏历七月，阳历的八九月份。流火：火是星宿名，又称心宿，流是移动的意思，初秋时节，心宿西移，故称流火。②九月：夏历九月。授衣：向农夫颁发衣服。③一之日：周历的一月，合夏历的十一月。觱发：寒风吹拂引起其他东西劈啪作响，犹言噼里啪啦。④二之日：周历二月，夏历的十二月。栗烈：即凛冽。⑤褐（hè）：粗布衣服。⑥卒岁：过完一年最后的日子。⑦三之日：周历三月，夏历的正月。于耜（sì）：

于，词头，一般用在动词之前，于耜即修理农具的意思。⑧四之日：周历四月，夏历二月。趾：通兹。一种锄类的农具。⑨同：聚集。由官家送至田头。⑩馌（yè）：送饭田头的意思。古时农夫在公田集体劳作，饭食由官家送至田头。南亩：犹言田亩。⑪田畯（jùn）：田官。至喜（chì）：至同致，喜同饎，饭食。至喜即发放食物。据《周礼》每年开春都要举行籍田大礼，田畯致饎即其中礼数之一。

七月流火，九月授衣。春日载阳[①]，有鸣仓庚[②]。女执懿筐[③]，遵彼微行[④]，爰求柔桑[⑤]。春日迟迟[⑥]，采蘩祁祁[⑦]。女心伤悲[⑧]，殆及公子同归[⑨]。

【章旨】诗之二章。言女子春月采桑之事。钱锺书《管锥编》："吾国咏'伤春'之词章者，莫古于斯。"

【注释】①载阳：载，开始，载阳即开始变暖的意思。②仓庚：鸟名，即黄莺。③懿筐：深筐。懿，深。④遵：沿着。微行：小径。⑤爰：于焉的合音，于此的意思。柔桑：嫩桑。⑥迟迟：春天里人舒迟的感受，犹今言"暖洋洋"之洋洋。⑦蘩：白蒿，蚕生出时需要用蘩来覆盖保温。祁祁：茂盛的样子。⑧伤悲：犹言伤春。⑨殆：差不多。同归：成亲。

七月流火，八月萑苇[①]。蚕月条桑[②]，取彼斧斨[③]，以伐远扬[④]，猗彼女桑[⑤]。七月鸣鵙[⑥]，八月载绩[⑦]，载玄载黄[⑧]，我朱孔阳[⑨]，为公子裳[⑩]。

【章旨】诗之三章。由蚕月条桑，写到纺绩为裳。

【注释】①萑（huán）苇：荻草和苇子，可以作蚕箔用。②蚕月：养蚕的月份，即夏历三月。条桑：条理、修整桑树。③斨（qiāng）：方孔的斧头。④远扬：伸得很高的枝条。⑤猗：取叶存条为猗。女桑：即柔桑、嫩桑。⑥鵙（jú）：鸟名，又称伯劳，叫声高而快。⑦载绩：开始纺绩织布。绩，把麻搓捻成线或绳。⑧载：连词，且、又。玄、黄：黑色与黄色。⑨我：在此只起调整音节的作用。朱：红色。“载玄载黄，我朱孔阳”两句是说，所纺的布，有黑色、有黄色，还有红色。⑩裳：衣裳。

四月秀葽[①]，五月鸣蜩[②]。八月其获[③]，十月陨萚[④]。一之日于貉[⑤]，取彼狐狸，为公子裘。二之日其同[⑥]，载缵武功[⑦]，言私其豵[⑧]，献豜于公[⑨]。

【章旨】诗之四章。言秋冬季狩猎、讲武。

【注释】①秀：开花。葽（yāo）：苦菜。②蜩：蝉。③获：收获。④陨萚（tuò）：植物枝叶凋零。⑤于貉：猎貉。句法犹“于耜”。貉又称狗獾，似狐，较肥胖，尾巴短，在古代其皮毛十分贵重。⑥同：会同，集合。⑦缵（zuǎn）：继续。武功：即上句的狩猎活动。⑧言：发语词。私：私人所有。豵（zōng）：小的野猪。⑨豜（jiān）：大野猪。公：公家，贵族。

五月斯螽动股[①]，六月莎鸡振羽[②]。七月在野[③]，八月在宇[④]，九月在户[⑤]，十月蟋蟀入我床下。穹窒熏鼠[⑥]，塞向墐户[⑦]。嗟[⑧]我妇子，曰为改岁[⑨]，入此室处[⑩]。

【章旨】诗之五章。言月令之变，从五月直贯十月，十一月为圈历正嗣，故诗称“改岁”、“室处”。吕本中《童蒙诗训》引张文潜说：“《诗》三百篇……非深于文章者不能作，如‘七月在野’至‘入我床下’，于七月以下皆不道破，直至十月方言蟋蟀，非深于文章者能为之耶？”

【注释】①斯螽：又名螽斯，蝗类的昆虫。动股：两腿的摩擦发出叫声，其实这是一种错误的说法，斯螽的发声器官在右前翅。②莎（suō）鸡：昆虫名，蝗类。振羽：振动翅膀发出沙沙的声音。③野：野外。④宇：屋檐下。⑤户：

房内。⑥穹（qióng）：字当作焪，用火烘干。窒：塞满，用泥填塞房屋的缝隙。熏鼠：用烟熏走老鼠。⑦塞向：向是朝北的窗户，塞向即堵塞阴面窗户的意思。墐（jǐn）户：用泥涂抹门窗缝隙。⑧嗟：嗟叹。⑨曰：语词。改岁：过年的意思。夏历的十月当周历的十二月。⑩处：居住。

六月食郁及薁[①]，七月亨葵及菽[②]。八月剥[③]枣，十月获稻。为此春酒[④]，以介眉寿[⑤]。七月食瓜，八月断壶[⑥]，九月叔苴[⑦]。采荼薪樗[⑧]，食[⑨]我农夫。

【章旨】诗之六章。言各时菜蔬食粮。前此数章重在言“衣”，此章而后侧重表“食”。

【注释】①郁：郁李，又名车下李，早春开花，花瓣犹如剪纸，色彩很艳丽；果实如樱桃大小，味酸涩，可以酿酒。薁（yù）：果如樱桃大小，黑紫色，酸甜可口，又名野葡萄、山葡萄。②亨：通烹。葵：一种野菜，《本草纲目》：“古者葵为五菜之主。”菽：本为豆类的总称，此处指豆叶，又称藿。③剥：同扑，击打的意思。④春酒：又称冻醪，秋天酿制，春天启用。⑤介：乞。眉寿：眉与弥同，弥寿即长寿。这个词在西周中后期的金文中常见。⑥壶：即瓠瓜。⑦叔：收，拾取。苴（jū）：大麻子。⑧荼：苦菜。薪：砍伐。樗（chū）：臭椿树。⑨食（sì）：使动词，给人食物吃。

九月筑场圃[①]，十月纳禾稼。黍稷重穋[②]，禾麻菽麦。嗟我农夫，我稼既同[③]，上入执宫功[④]，昼尔于茅[⑤]，宵尔索绹[⑥]，亟其乘屋[⑦]，其始播百谷[⑧]。

【章旨】诗之七章。言秋收及冬日生活，并及春耕准备。一年生活，忙忙碌碌，脚步匆匆。

【注释】①场圃：打谷场，古代打谷场也用来种菜，所以称场圃。

②重（tóng）穋（lù）：重字当作穜，先种后熟的谷物为穜，后种先熟的谷物为穋。③同：齐备，齐活。④上：同尚，还要。入：到贵族家。宫功：建筑宫室，修缮房屋。⑤尔：同而。于茅：打茅草。⑥索绹（táo）：打草绳，索在此为动词。⑦亟（jí）其：快快地。乘屋：登上屋顶。⑧其始：快要。百谷：各种谷物。

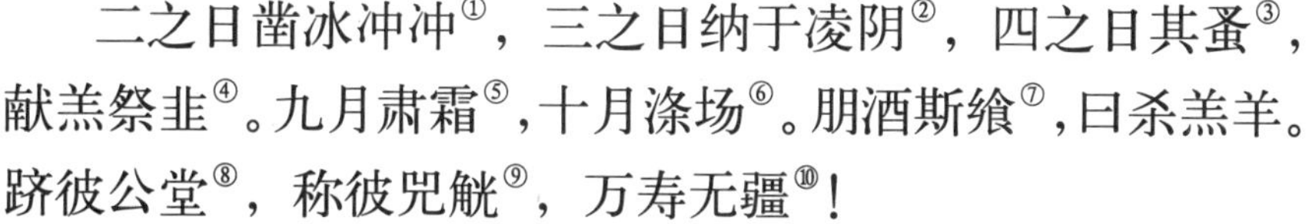

二之日凿冰冲冲[①]，三之日纳于凌阴[②]，四之日其蚤[③]，献羔祭韭[④]。九月肃霜[⑤]，十月涤场[⑥]。朋酒斯飨[⑦]，曰杀羔羊。跻彼公堂[⑧]，称彼兕觥[⑨]，万寿无疆[⑩]！

【章旨】诗之八章。先言冬春至秋冬之际各种祭典及乡礼活动。遥应首章。孙月峰《批评诗经》："衣食为经，月令为纬，草木禽虫为色，横来竖去，无不如意。固是叙述忧勤，然即事感物，兴趣更自有余，体被文质，调兼雅颂，真是无上神品！"

【注释】①冲冲：凿冰声。②凌阴：藏冰的地窖。古代富贵人家冬天将冰窖藏，以备夏日消暑之用，故古语有"伐冰之家不畜鸡豚"之说。③蚤：通早。④献羔祭韭：古人开冰之后要向祖庙献上羔羊鲜韭，称尝鲜之祭。⑤肃霜：意即肃爽，联绵词，深秋清凉的样子。⑥涤场：即涤荡，冬风萧飒，万物摇落的意思。⑦朋酒：两樽酒。斯：语词。飨：酒食飨礼，周代有宗族会食的乡饮酒礼。⑧公堂：学校，周代乡间有学校，也是举行各种公共活动的场所。⑨称：高举。兕（sì）觥（gōng）：犀牛角做的酒杯。⑩无疆：没有止期。乡饮酒礼有敬奉老人的意思，万寿无疆是对老人的祝福之辞。

解析

《七月》是一首农事题材的诗篇。以一年十二月为经，以四时蚕桑耕稼及狩猎活动为纬，交织成一幅朴茂的古代农耕生活图景。诗是以时间为线索的，但时序的提举是接着叙述人事活动的要求排列的，因而是错综而且歧出并进的，不呆板，不滞闷，显示着诗人对农事序列的熟悉和深晓。诗是叙事的，笔法时而健步如飞，如首章从“七月”起首直贯“四之日”，四章及末尾一章，都有这样的龙蛇之势，而“蟋蟀入床”几句的语势，简直是“见首不见尾”了。时而有精彩的描摹之笔，如第二章柔桑少女春日伤情的刻画，何其妩媚，“条桑”、“载绩”章，又是何等姿态翩跹，色泽绚丽！诗是讲述事功的，一年到头人事的劳作自然是题中应有之义，但是人对劳作环境的描述，又使诗篇的意蕴超越了人群单纯求生存的意义。春天来临时有黄莺在鸣叫，四月野菜开花的时节，蝉又叫了。秋天将至，则有斯螽在“动股”，莎鸡在“振羽”。天何言哉，四时行焉！大自然在以各种生灵提醒着人类，亲切如同人类的朋友。桑女伤春之际，一声悠长的仓庚之鸣掠过，人与自然是多么的气韵相通。人寄身于生趣盎然的自然之中，遵从着天地的节律，尽着自己的努力。这里有着先民对人与自然关系朴素的认证。诗篇没有多少情绪化的表现，如同一位饱经风霜的老农，以家常的口吻述说着生业，处处流露着对农事生活的热爱，处处表现着农人对大自然的亲近，处处洋溢着从深厚的黄土中透发出的真淳之气。这些正是我们民族朴厚文化的精神源泉。

东　山

我徂东山[①]，慆慆[②]不归。我来自东，零雨其濛[③]。我东曰归[④]，我心西悲[⑤]。制彼裳衣[⑥]，勿士行枚[⑦]。蜎蜎者蠋[⑧]，烝[⑨]在桑野。敦彼独宿[⑩]，亦在车下[⑪]。

【章旨】诗之首章。言归途中悲思及途中所见。“西悲”之情，笼罩在一片阴雨中。陈子展《诗经直解》引王照圆《诗说》云：“何故四章俱云‘零雨其濛’？盖行者思家，惟雨、雪之际最难为怀。”

【注释】①徂：往。东山：即今天的泰沂山地，是山东一带的地标。②慆慆：又作滔滔，义同遥遥，时间漫长。③零雨：落雨。濛：细雨貌。④我东曰归：语义与我来自东相同。曰，语词。⑤西悲：西归的愁思。⑥裳衣：即常衣，家常的衣服，裳通常。⑦勿士：勿，不。士，通事。勿士即不再从事。行(háng)枚：行军时含在嘴里的木条。古代行军为防止军士发出声音，把木条衔在嘴里，称行枚，又称衔枚。⑧蜎（yuān）蜎：蠕动貌。蠋（zhú）：一种桑虫。⑨烝：同蒸，众多貌。⑩敦：蜷缩一团的样子。彼：指士卒。⑪车下：战车下。

我徂东山，慆慆不归。我来自东，零雨其濛。果赢[①]之实，亦施[②]于宇。伊威[③]在室，蟏蛸[④]在户。町畽鹿场[⑤]，熠燿宵行[⑥]。不可畏也，伊可怀[⑦]也。

【章旨】诗之二章。悬想家中荒芜之景。“伊可怀也”，何等心情！

【注释】①果赢：又名栝楼，根茎蔓生，果实圆，子可食。②施（yì）：蔓延。③伊威：虫名，又称鼠妇，即后世所谓潮虫。④蟏（xiāo）蛸（shāo）：一种类似蜘蛛的虫，结网而居。⑤町（tǐng）畽（tuǎn）：屋舍旁的空地。鹿场：鹿栖居的地方。⑥熠燿：萤火闪烁貌。燿为耀的异体字。宵行（háng）：夜间流动。⑦怀：恋。

我徂东山，慆慆不归。我来自东，零雨其濛。鹳鸣于垤[①]，妇叹于室。洒扫穹窒[②]，我征聿[③]至。有敦瓜苦[④]，烝在栗薪[⑤]。自我不见，于今三年。

【章旨】诗之三章。初到家时的情景。“于今三年”，喟然之叹。

【注释】①鹳（guàn）：一种水鸟，形似鹤，食鱼。垤（dié）：小土堆。②穹窒：屋室。③我征：我的征人。聿（yù）：乃，语词。④敦：圆貌。瓜苦：苦通瓠，瓜苦即瓠瓜。⑤栗薪：瓜搭架的木柴。

我徂东山，慆慆不归。我来自东，零雨其濛。仓庚于飞，熠耀其羽。之子于归[①]，皇驳[②]其马。亲结其缡[③]，九十[④]其仪。其新[⑤]孔嘉，其旧如之何[⑥]？

【章旨】诗之四章。仍为悬想之辞。从前章“妇叹于室”而来。《郑笺》：“其新来时甚善，至今则久矣，不知其如何也。又极序其情，乐而戏之。”

【注释】①于归：出嫁。②皇驳：皇通黄。驳，杂色。皇驳即黄白杂色的马。③亲：母亲。结缡（lí）：古代妇女腰间系围裙，缡是系围裙的带子，女子出嫁时母亲要亲自为女儿系缡带，称结缡。④九十：言仪式之多。⑤新：新结婚的时候。⑥旧：已婚的，与上文“新”相对成文。如之何：怎么办呢？意思是新婚的礼仪那样热闹，那些久别的夫妻们重逢又该如何呢？语带谐谑。

解析

《东山》是描述征人归途中思念家乡的诗，“西悲”是一篇的眼目。旧说是周公东征时的篇章，但从诗的艺术特征看，不会是周初作品，当是后人据周公东征史事拟作的产物。《小雅·采薇》篇有“昔我往矣”、“今我来思”的对比之句，此诗是专就士卒“来思”时的心情下笔，精细地刻画了他们“近乡情更怯”的复杂情怀。完成于汉代的《毛序》分析此诗各章内容说：“一章言其完也，二章言其思也，三章言其室家之望女也，四章乐男女之得及时也。”“言其完”是指战争结束，诗言“制彼裳衣”系此，以桑野之蠋喻战士的敦然独宿，表达了对战争这种非人生活的感慨。“言其思”是说战士对家中情形的想像，萤火夜飞、麋鹿昼行，一片荒圮情景。然而诗却深情地说“伊可怀也”，败落如此而“不可畏”，对战争生涯的厌恶，不言而喻。三章“家室之望女”是指“妇叹于室”说，“望女”即旷怨之女。瓠瓜的意象颇耐寻味，古代结婚，将瓠瓜一剖为二，用来做“合卺”之器，诗中人想到妻子，突然又接以“瓜苦”，是否未曾合卺就被征离家？知其是一场“新婚别”，才能真切体味“于今三年”这失声一呼中的伤恸之情。第四章“乐男女得时”，诗的情绪至此一转。战争结束了，没有娶妻的可以娶妻了，已婚的可以团聚了。情绪转变了，笔法也特别活络，写黄莺，写毛色斑驳的马，写母亲为出嫁的新人结缡，而一句“其旧如之何”的“乐而戏之”的问话，又使得诗篇带有了戏谑色彩，也使诗的整体情调“哀而不伤”。诗中人对家中情形的萦怀是多方面的，但都统摄于士卒归途的意念之中，而每一章都重复出现的“零雨其濛”四句，又将这思念笼罩在一种阴郁的氛围之中。明人戴君恩《读风臆评》曰：“此诗曲体人情，无隐不透，直从三军肺腑，扪摅一过，而温挚婉恻，感激动人。”

破　斧

既破我斧，又缺我斨①。周公东征②，四国是皇③。哀我人斯④，亦孔之将⑤。

【章旨】诗之首章。赞周公东征的意义。破斧、缺斨，可见战争之长久、残酷。

【注释】①缺：残缺，动词。斨：方孔的斧子，斧、斨都可做兵器。②周公：即周公旦，周武王的弟弟，据载曾在武王去世后摄政。东征：指周公平定殷朝遗民的叛乱。③皇：匡正。④哀：哀怜、可怜。我人：我的小民。斯：

语气。⑤亦：也。孔：十分、极其。将：壮的假借字，强壮。

既破我斧，又缺我锜[①]。周公东征，四国是吪[②]。哀我人斯，亦孔之嘉。

【章旨】诗之二章。全篇有叹息，有庆幸，更有赞美。下一章同。

【注释】①锜（qí）：凿子一类的兵器。②吪：校正，拨乱反正的意思。

既破我斧，又缺我銶[①]。周公东征，四国是遒[②]。哀我人斯，亦孔之休[③]。

【章旨】诗之三章。

【注释】①銶（qiú）：三角矛头。②遒（qiú）：凝聚，稳固。③休：庆幸。

解析

这也是一首以周公东征为题材的诗，是表达战后余生的战士庆幸之情的篇章。战争是无情的，破斧、缺斨之句，既表现出战事的漫长，又表现出战斗的残酷。而且斧、斨作兵器，又暗示出武器的持有者都是一些农夫。正是靠着这样的战争，周公才匡正了各方的国家。而血肉之躯的个人经历了这样的战争能大难不死，实是太值得庆幸的事！诗篇固然有对东征及周公的赞美，但士卒对个人的侥幸，更能显示他们对战争本身的态度。周初器铭《塱方鼎》记载了周公东征的史实，但此篇格调类似《小雅》的一些篇章，绝非周初所能有，史载周公曾在成王掌权后“奔楚”，应该是受到冤屈。那么，诗篇应该是周公冤情平反之后才制作的乐歌，与前一篇《东山》是同一典礼上的两篇。前一篇主要表现的是三年征战将士的思乡之苦，这一篇的歌唱则表达的是国家对将士们的体恤。“哀我人斯”的“我”，是国家，诗歌是从国家王朝的角度对出征将士的辛劳做出赞叹。诗篇句式整齐，韵调铿锵，从形制上看也很像一首典礼性的乐歌。

雅

小雅

《小雅》诗篇，除笙诗六篇，共七十四篇。

《诗经》分风、雅、颂，先秦就有。《左传》记吴公子季札在鲁观周乐，风、雅、颂三分已大体而具。稍后孔子又说："吾自卫返鲁，然后乐正，《雅》、《颂》各得其所。"（《论语·子罕》）《诗》有雅、颂，始见于此。至战国《荀子》，其《儒效》篇中，更是具论风、雅、颂三诗大义，知《诗》分三部至战国后期已为沿袭久远的成说。

"雅"的含义为何？前人众说纷纭。《毛序》谓："雅者，正也。言王政之所以兴废也。"是以政治义解"雅"，谓政有轻重，故诗也分大、小。宋人程大昌《考古论》、王质《诗总闻》又先后提出"雅"为乐器之名。乐有"大吕"、"小吕"，故诗也有"大雅"、"小雅"。近代章太炎在其《大疋小疋说》中又有新说，谓"雅"为周人歌唱的声音，李斯《谏逐客书》称秦人歌呼"乌乌快耳"，"乌"即"雅"，即对周人歌声发音的象声。另一种说法，"雅"为地域之称。清人姚际恒《诗经通论》、方玉润《诗经原始》已倡此说，近人朱东润、孙作云又予以力证。他们认为，"雅"即"夏"，音近而可以互用（见朱著《诗三百篇探故》及孙著《诗经与周代社会研究》）。此说最为今人接受。

"雅"就是"夏"，就是说周人使用乐调是延续（当然也会光大）

夏代的音乐，这是有根据的。首先，《逸周书·世俘解》言周武王克商之后举行大典演奏《崇禹生开》(意思是伟大的禹生启)，那一定是夏人的音乐。其次，文献中周人确实以“夏人”自居，表明他们与夏人有着密切的渊源。如此，对《毛序》“雅者正也”之说，倒也可做一点新的理解，周族是几百年主宰历史命运的人群，他们的歌声，被视为是最正亦即最标准的，是可以理解的。孔子言《诗》、《书》，据《论语》都用“雅言”，那情形就真如今天的山东人说普通话了。“雅言”作为当时的“普通话”，应该就是以周人的语音为标准的。

“雅”又分大、小，这也是一个多年来难缠的问题。有的说以乐调分，有的说以宗教和非宗教内容分，实则据本书对大小雅各篇创作时代的推究，理由很简单，时代早的称“大雅”，时代靠后的称“小雅”，《大雅》多西周中期以前的作品，《小雅》则多宣王、幽王之际的作品。这也只是个大体情况，因为在《大雅》里，也有晚期作品编排在内。这当是编诗者或更后来人在诗篇编排时标准不严的缘故。例如同是宣王时期作品，那些有周王出现或体制较为宏大的作品就被放入《大雅》，其他甚至是反映同一时期事件的作品，却见于《小雅》，很明显是把“大”、“小”的含义理解偏了。相反的情形也有。《大雅》为周强盛时期作品，《小雅》为衰世诗篇。

鹿　鸣

呦呦①鹿鸣，食野之苹②。我有嘉宾③，鼓瑟吹笙。吹笙鼓簧④，承筐是将⑤。人之好我，示我周行⑥。

【章旨】诗之首章。先以鹿鸣起兴，继言礼仪隆盛，最后点明宴饮的生活意义。

【注释】①呦呦：群鹿鸣和声。②苹：今名山萩、珠光香青，一种野生植物，陆生，青色，茎白而长，可食，可作香料。③我：宴会主人。宾：受招待的宾客，或本国之臣，或诸侯使节。④簧：一种与笙相似的乐器，乐管内装有发声薄片。⑤承：奉送。筐：盛币帛的器物。古人宴享时有奉送币帛侑宾之礼。将：进行。⑥行：道。周行即大道、正道。

呦呦鹿鸣，食野之蒿[①]。我有嘉宾，德音孔昭[②]。视民不恌[③]，君子是则是傚[④]。我有旨酒[⑤]，嘉宾式燕以敖[⑥]。

【章旨】诗之二章。重在言嘉宾之德。

【注释】①蒿：黄花蒿，鹿喜食之，也可以入药。②德音：美好的声誉。《诗》固定语。孔：甚。③视：《郑笺》："古示字。"恌（tiāo）：同佻，轻薄。④则：效法。傚：效法。⑤旨酒：醇美之酒。⑥式……以……：有"既……又……"之意。燕：宴乐。敖：遨游。

呦呦鹿鸣，食野之芩[①]。我有嘉宾，鼓瑟鼓琴。鼓瑟鼓琴，和乐且湛[②]。我有旨酒，以燕[③]乐嘉宾之心。

【章旨】诗之三章。就宴集效果而言，丰盛的宴会，可以维系人心。刘熙载《艺概》："《关雎》取挚而有别，《鹿鸣》取食则相呼，凡诗能得此旨，皆应乎风、雅者也。"

【注释】①芩（qín）：陆玑《疏》："茎如钗股，叶如竹，蔓生泽中下地咸处，为草贞实，牛马皆喜食之。"据此即蔓苇。一说是一种与上文苹、蒿差不多的蒿类植物。②湛（dān）：深永。③燕：安。

解析

《毛序》："《鹿鸣》，燕群臣嘉宾也。既饮食之，又实币帛筐篚以将其厚意，然后忠臣嘉宾得尽其心矣。”后人对此并无异议，因为《诗序》只是概述了诗篇大意。《孔子诗论》对此诗也有评价，谓：“《鹿鸣》以乐始，而会以道交，见善而傚，终乎不厌人。”很明显对诗义的概括比《毛序》高一个层次，即孔子是从礼乐和交人以道的层面肯定了诗篇，认为这样的交往才会不令人生厌，才会长久。据典籍记载，周人宴享之礼，在迎宾之后，先有奉帛以侑宾的旅酬之礼，继而有歌乐中的酒食尽欢，最后有鼓乐齐鸣的合乐。《鹿鸣》正反映着古礼的基本过程。据朱熹的研究，诗又是“上下通用之乐”（朱熹《诗集传》）。这有着诗歌本身方面的特定理由。周代是由宗族构成的社会，宴饮活动室凝聚社会的一项重要方式。但社会现实是复杂的，故宴饮的场合、方式，宴集的人群也是各种各样的。《诗经》中宴饮诗歌很多，都有具体的内容，确定的用场，因而不可“通用”。如《蓼萧》、《彤弓》等诗，或则表现诸侯朝见天子，或则表现天子对有功诸侯的颁赐，都使其不具普遍的适用性。而《鹿鸣》则不同，它没有这些具体内容，它歌唱主人的敬客，嘉宾的懿德，以及宴享活动对人心的维系作用。从内容上看正大平直，从风格上说中和典雅，既丰腴而又婉曲，一派祥和气象；特别是开篇“呦呦鹿鸣”的起兴，清新质朴，令人过目难忘。

常　棣

常棣①之华，鄂不韡韡②。凡今之人，莫如兄弟。

【章旨】诗之首章。以棠棣之花起兴，总提至亲莫如兄弟之意。吴景旭《历代诗话》：“唐明皇宴会兄弟之处曰花萼楼，取此也。”

【注释】①常棣：又作唐棣、棠棣。常读作棠。②鄂不：于省吾《新证》谓：

犹言胡不、遐不，古鄂、胡、遐语音相近，故可通假。韡（wěi）韡：光华照人的样子。

死丧之威[①]，兄弟孔怀。原隰裒[②]矣，兄弟求[③]矣。

【章旨】诗之二章。言死丧之事是可畏怖的，但兄弟之间则不然。不管坟丘是在高原还是隰地，都要生死相求，洒泪墓门。承言上文“莫如兄弟”之义。

【注释】①威：畏。《郑笺》：“死丧可畏怖之事，惟兄弟之亲，甚相思念。”②裒（póu）：聚土为坟丘。③求：寻找。据南邠碾子坡先周考古遗址发现，周人死后有兄弟埋在一起的习俗。

脊令在原[①]，兄弟急难。每[②]有良朋，况也永叹[③]。

【章旨】诗之三章。以“脊令在原”喻兄弟急难。以朋友无益，反衬兄弟至亲。

【注释】①脊令（líng）：《郑笺》：“雝渠，水鸟。”原：原野。脊令本为水鸟，今处原野，喻兄弟急难。②每：虽。③况：发语词。永：长。

兄弟阋[①]于墙，外御其务[②]。每有良朋，烝也无戎[③]。

【章旨】诗之四章。以兄弟共抗外侮言其至亲，复以良朋作反衬。

【注释】①阋（xì）：斗。②御：抵抗。务：侮。③烝：发语声。戎：互助。

丧乱既平，既安且宁。虽有兄弟，不如友生[①]？

【章旨】诗之五章。言丧乱平定后，兄弟却反不如朋友。责问之辞。

【注释】①友生：朋友。

傧尔笾豆[①]，饮酒之饫[②]。兄弟既具[③]，和乐且孺[④]。

【章旨】诗之六章。紧承上文“不如友生”的反问，正面申述燕乐兄弟之意。

【注释】①傧（bìn）：陈列。笾：竹编豆器。豆：木制食器。此处笾豆指竹制、木制两种豆器。②饫（yù）：私宴，古时宴分议事之宴和宴享之宴，此处“饫”系家族私宴，属后者。③具：同俱，俱在之意。④孺：据朱骏声《说文通训定声》，“孺”即“愉”，二者音同义通。

妻子好合[①]，如鼓瑟琴。兄弟既翕[②]，和乐且湛。

【章旨】诗之七章。言与妻子的合好，如同鼓奏瑟琴一样和谐。重申兄弟和乐之意，复以夫妻之情陪衬。

【注释】①妻子：古代包含妻子、儿女，此处似偏重妻子一义。好合：《郑笺》：“志意合也。‘合’者，如鼓瑟琴之声相应和也。”②翕（xī）：合。

宜[①]尔室家，乐尔妻帑[②]。是究是图[③]，亶[④]其然乎？

【章旨】诗之八章。言兄弟之和能各保家室之安，能使妻儿快乐，总结兄弟之和的道理，望人深思之。

【注释】①宜：有益、适宜。②帑（nú）：《毛传》：“子也。”字亦作“孥”。③究、图：思考、推求。“是究是图”为宾语提前句式，“是”指代上文所说的道理。④亶（dǎn）：实在、诚然。

解析

《常棣》是倡导兄弟血亲团结的诗歌。“凡今之人，莫如兄弟”是一篇的主旨。初民注重血亲，崇尚天伦，然而此诗的高扬兄弟亲情，却有着强烈的现实意义。世袭制度的家天下社会，儿子辈对父亲权力的继承问题，既是一个容易造成兄弟失和的根因，又是一个导致政权不稳的症结。商有诸弟“争相代立”的“九世乱”，周有因管、蔡疑心周公而导致的武庚叛乱，兄弟关系总是贵族内部敏感的问题。周代嫡长子制的确立尽管相当有效地解决了兄弟间的继承权问题，但兄弟之间权益的分配总是易于出现龃龉，因此兄弟的天伦关系也就总会易于受到干扰甚至破坏。而周人要维持其统治，宗族内部的团结稳固又是不可须臾违离的条件。《常棣》当是这种社会现实的产物。此诗在表现上提醒叮咛，娓娓而叙，寓责备于开导劝诱之中，所以情调温和，谆谆切切。比兴手法的运用也相当成功，开首一句以对常棣烂漫花朵的赞叹，带起全篇，使一番谆切的道理，映照在春光明媚之中。

伐　木

伐木丁丁①，鸟鸣嘤嘤②。出自幽③谷，迁于乔④木。嘤其鸣矣，求其友声。相⑤彼鸟矣，犹求友声。矧⑥伊人矣，不求友生？神之听之⑦，终和且平。

【章旨】诗之首章。以幽谷山林伐木、鸟鸣之声起兴，总起全篇。方玉润《诗经原始》：“佳句，极为闲雅。”

【注释】①丁（zhēng）丁：伐木声。②嘤嘤：鸟鸣声。③幽：深。④乔：高。⑤相：视、看。⑥矧（shěn）：况且。⑦神之听之：神，慎，诚。“神之”即“慎之”。听，从。“听之”，意为能听从其言。

伐木许许①，酾酒有芎②。既有肥羜③，以速诸父④。宁适⑤不来，微我弗顾⑥。於粲洒埽⑦，陈馈八簋⑧。既有肥牡⑨，以速诸舅。宁适不来，微我有咎⑩。

【章旨】诗之二章。极力铺陈主人待客盛情，紧应首章“求友”之意。

【注释】①许（hǔ）许：象声词。锯木头的声响。②釃（shī）：古人酿酒用筐沥除酒糟曰釃，后人称为“筛酒”。芎（xù）：美貌。③羜（zhù）：幼羊。④速：邀请。诸父：《毛传》：“天子谓同姓诸侯、诸侯谓同姓大夫皆曰父，异姓则称舅。”⑤宁适：适，当。“宁适不来”，意为宁当不来。⑥微：非。顾：惦念。⑦於（wū）：叹词。粲：鲜明貌。⑧簋：食器。古代宴饮有列鼎制度，西周时天子之宴是九鼎八簋。⑨牡：公牛。⑩咎：过错。

伐木于阪[①]，釃酒有衍[②]。笾豆有践[③]，兄弟无远[④]。民之失德[⑤]，乾餱以愆[⑥]。有酒湑[⑦]我，无酒酤[⑧]我。坎坎鼓我[⑨]，蹲蹲[⑩]舞我。迨[⑪]我暇矣，饮此湑矣。

【章旨】诗之三章。紧承二章备礼而来，明言对友生应盛情相待。辅广《诗童子问》：“此章盖极道其和乐而不变之意。”

【注释】①阪：山坡。②衍：釃酒时出现的泡沫。③践：陈列貌。④兄弟：朱熹《诗集传》：“朋友之同侪者。”上文言诸父、诸舅长辈，此言同辈，则求友含义赅备。无远：同在。⑤失德：失和。⑥餱（hóu）：《说文》：“乾食也。”乾即干，乾餱即今所谓干粮，在此泛指食物。以：因而。愆：过错，此处可引申为怨恨。⑦湑（xù）：朱熹《诗集传》：“亦釃也。”⑧酤（gū）：买。⑨坎坎：击鼓声。⑩蹲（cún）蹲：舞貌。⑪迨：及。

解析

《毛序》：“《伐木》，燕朋友故旧也。”据杨宽先生研究，氏族时代有所谓“聚落会食”的习俗，至入阶级社会，这种习俗演变而成为一种礼仪，即所谓“乡饮酒礼”（详见《古史新探》所收《“乡饮酒礼”与“飨礼”新探》一文）。此诗当与这种习俗、礼仪有关。诗中“於粲洒扫，陈馈八簋”以及“有酒湑我，无酒酤我”，表现的是一片慷慨豪迈的气概。然而“民之失德，乾糇以愆”云云，又表明这种慷慨大方是有现实缘故的。《常棣》诗中强调的兄弟之情，此诗在某种意义上可视为其延伸。周人一姓统治，只有在广泛地聚结着各种社会成员的基础上，才会是稳固的。这才是宴会主人极尽阔绰的深层用心。关于诗篇开首伐木及鸟鸣的描写，古代经师往往牵强附会地解释为文王未居位时躬身劳作的情景，实则不过是诗人的比兴手法。深林幽谷中伐木的清声、嘤然和谐的鸟鸣，特别是鸟的幽谷乔木之迁，实际上都是殷求友生故旧，以达致人伦和谐的象征。真正的诗人都是善于倾听、感悟自然真谛的人，开头一章林谷鸟鸣的描写，清新可喜，实在构成了一种宜人的境界，使篇章诗意大增。

采　薇

采薇①采薇，薇亦作止②。曰③归曰归，岁亦莫④止。靡室靡家⑤，猃狁⑥之故。不遑启居⑦，猃狁之故。

【章旨】诗之首章。点出两个主题：思归的乡情和不得已的战争。两个主题在下文都有展开。

【注释】①薇：野豌豆的苗，可食。戴侗《六书故》：“今之野豌豆也，茎叶花实皆似豌豆而小。”②亦：又。作：生。止：语气词。下同。③曰：语词，无实义。④莫：暮的本字。⑤靡室靡家：抛家舍业。⑥猃（xiǎn）狁（yǔn）：西周时期北方草原人群之称。据西周晚期一些金文资料，猃狁作战时也有战车。⑦启居：安处、安居。启，跪。古人居处跪坐。故诗以启居表示和平生活。

采薇采薇，薇亦柔[①]止。曰归曰归，心亦忧止。忧心烈烈[②]，载饥载渴[③]。我戍未定[④]，靡使归聘[⑤]。

【章旨】诗之二章。表思乡主题，下一章同。

【注释】①柔：朱熹《诗集传》："始生而弱也。"②烈烈：内心焦灼如火貌。③饥、渴：形容忧心之苦。④戍：戍边之作。定：止。⑤聘：传递消息，询问情况。

采薇采薇，薇亦刚[①]止。曰归曰归，岁亦阳[②]止。王事靡盬，不遑启处。忧心孔疚[③]，我行不来[④]！

【章旨】诗之三章。复言思乡之情，哀婉之中见出绝望。

【注释】①刚：苗已长或变硬。②阳：《郑笺》："十月为阳时，坤用事，嫌于无阳，故以名此月为阳。"十月天气变冷，古人以为"坤"（阴）主宰天地，嫌此月无阳。变名十月为"阳月"，故后世有"十月小阳春"之称。③疚：痛楚。④行：行役，出征。来：《郑笺》："犹'反'也，据家曰来。"

彼尔[①]维何？维常[②]之华。彼路斯何[③]？君子之车。戎车[④]既驾，四牡业业[⑤]。岂敢定居[⑥]？一月三捷[⑦]。

【章旨】诗之四章。遥应首章的"玁狁之故"，展开战争主题。

【注释】①尔：华盛貌。②常：棠棣。《郑笺》："以兴将率车马服饰之盛。"③路：车大之貌。斯何：为何。④戎车：战车。⑤业业：壮。⑥定居：停留。⑦三捷：马瑞辰《通释》："古者言数之多，每曰'三'与'九'……此诗'一月三捷'特冀其屡有战功，亦'三锡'、'三接'之类。""月"字，一本作"日"。

驾彼四牡，四牡骙骙[①]。君子所依[②]，小人所腓[③]。四牡翼翼[④]，象弭鱼服[⑤]。岂不日戒[⑥]，猃狁孔棘[⑦]。

【章旨】诗之五章。仍写战事。

【注释】①骙（kuí）骙：强。②依：依凭，承载。③腓（fěi）：即“避风坪”之避。④翼翼：朱熹《诗集传》：“行列整治之状。”⑤象弭（mǐ）：古时弓背末尾处用象骨为之，用来解系此车上的缰绳，称为弭。鱼服：鱼皮做的箭鞘。⑥日戒：一作“曰戒”，古书传刻过程中造成的歧异，今从朱熹《诗集传》作“日戒”。戒，《郑笺》：“警敕军事也。”“日戒”即日日警敕。⑦孔：甚。棘：通急，意甚急。

昔[①]我往矣，杨柳依依[②]。今我来思[③]，雨雪霏霏[④]。行道迟迟[⑤]，载渴载饥。我心伤悲，莫知我哀！

【章旨】诗之六章。言归途所见及征夫感伤。思乡情绪与战争意识收束于回乡时的怅惘中，表现对战争生涯的无奈。

【注释】①昔：始。②杨柳：蒲柳。依依：盛貌。③思：语气词。④雨（yù）：降下。霏霏：纷纷。⑤迟迟：迟缓。

解析

诗篇在正面描写战争中，实际所表现的只是征夫们既爱国又恋家的矛盾与苦楚。因此，诗篇含有战争、思家两个主题。第一章总起，二、三两章表现思乡，四、五两章写战争，布局均匀地展现了两个主题。而最后一章以归乡时浓郁的感伤总结全篇，透露着对战争的评价：战争是他们不得不承受的事情，只是由于爱家邦，才走向了战场。因此当他们回归到阔别的家乡，面对着由景物迁移而显得陌生的家乡时，他们才百感交集，心绪难宁。此诗在章法上十分工致，有开有合，妥帖地表达了征夫们思乡情绪的交织与流变。另外，在节奏上也快慢得宜，写思乡时句式重叠复沓，写战争时用问句，一问一答节奏顿挫，内容和形式相得益彰。而“杨柳依依”的神来之笔，又是多少诗人们追摹难及的佳句！

六　月

六月栖栖[①]，戎车既饬。四牡骙骙，载是常服[②]。猃狁孔炽[③]，我[④]是用急。王于[⑤]出征，以匡王国。

【章旨】诗之首章。以“六月栖栖”总起全诗，顿起紧张之感。游牧民族的入侵，一般在秋冬之际，故后世有所谓“防秋”，今正当夏季，猃狁进犯，突如其来。

【注释】①栖栖：犹惶惶不安之象貌。②常服：牛皮做的服装。常服之“常”有标准的意思，相当于今天所谓制服。③炽（chì）：气焰嚣张。④我：我方。句谓我方因此而急迫用兵。⑤于：林义光《诗经通解》谓“于”乃“呼”之借字，于、乎（呼）古通。

比物四骊[①]，闲之维则[②]。维此六月，既成我服[③]。我服既成[④]，于三十里[⑤]。王于出征，以佐天子。

【章旨】诗之二章。从我方军马训练有素说起。猃狁虽急，我方有备，所以能应变迅速，从事敏捷。情势至此一缓。

【注释】①比：比排、选择。物：毛色。骊：马纯黑色。②闲：娴习，训练。则：法则。指训练马匹遵从驾车法则。③既：已经。服：周车驾之制，一车四马，中间两马称服马。④既成：教练完成。马瑞辰《通释》：“《夏小正》：‘五月颁马，将闲诸则。’此诗以六月出师，正马既闲则之时。”⑤三十里：古代行军一日以三十里为限。

四牡修广[①]，其大有颙[②]。薄伐猃狁，以奏肤公[③]。有严有翼[④]，共武之服[⑤]。共武之服，以定王国。

【章旨】诗之三章。紧承前文，重在叙将帅之志，军心之肃。以上二章专写周朝军队素养，为后文蓄势。

【注释】①修：长。广：大。②颙（yóng）：大头。③奏：为。肤：大。公：功。④有：又。严：威严。翼：敬。⑤共：恭。服：事。“武服”即军事。

猃狁匪茹[①]，整居焦获[②]。侵镐及方[③]，至于泾阳[④]。织文鸟章[⑤]，白旆央央[⑥]。元戎十乘[⑦]，以先启行[⑧]。

【章旨】诗之四章。先写猃狁强凌，宗周危殆，遥应首章的“猃狁孔炽”；继写我方战法凌厉，承接二、三章的“我服既成”、“以奏肤功”。前三章分述敌、我，重在写我，文理分开；此章叙敌我交战，我克强敌，文理为合。

【注释】①茹：柔。匪茹言非柔弱。②整：通征。焦获：《毛传》：“周地接于猃狁者。”陈奂《传疏》：“今陕西西安府三原、泾阳二县之间有焦获泽，即此焦获，泽名。”③镐：西周都城，周武王克商之前始都于此，其地在今西安市西北、沣河以东一带。方：周文王伐灭崇国之后建立的都城，在今沣河中游的西侧，距离沣河东侧的镐京三是华里左右。④泾阳：泾水北岸地带。泾水为西周时期通向鄂尔多斯地区最重要的通道。泾水发源六盘山地，其上游西北即今宁夏固原地区，就是诗所言的“大原”，这里有一两处险要地势可以据收（后来设萧关、三关），泾水河谷连接着下游的渭水和西周腹地。⑤织：号令军戎的旗帜。文：纹绣，动词。鸟章：徽帜上所绘鸟隼图案。⑥白旆：《毛传》：“继旐者也。”旐为绘有龟蛇图案的旗帜，旆是缀在旐周围的燕尾形旗边。央央：鲜明貌。⑦元戎十乘：王先谦《集疏》引《韩诗》曰：“元戎，大戎，谓兵车也。车有大戎十乘，谓车缦轮，马被甲，衡轭之上画有剑戟，名曰陷阵之车，所以冒突先启敌家之行伍

也。”⑧先启行：前锋开道而行。启，开。行，道。

戎车既安[①]，如轾如轩[②]。四牡既佶[③]，既佶且闲[④]。薄伐玁狁[⑤]，至于大原[⑥]。文武吉甫[⑦]，万邦为宪[⑧]。

【章旨】诗之五章。笔锋一转，点出主将吉甫，烘云托月，运笔持重，赞美之意溢于言表。

【注释】①安：安闲。②轾、轩：言大车低昂起伏，调适安稳。轾，低伏。轩，高昂。③佶（jí）：壮健貌。④闲：协调、齐整。⑤薄伐：征伐。⑥大原：据顾炎武《日知录》，在今宁夏固原一带。⑦吉甫：周宣王时大臣，此次出征的统帅。⑧宪：楷模。

吉甫燕[①]喜，既多受祉[②]。来归自镐，我行永久[③]。饮御[④]诸友，炰鳖脍鲤[⑤]。侯[⑥]谁在矣？张仲孝友[⑦]。

【章旨】诗之六章。承前章“文武吉甫”而来。此处于其庆功燕喜中特出张仲且高标其孝友，耐人寻味。

【注释】①燕：设宴。②祉：福。全句谓吉甫受到天子很多的祝福后，设宴庆喜。③“来归自镐，我行永久”两句：谓吉甫在出征很久后，自镐回到自己封地。④御：进。⑤炰（fǒu）：蒸煮。脍：细细切肉。此处亦是蒸煮烹饪之意。⑥侯：语词，同“维”。⑦张仲孝友《毛传》：“善父母为孝，善兄弟为友。”此句意在点明吉甫不仅能捍卫王朝，而且家庭生活中也能孝友之道。

解析

《六月》讲的是宣王北伐的事，极其典型地反映出周人在与异族战争关系中所取的态度。镐、方之地，尽管历代的儒生们不愿正视，迂曲为说，但它们就是西周都城，已是不争的事实。蛮族军队前锋已直指京都时，王朝才整师迎战，其反应又是何等迟滞！王朝军队并非没有抗敌的能力，但是值得注意的是“薄伐猃狁，至于大原”，《毛传》：“言逐出之而已。”史言周宣王曾“料民于大原”，大原当是周朝领地。善战的王朝军队乘胜逐北之时，却只是将敌人赶出境外，表现得十分有节制，倒是颇耐人寻味的事。在《采薇》篇（见下）中，可以从士卒的角度，看到周人对战争的厌弃，而此诗所表现出的周王朝在对外战争中所取的态势，或许更能展示周人对战争的普遍心态。诗篇的结尾颇特殊，表明诗篇作为乐歌的制作不是用于王朝的典礼，而是功臣的家庭庆贺。同时，专门点出宴饮中在座的张仲为“孝友”之人，一次战后归来的欢宴，不表武功而专言“孝友”，这和“昔我往矣，杨柳依依”一样，也表现了周人对战争特有的态度。爱家乡美景的战士，更爱惜孝悌友爱的人伦生活。

庭 燎

夜如何其[①]？夜未央[②]，庭燎[③]之光。君子[④]至止，鸾声将将[⑤]。

【章旨】诗之首章。《郑笺》：“此宣王以诸侯将朝，夜起曰：‘夜如何其？’问早晚之辞。”后三句为答辞。方玉润《诗经原始》：“起得超妙。”

【注释】①其（jī）：语气助词。②央：尽、往。夜未央即夜未尽、未往。③庭燎：大烛。胡承珙《毛诗后笺》：“惟诸侯来朝乃设之，而常朝不用也。”④君子：诸侯。⑤将将：“锵锵”的假借。

夜如何其？夜未艾[①]，庭燎晣晣[②]。君子至止，鸾声哕哕[③]。

【章旨】诗之二章。

【注释】①未艾：未央。②晣（zhé）晣：明亮貌。③哕（huì）哕：拟声词。陈奂《传疏》：“亦鸾镳声也。”

夜如何其？夜乡[①]晨，庭燎有煇[②]。君子至止，言观其旂[③]。

【章旨】诗之三章。王夫之《诗绎》：“庭燎有煇，乡（向）晨之景莫妙于此。晨色渐明，赤光杂言而叆叇，但以‘有煇’二字写之。”诗之成功处，全在白描。

【注释】①乡：向的假借字。②煇：光辉。③旂：画有交龙的旗帜。

解析

《庭燎》是一首表现诸侯早朝的诗篇，或为诸侯朝王所作的乐歌。来朝者为诸侯，是从篇中“鸾声”、“其旂”等写照看出的。汉代今古派学者都认为是宣王朝作品，但具体意见又有不同。《后汉书·列女传》载，宣王夜卧晚起，王后姜氏脱去簪珥待罪于永巷。清人陈乔枞及王先谦等都认为《庭燎》作于此时，是宣王中年时的作品。古文家如《毛序》认为是“美宣王”，“美其能自勤以政事”。不过《毛序》又加了一句：“因以箴之。”就殊为难解了。“箴之”什么呢？据《郑笺》的说法是“不正其官”，王本来有鸡人之官，是专门负责报时的，宣王问夜早起，就意味着他没有“正”鸡人之官。按古文家的解释，诗篇作的是宣王口吻，“夜如何其”是他在问时间。这样说诗，倒也不失为一法，可宣王这样问，就一定是“不正其官”才如此吗？古文家未免想得太多了一点。今古学者都说诗作于宣王时期，周宣王诚然不是没有缺点的君主，《国语·周语》就说“厉、宣、幽、平而贪天祸”，宣王是有“贪天祸”劣迹的，但这不意味着这位曾被誉为“中兴之主”的周王早年没有振作过，看金文《毛公鼎》，宣王那一番谆谆切切的告诲，他是深鉴了周厉王的教训的，对政治想必有一番刷新之举。如此，才能获得诸侯们的翼戴，所以揆诸史实，此诗当作于周宣王早朝。诗篇以问答起势，写朝廷庭堂上辉辉然的烛火，写诸侯们车驾的鸾声和飘动的旗帜，其中倒真有一番堂堂肃肃的“中兴”光景。

鹤　鸣

鹤鸣于九皋[①]，声闻于野[②]。鱼潜在渊，或在于渚[③]。乐[④]彼之园，爰有树檀，其下维萚[⑤]。他山之石，可以为错[⑥]。

【章旨】诗之首章。朱熹《诗集传》：“鹤鸣于九皋，而声闻于野，言诚之不可掩也。鱼潜在渊，而或在于渚，言理之无定在也。园有树檀，而其下维萚，言爱当知其恶也。他山之石，而可以为错，言憎当知其善也。由是四者引而申之，触类而长之，天下之理其庶几乎！”

【注释】①皋：水泽中的高地。《毛传》：“泽也。”九皋即九泽，以泽之多言泽之深远广阔。②声闻于野：陆玑《疏》：“其鸣高亮，闻八九里。”③渚：水中沙洲。④乐：此处有可爱之意。⑤萚（tuò）：棘类灌木。⑥错：《毛传》：“石也，可以琢玉。”字亦作厝。

鹤鸣于九皋，声闻于天。鱼在于渚，或潜在渊。乐彼之园，爰有树檀，其下维榖[①]。他山之石，可以攻[②]玉。

【章旨】诗之二章。沈德潜《说诗晬语》卷上二八条：“《鹤鸣》本以诲宣王，而拉杂咏物，意义若各不相缀，难于显陈，故以隐语为开导也。”

【注释】①穀：今名构树，生在林间隙地或开阔田野，丛生，不成材，采之可以为薪。《毛传》："恶木也。"②攻：错。

解析

《毛传》："《鹤鸣》，诲宣王也。"《郑笺》："教宣王求贤人之未仕者。"王夫之《夕堂永日绪论》："《小雅·鹤鸣》之诗全用比体，不道破一句，三百篇中创调也。要以俯仰物理而咏叹之，用见理随物显，惟人所感，皆可类通。而非有所指斥一人一事，不敢明言而姑为隐语也。"此诗句法与《无羊》篇相似，或如郑玄所说，有教宣王求贤人的用意，但诗的立意却更在于铺陈兼容并蓄的道理。这是一首以理入诗的篇章，但由于理是在物象的描摹中自然显示出来的，因而便像生命体的生机与辉泽一样，仍保持着一种明灿的感性形态。诗所称述的对象，正如方玉润所说，"前后景物皆园中所有"，然而开首一句"鹤鸣于九皋"顿使诗境辽阔而迥远，有咫尺万里之势。无疑诗中之园，象征着朝廷的包容。兼容方能并蓄，他山之石，方能为我所用。诗人是善于驱遣物象的高手。鹤鸣之声与鱼游之东并在，树檀之高与萚、穀之下共存；园中世界既已杂沓缤纷，而他山之石的警语则更昭示，只有开放的胸襟，才可得天地的全美。陈奂说"全篇皆兴"，王夫之说"全用比体"，言有尽而意无穷，感物类通，正是此诗善用比兴的妙处。

斯　干

秩秩斯干[①]，幽幽南山[②]。如竹苞[③]矣，如松茂矣。兄及弟矣，式[④]相好矣，无相犹[⑤]矣。

【章旨】诗之首章。欲写宫室，先言山水形胜，以松竹森茂映衬兄弟的和谐，生气勃勃。此章为宫室铺陈背景。

【注释】①秩秩：水流清澈的样子。干（jiàn）：涧。②幽幽：深远。南山：即终南山，在渭水之南。③苞：丛生。④式：虚词。⑤犹：马瑞辰《通释》："犹、猷古通用。《方言》：'猷，诈也。'《广雅》：'犹，欺也。'诗盖谓兄弟相爱以诚，无相欺诈。"

似续妣祖[①]，筑室百堵，西南其户[②]。爰居爰处，爰笑爰语。

【章旨】诗之二章。揭出祖先以明筑室意义，"爰笑爰语"则与上文所言景色相映照。

【注释】①似：延续。妣（bǐ）：女祖先。②西南其户：《毛传》："西乡户，南乡户。"乡，即向。

约之阁阁[①]，椓之橐橐[②]。风雨攸[③]除，鸟鼠攸去，君子攸芋[④]。

【章旨】诗之三章。言作室的坚固，从实用处着笔。"鸟鼠"句，诗人懂生活。

【注释】①约：束。古人用夹板筑墙，故须用绳索捆绑。阁阁：有结实、齐整之意。②椓：即夯土。橐（tuó）橐：状声词。③攸：乃。④芋（yǔ）：据王先谦《集疏》，《鲁诗》作宇。《毛诗》作芋，为假借字。宇，覆盖。

如跂[①]斯翼，如矢斯棘[②]，如鸟斯革[③]，如翚[④]斯飞，君子攸跻[⑤]。

【章旨】诗之四章。从观瞻上着笔。博喻联翩，状其飞动之势。同时也是表房屋众多，飞檐重叠。结句以一“攸跻”收束全章，君子登堂入室何等光色！

【注释】①跂(qǐ)：翼然耸立。下三句句法相同。②棘：指棱角整饬。③革：羽翼。革即“翱”。④翚（huī）：马瑞辰《通释》：“《说文》‘翚，大飞也’。此诗应取翚为大飞之义，以状檐阿之势，犹今云飞檐也。”⑤跻：即升阶入居新室。

殖殖[①]其庭，有觉其楹[②]。哙哙其正[③]，哕哕其冥[④]。君子攸宁。

【章旨】诗之五章。进而写室内，平整宽阔与幽冥变化，皆得其宜。六叠字的使用传神，而最后一句着一“宁”字，使上文所有对堂室形状气势的描写都有一归结处，并启下文生育之事。

【注释】①殖殖：平正。②有觉：犹言觉觉，高大的意思。觉，高而直。楹：明柱。③哙（kuài）哙：宽绰明亮。正：正堂。④哕（huì）哕：幽晦之象。冥：堂奥幽晦之处。

下莞上簟[①]，乃安斯寝[②]。乃寝乃兴[③]，乃占[④]我梦。吉梦维何？维熊维罴，维虺[⑤]维蛇。

【章旨】诗之六章。写梦以表堂室吉祥带出下文，别开生面，柳暗花明。

【注释】①莞（guān）：蒲草编制的席。簟：竹或苇编制的席。②乃、斯：结构助词。③兴：起。④占：占卜、圆梦。⑤虺（huǐ）：蛇的一种。

大人占之：维熊维罴，男子之祥[①]。维虺维蛇，女子之祥。

【章旨】诗之七章。言吉祥征兆。孙月峰《批评诗经》：“考室以男女为祝，固是常情理，但从梦说来，直至如此细陈琐列，在汉以后人绝无此调。”

【注释】①祥：吉兆。

乃[①]生男子，载寝之床。载衣之裳[②]，载弄之璋[③]。其泣喤喤[④]，朱芾斯皇，室家[⑤]君王。

【章旨】诗之八章。三个载字，写出生男的欣喜，忙而不乱。祝福之辞从哭声写起，落笔精心，有趣。

【注释】①乃：若。②载寝两句：《郑笺》："男子生而卧于床，尊之也。裳，昼日衣也。衣以裳者，明当主于外事也。"③璋：半圆形的玉。④喤：大声。⑤室家：《郑笺》："一家之内。宣王将生之子，或且为诸侯，或且为天子，皆将佩朱芾煌煌然。"

乃生女子，载寝之地[①]。载衣之裼[②]，载弄之瓦[③]。无非无仪[④]，唯酒食是议，无父母诒罹[⑤]。

【章旨】诗之九章。写生女之事，并述祝福之辞，尊卑观念显然。以上二章，遥承第二章"似续妣祖"之句，落实宫室吉祥之义。

【注释】①载寝之地：王先谦《集疏》引班昭《女诫》曰："古者生女三日，卧之床下，弄之瓦砖，而齐（斋）告焉。卧之床下，明其卑弱，主下人也。弄之瓦砖，明起其习劳，主执勤也。齐告者，明当主继祭祀也。"②裼（tì）：即褓褓。③瓦：《毛传》："纺塼也。"于省吾《新证》：《毛传》"纺塼"本当作"纺专"，塼为后人所改。纺专即纺团，"即今考古所发现的纺轮"。④无非：无违。无仪：不自专。马瑞辰《通释》："此《士昏礼》记所云'父送女，命之曰夙夜无违命，母曰夙夜无违宫事'也。……《说文》：'仪，度也。'……今按，妇人，从人者也，不自度事以自专制，故曰无仪。"⑤诒：同贻，带来。罹：忧。

解析

《毛序》："《斯干》，宣王考室也。"《郑笺》："考，成也。德行国富，人民殷众而皆佼好，骨肉和亲。宣王于是筑宫庙，群寝既成而衅之，歌《斯干》之诗以落之，此之谓成室。宗庙成，则又祭祀先祖。"古人器具屋室既成，涂血为祭，谓之衅。"落"即今所谓的落成典礼。此礼起源可追溯到史前龙文化时期，当时建筑城墙房屋，就有将小孩子或成年人放入根基角落奠基的恶俗；至殷商时期，殷墟发掘显示，不但奠基如此，安门、上梁时都要杀人以祭。到西周，延续很长的习俗才被革除，改以涂抹动物血来衅。明乎此，对于争论许久的殷商时期有无诗歌的疑难或许找到一点思路。那个时期堂屋建成或许也要吹吹打打，但是，在一个房屋墙角到处横卧着同类被夯筑得变形的尸首来为屋主增添内心安全时代里，人们的精神其实是鬼魅缠身的，就是有敲敲打打的仪式，也难说是礼乐，就更不指望那样的精神状态的人们可以唱出"秩秩斯干，幽幽南山"这般美妙的诗句了！《斯干》这首建筑落成典礼的好歌，实在是人们文明进步精神结果。

正　月

正月[①]繁霜，我心忧伤。民之讹言[②]，亦孔之将[③]。念我独兮，忧心京京[④]。哀我小心，癙忧以痒[⑤]。

【章旨】诗之首章。言天时反常，人心浮动。世道险恶，诗人感时伤世，自叹凄凉。

【注释】①正（zhèng）月：夏历的四月。②讹言：因天气反常而引起的谣言。③将：大。④京京：大。⑤癙（shǔ）、痒：病。

父母生我，胡俾我瘉[1]？不自我先，不自我后[2]。好言自口，莠[3]言自口。忧心愈愈[4]，是以有侮。

【章旨】诗之二章。承上章“念我独兮”句，痛言生不逢时，遭世侵侮。

【注释】①瘉（yù）：病。②“不自我先，不自我后”两句：言自己生不逢时。③莠：丑。④愈愈：马瑞辰《通释》：“《尔雅·释训》：‘瘐瘐，病也。’瘐瘐即《诗》‘愈愈’之异文。”

忧心惸惸[1]，念我无禄。民之无辜，并其臣仆[2]。哀我人斯，于何从禄？瞻乌爰止？于谁之屋[3]？

【章旨】诗之三章。承前“哀我小心”为言，并言及所有生民。乌的意象，给诗罩上一层不祥的氛围。钱锺书《管锥编》引张穆说：“乌即周室王业之征。”

【注释】①惸（qióng）惸：忧意。②臣仆：《毛传》：“古者有罪不入于刑，则役之圜土以为臣仆。”马瑞辰《通释》：“《诗》言‘并其臣仆’，谓使无罪者并为臣仆，在罪人之列，非谓已为臣仆又从而罪及之也。”③“瞻乌爰止？于谁之屋？”两句：不知乌将落于谁家、何处的意思。

瞻彼中林[1]，侯[2]薪侯蒸。民今方殆[3]，视天梦梦[4]。既克有定，靡人弗胜[5]。有皇[6]上帝，伊谁云憎[7]？

【章旨】诗之四章。继言天意难明。朱熹《诗集传》：“民今方危殆，疾痛号诉于天，而视天反梦梦然，若无意于分别善恶者。然此特值其未定之时耳。及其既定，则未有不为天所胜者也。夫天岂有所憎而祸之乎？福善祸淫，亦自然之理而已。申包胥曰：‘人众则胜天，天定亦能胜人。’疑出于此。”

【注释】①中林：林中。②侯：维。③殆：危困。④梦梦：马瑞辰《通释》：“昏乱之貌，言天意不可知也。”⑤“既克有定，靡人弗胜”两句：马瑞辰《通释》："'定'当读如'乱靡有定'之定，定犹止也。言天如有止乱之心，则此讹言之小人无不能胜之者。乃天能胜人而不肯止乱，不知天意果谁憎乎？此诗人念天之降乱，反复推测而故作不解之词。"⑥皇：大。⑦伊：发语词，犹惟、是。云：结构助词，与"伊"一起构成宾语提前句式。

谓山盖[①]卑，为冈为陵。民之讹言，宁莫之惩。召彼故老[②]，讯之占梦[③]。具曰予圣[④]，谁知乌之雌雄！

【章旨】诗之五章。活画君主大臣们的颠狂之态。此章言占梦，又言乌之如何，与前文"瞻乌"云云相应。

【注释】①盖：当读如盍，如何。朱熹《诗集传》："谓山盖卑，而其实则冈陵之崇也。"②故老：元老。③讯：问。占梦：陈奂《传疏》："古者有问梦之事。召元老问之占梦，《洪范》所谓'谋及卿士也'。"④具曰予圣：《毛传》："君臣俱自谓圣也。"

谓天盖高，不敢不局[①]。谓地盖厚，不敢不蹐[②]。维号斯言，有伦有脊[③]。哀今之人，胡为虺蜴[④]？

【章旨】诗之六章。言呼号而不得回应，绝望而愤懑。钱大昕《十驾斋养新录》："古人先齐家而后治国，父子之恩薄，兄弟之志乖，夫妇之道苦，虽有广厦，常觉其隘矣。"

【注释】①局：委曲。②蹐（jí）：小步行走貌，在此有谨慎之意。③伦、脊：条理之意。④虺蜴：毒螫之虫。

瞻彼阪田[①]，有菀其特[②]。天之抓[③]我，如不我克[④]。彼求我则[⑤]，如不我得。执我仇仇[⑥]，亦不我力[⑦]。

【章旨】诗之七章。自叙特立独行的兀然性格，也是在追述茕独不幸的由来，引起下文。

【注释】①阪田：《郑笺》："崎岖墝埆之处。"②菀（wǎn）：茂盛之貌。特：孤高超群的苗。③扤（wù）：摧折。④克：能够。⑤则：毁伤。⑥执我：胡承珙《毛诗后笺》："犹言待我也。"仇（qiú）仇：像仇人一样。⑦我力：不如我有力，压服不了我的意思。

心之忧矣，如或结之[①]。今兹之正[②]，胡然厉矣[③]？燎[④]之方扬，宁[⑤]或灭之？赫赫宗周，褒姒烕之[⑥]！

【章旨】诗之八章。追究宗周灭亡的祸首，放言无忌，正是前文诗人性格的表现。情绪激烈，为全诗的高潮。

【注释】①或：有什么（事物或人）。结：纠结缠绕。指内心痛苦无法化解。②正：政。③胡然：为何如此。厉：恶。④燎：用火烧田，犹今言"燎荒"。⑤宁：难道。⑥褒姒：幽王妃，褒国之女。史载幽王宠幸褒姒而荒废国政，后又因欲废申后立褒姒而得罪申侯，申侯联合犬戎入侵，西周遂灭。烕：同"灭"。

终其永怀[①]，又窘阴雨。其车既载，乃弃尔辅[②]。载输[③]尔载，将伯助予[④]！

【章旨】诗之九章。言宗周的破灭如火燎原。在经历过沉重的摧折之后，诗人对王谆谆告诲，其救世之心良苦。

【注释】①终：既。永怀：深长的忧思。此二句承上段宗周灭亡事而来。其意为：宗周才被灭亡，现在又陷入新的困境。②辅：陈奂《传疏》："揜舆之版。……大车揜版置诸两旁，可以任载。今大车既重载矣，而又弃其两旁之版，则所载必堕，此其显喻也。"③输：堕。④将：请。伯：长。

无弃尔辅，员于尔辐[①]。屡顾[②]尔仆，不输尔载。终逾绝险，曾是不意[③]。

【章旨】诗之十章。正面提撕。“曾是不意”句失望至极，故下文文意一转。

【注释】①员（yún）：加固。辐：马瑞辰《通释》引曾钊说：“当作輹。……《说文》：‘輹，车下缚也。’盖伏兔在舆底，本不相连，须輹缚之。伏兔为任力之处，非一革所能胜，故须益其革缚。”伏兔即车轴车底板相接处的木垫，兔形。②顾：视，念。③曾是不意：从不曾意识到这一点。

鱼在于沼，亦匪克乐[①]。潜虽伏矣，亦孔之炤[②]。忧心惨惨[③]，念国之为虐！

【章旨】诗之十一章。极言居乱世之出处两难，济世无门，遁世无所，恓惶至极。

【注释】①匪：非。克：能。②炤：字亦作昭，显明之意。③惨惨：戚戚。

彼有旨酒，又有嘉肴。洽比其邻[①]，昏姻孔云[②]。念我独兮，忧心慇慇[③]。

【章旨】诗之十二章。痛说国事之后，转叹个人不幸，与诗开篇相呼应。个人的不幸与家国的不幸相关联，个人的苦难更见沉重。

【注释】①洽：在此有广而周备之意。比：本义为并排而列，在此有结交之意。邻：亲信、朋党。②昏姻：即姻亲裙带关系。云：《毛传》：“旋也。”云之初文象云回旋之形，姻娅之徒回旋于周围，实含众多之意。③慇（yīn）慇：音义并同于殷殷，即浓厚。忧心浓厚即含隐痛。

佌佌[①]彼有屋，蔌蔌方有穀[②]。民今之无禄，天夭是椓[③]。

哿[④]矣富人，哀此惸独。

【章旨】诗之十三章。以对比手法揭示社会的丧失公正，收束全诗。孙月峰《批评诗经》："是深悲极怨之调，新意层出，愈说愈不能尽。"

【注释】①佌（cǐ）佌：小。②蔌（sù）蔌：陋。榖：禄。③夭、椓：陈奂《传疏》："《释文》云：'夭，灾也。'夭、椓二字连文，并有残害侵削之室。"④哿(gě)：可。

解析

据记载，周幽王被犬戎杀死后，西周王朝还有一段时间苟延残喘。一些诸侯扶立周平王，同时周幽王另一子余臣也被拥立为王，史称携王。种种迹象表明，此诗即作于宗周既灭、二王并立，全社会惊魂未定之际。篇中"终其永怀，又窘阴雨"，则又相当准确地概括出周携王小朝廷朝政毫无希望的现实。诗对携王政治虽多有击刺，但并没有从宗法嫡庶的角度去否定余臣为王的合理性。这是其与同时期一些政治抒情诗的较大不同。此诗的作者，从诗歌反映的内容看，是一个遭受排挤而陷于困苦的贵族人物，对王的批评，对"讹言"之人的斥责，固然是诗的重要内容，但这都是与其个人的不幸相关的，也是以其个人的遭际为线索展开的。诗人是个有卓荦性格的人，也是一个对现世的苦难有着深刻体验的人。因此这首诗与《节南山》等一样，在整个《诗经》创作史上有其特殊意义：它是一篇以个人情绪抒发为主轴的政治抒情诗，是屈原《离骚》的先声，标志着西周典礼乐歌写制时代的结束，抒情诗的时代开始。因而，在"比兴"手法上也发生了重要改变。典礼的乐歌中的比兴，如"呦呦鹿鸣"、"常棣之华"和"伐木丁丁"之类，基本精神在于征显世界的和谐。而在《正月》等诗篇中，读者看到的却是天昏地暗，风雨如磐，世界已经变成一个令人无所躲避藏匿的困苦场所。人格、良心与作为生活环境的世界格格不入，正是《正月》这首抒情诗着意表达的生活感受。

蓼　莪

蓼蓼者莪[①]，匪莪伊蒿[②]。哀哀父母，生我劬劳！

【章旨】诗之首章。言莪已经生长得高大，变成蒿了。言下有愧对父母之意。

【注释】①蓼（lù）蓼：长大貌。②莪（é）、蒿：陈奂《传疏》："莪、蒿本一物，而以时之先后异其名。"据陆玑《疏》，莪蒿三月时可食，秋老则不可食用。据陈氏之意，诗人莪、蒿互异，正由于有此变化。又李时珍《本草纲目》曰："莪抱根丛生，俗谓之抱娘蒿是也。"莪蒿有子依母之象，所以诗人因此起兴。

蓼蓼者莪，匪莪伊蔚[①]。哀哀父母，生我劳瘁！

【章旨】诗之二章。言莪蒿长得高大，但秋天却不结子粒。此章从父母方面想。

【注释】①蔚：蒿的一种，枝茎高大。据《尔雅》郭璞注，此蒿不结籽。

瓶之罄矣，维罍之耻[①]。鲜[②]民之生，不如死之久矣！无父何怙？无母何恃[③]？出则衔恤[④]，入则靡至[⑤]。

【章旨】诗之三章。言父母是孝子生活的意义，"鲜民之生"的现实是对这意义的无情否定。

【注释】①瓶、罍（léi）：朱熹《诗集传》："瓶小罍大，皆酒器也。"罄：

尽。②鲜：马瑞辰《通释》：训为斯。引阮元说："古鲜声近斯，遂相通借。"又曰："《方言》：'斯，离也。齐陈曰斯。'《说文》：'斯，析也。'斯民当谓离析之民，犹《易》言'旅人'也。"③怙、恃：都是依靠的意思。④衔恤：含忧。⑤靡至：无所投奔。

父兮生我，母兮鞠[①]我。拊我畜我[②]，长我育我，顾我复我[③]，出入腹[④]我。欲报之德，昊天罔极[⑤]！

【章旨】诗之四章。写父母养育大德，文富辞繁，情深意重，而对昊天的控诉愈显得痛心疾首。

【注释】①鞠：养。②拊：马瑞辰《通释》："《释文》：'拊，音抚。'……二字音义同，古通用，拊犹抚也。"畜：养活。③顾：关心、照顾。复：顾念。④腹：于省吾《新证》：古无轻唇音，故古读腹为抱。出入腹我，即出入抱我。⑤罔极：本义为无固定原则、标准，在此有无德之意。

南山烈烈[①]，飘风发发[②]。民莫不穀[③]，我独何害[④]！

【章旨】诗之五章。言南山险阻，疾风烈烈，行路艰辛。"民莫"二句，是哀怨至极时的贯常语态。

【注释】①烈烈：《毛传》："烈烈然至难也。"胡承珙《毛诗后笺》："《传》云'至难'者，当读如《行路难》、《蜀道难》之难，以'烈烈'为险阻之状。"②飘风：暴风。发发：疾貌。③穀：善。④害：受害。

南山律律[①]，飘风弗弗[②]。民莫不穀，我独不卒[③]！

【章旨】诗之六章。

【注释】①律律：烈烈。②弗弗：发发。⑤卒：终。在此有尽人子孝道之意。

解析

《毛序》："《蓼莪》，刺幽王也。民人劳苦，孝子不得终养尔。"《郑笺》："不得终养者，二亲病亡之时，时在役所，不得见也。"《孔子诗论》第 26 简："《蓼莪》有孝志。"可知《毛序》之说于古有据。而采诗者录之入《雅》，亦未尝不有针砭时弊的意思。所以《序》说是可以保留的。据王先谦《集疏》，三家说与《毛诗》相同。欧阳修《本义》讥讽《笺》说"泥滞"，认为不当像郑氏所说的那样确定、具体，而是写一般的政苛民劳，民不得孝养父母的苦闷心情。胡承珙《毛诗后笺》驳之曰："晋王裒、齐顾欢并以孤露读《诗》，至《蓼莪》，哀痛泣涕。唐太宗生日，亦以生日承欢膝下永不可得，因引'哀哀父母，生我劬劳'之诗。是自汉至唐无不以此诗为亲亡后作者。……试思诗中无父、无母、衔恤、靡至等语，尚得为父母在之辞邪？"可为定论。

这首痛心疾首的孝子诗歌，特别是它的被重视，被采入《诗经》，都有力地显示着孝道观念在周人精神世界中的地位，以及社会习俗对这一观念的承认与尊重。因此，此诗可以与《四牡》合观，而且"南山"云云，诗很可能是表现西周晚期戍守南国士卒的篇章。所不同的是，家与国的对立统一关系在这里已经破裂了。王臣的身分已经否定了孝子的身分。周王朝是一个以家庭为其基本构成单位的社会，家庭的稳固是社会整体稳固的前提。但在这首诗中我们看到，王朝片面地注重国家利益，而伤害了自身机体的细胞。因而在孝子愤怒的哭诉中，实际显示出的是王朝基础的瓦解。这首诗应该也是"王官采诗"的结果。《小雅》里也有"风"，《小雅·谷风》和此篇都是证据。像《蓼莪》这样哀哀呼告，若没有人加以正视、采集并加以整理，如何能播之管弦并最终见录诗篇？而且，任何的王朝的正统典礼大概都不能演奏这样的歌唱。因而这样的可能性就很大了：它是那些出身不高的采诗官员本着良心采集加工的篇章，目的当是上达王听，以期以此改善王政的暴虐。过去都以为“采诗”的对象主要是各诸侯邦国，《蓼莪》和《谷风》或许还要加上《何人斯》、《巷伯》等，都表明“采诗”的行为首先施之于王畿千里的范围之内，然后或同时也发生在一些诸侯之国。《诗经》篇章的问世方式，由此发生了重大的改变。

北　山

陟彼北山，言采其杞。偕偕士子[①]，朝夕从事。王事靡盬，忧我父母。

【章旨】诗之首章。言为王事奔忙，不得养父母。

【注释】①偕偕：强壮貌。士子：即武士，比大夫低一级的贵族。

溥[①]天之下，莫非王土。率土之滨[②]，莫非王臣。大夫不均[③]，我从事独贤[④]！

【章旨】诗之二章。言大夫们不尽各自的本分。“溥天”、“率土”四句，沉郁有力。

【注释】①溥：广大。②率：循。滨：涯。③不均：不平均，在此有不尽本分的意思。④贤：劳。

四牡彭彭[①]，王事傍傍[②]。嘉我未老，鲜我方将[③]。旅力[④]方刚，经营[⑤]四方。

【章旨】诗之三章。言车驾疾驰，王事紧迫。虽然贤劳，但有膂力。

有武士的豪气。

【注释】①彭（bāng）彭：奔走不息貌。②傍傍：即"旁旁"的假借，紧迫貌。③嘉、鲜：善。将：壮。④旅力：戴震《方言疏证》："膂通作旅，《诗》'旅力方刚'是也。《广雅》：'膂，力也。'"⑤经营：奔走忙碌。

或燕燕居息[①]，或尽瘁事国。或息偃[②]在床，或不已于行。

【章旨】诗之四章。申言"不均"。

【注释】①或：有的，不定指代词。燕燕：安息貌。②偃：倒、卧。

或不知叫号[①]，或惨惨劬劳。或栖迟偃仰[②]，或王事鞅掌[③]。

【章旨】诗之五章。重申前章之义。

【注释】①叫：呼。号：召。②栖迟：优游安闲。偃仰：俯仰。③鞅掌：失态貌。

或湛乐[①]饮酒，或惨惨畏咎[②]，或出入风议[③]，或靡事不为。

【章旨】诗之六章。四、五、六三章连用十二个"或"字，句法奇特。是我国文学最早的"以文为诗"，为韩愈《南山诗》所本。

【注释】①湛乐：沉溺于欢乐。②咎：过错。③风议：漫无边际的意思。

解析

《毛序》："《北山》，大夫刺幽王也。役使不均，已劳于从事，而不得养其父母焉。"三家诗义略同。《序》说"刺幽王"既嫌无据，“大夫刺幽王”则更明显地与诗不合。而“不得养父母”云云，似乎也不是诗的主题。实际上此诗只是“役使不均”的感慨，其作者就是“偕偕士子”的“士子”。士是有田产，地位在庶民之上、大夫之下的低级贵族。《左传·昭公七年》：“王臣公，公臣大夫，大夫臣士。”诗中“大夫不均”，口吻很符合士人的身份。在《诗经》中，因朝廷使命而成为征人者的思归题材，已经数见不鲜了。使臣而思归，展示的是一个以农耕为生业的宗法制国度，安土重迁的普遍习性。在一个地域辽阔的王朝中，輶轩使者是王朝经营四方的神经，但是在这首诗中，我们看到大夫、士阶层对这项职责的厌倦情绪，这实际上显示着王朝正在失去其管理国家的活力。

大　田

大田多稼，既种既戒[①]，既备乃事。以我覃[②]耜，俶载[③]南亩。播厥百谷，既庭[④]且硕，曾孙是若[⑤]。

【章旨】诗之首章。从春耕、省田起笔，总起全诗。

【注释】①种：选取种子。戒：《郑笺》：“季冬，命民出五种，计耦耕事，修耒耜，具田器，此之为戒。”②覃（yǎn）：本字当作剡，锋利。③俶（chù）载：翻土压草。④庭（tǐng）：挺拔。⑤曾孙：周王。若：观看农事。

既方既皁[①]，既坚既好，不稂不莠[②]。去其螟螣，及其蟊贼[③]，无害我田穉。田祖有神，秉畀炎火[④]。

【章旨】诗之二章。写田间管理，以火治虫之法，尤妙。

【注释】①方：作物开始长出地面时的苞状。皁（zào）：作物灌浆。②稂（láng）、莠：作物有穗而不结籽粒称稂，形状似禾苗而非禾苗的稗草称莠。③“去其螟螣（tè）”两句：《毛传》：“食心曰螟，食叶曰螣，食根曰蟊，食节曰贼。”④秉畀炎火：《郑笺》：“持之付与炎火，使自消亡。”据后人研究，此处所说的治虫方法是，利用害虫习性向明扑火的特点，夜间设火，火边掘坑，边烧边埋。据《新唐书·姚崇传》，开元四年山东大旱，蝗虫成灾，姚崇为捕蝗使，利用《诗》中办法治蝗，获得奇效。

有渰萋萋①，兴雨祁祁②。雨我公田，遂及我私③。彼有不获穉④，此有不敛穧⑤。彼有遗秉⑥，此有滞穗⑦，伊寡妇之利。

【章旨】诗之三章。上天兴雨，先公后私；遗秉滞穗，沾溉寡妇；丰收是天地大恩，施于困穷，便是天人合德。此章所言风俗，至淳至美。

【注释】①渰（yǎn）：云兴貌。萋萋：字当作凄凄。《说文》：“凄，雨云起也。”②兴雨：据陈奂《传疏》，当作兴云。祁祁：云慢慢升起移动貌。③私：私田，农夫的份地。先治公田，公事毕，然后治私事。④穉（zhì）：马瑞辰《通释》：“禾之幼者曰穉，禾之晚种者亦曰穉。此诗‘无害我田穉’，谓幼禾也。‘彼有不获穧’，谓晚种后孰（熟）者也。”⑤穧（jì）：聚禾成把。⑥秉：禾把。⑦滞穗：滞留在田间的遗穗。

曾孙来止，以其妇子，馌彼南亩。田畯至喜。来方禋祀①，以其骍黑②，与其黍稷。以享以祀，以介景福。

【章旨】诗之四章。言曾孙省田，回报天地四方之神，以祈来年之福。

【注释】①来方：犹言“以方”，向四方神献祭。来字为结构助词，无实义。禋（yīn）祀：祭天之礼，朱熹《诗集传》：“精意以享谓之禋。”古时以牛羊油脂合香草腾烧祭天，禋实即烟，以香烟享神。②骍（xīng）黑：全身赤色和通体黑色的牛羊贡品。据《周礼》，阳祀（祭天及宗庙）用骍，阴祀（祭地及社稷）用黑。

解析

此诗应是描述秋冬之际王者报祭田祖及各种有助耕稼神祇的诗歌。叙事重心在作物生长季节的病虫害防治，以及秋季的收获。《国语·周语》载，春耕时期周王要到千田大田上行亲耕典礼，又说“耨获亦如之”,所谓“耨获”即田间管理和收获时节。据此，诗中的“曾孙来止”指“耨获”时天子亲临大田。诗篇所言祭祀，系收获时节，杀牛以报答天地和四方神灵，感谢它们对耕种的护佑，表现的是农夫特有厚道之情。诗中的主要事情是收获时节的祭典，但诗篇却从“既种既戒”写来，顺及田间管理、秋季收获，最后归回本题。所以这样写,是由特定宗教观念主导的。据《礼记》等文献关于祭祀的论述，年终祭祖时主祭者上贡的粢盛之物，必须是他亲自下地劳作所得，才是最恭敬的；身上所穿衣服是夫人亲自养蚕缫丝做成的，这样神才会满意。诗篇言祭祖却从“自昔何为？我蓺黍稷”写起，就是这个道理。另外，《孔子诗论》有“《大田》之卒章,知言而有礼”的评价（第25简）。但本诗之卒章，实不足以当此评价，不知何故。

大雅

《大雅》三十一篇。

《大雅》的创作时间一般而言较《小雅》篇章早，多西周中期作品，具体说主要集中在周穆王、恭王两朝。这个时期，据中外学者对金文的研究，是西周各种典礼趋于成型的重要时期，与典礼相关的《大雅》诗篇创作自然也呈现高涨之势。不过，《大雅》中还有一些西周晚期诗篇编排在内，这些诗篇都体式宏大，应该是后来附上去的。今本《诗经》的成形，有一个自然积累的过程，还有一个编纂的过程。《雅》分大、小，大者在前，小者在后，犹如兄弟排行。后来诗篇次序散乱，有整理者（孔子曾整理过雅、颂）条理其次第，误解"大"、"小"的原义，就出现将中期以后篇章放到《大雅》的事情了。这样的编纂，恐怕不是一人，也不是一次性的。西周中期礼乐文化由简入繁。诗篇的体式较诸周初，不论在语言句法还是在神形风调上，都发生了明显的变化。西周穆王时期，时值周家建国百年，《大雅》各篇显示，在这样有纪念意义的时节，周人曾隆重地祭祀过周文王，并且由祭文王而上祭文王以上几位重要先王。围绕着这次大祭，王朝修建辟雍，延请来自宋国的舞乐人员，对此，许多篇章有所反映。祭祀的方式，也较诸过去更为礼仪繁复，反映在乐歌的使用上，不仅有献神的歌唱，而且还出现了唱给参加祭祀的先王子孙听的讲述周家创业史的歌吟。继穆王而来的恭王朝，重视农耕生产，也曾大规模祭祀过后稷、公刘等先王。诗篇又以农事诗为多，《大雅》中《生民》、《公刘》，《小雅》中《信南山》、《甫田》、《大田》，以及《周颂》

中的《思文》,《豳风》中的《七月》等,都是恭王时期的作品。对于《大雅》诗篇,《孔子诗论》第2简说:"《大雅》,盛德也。"就那些创作于穆、恭两朝的《大雅》诗篇而言,却是是多言周家创业的功德,而且在形式上雍容华贵,体势宏大,与《小雅》确有风调上的明显不同,映现出诗歌创作在当时达到的水准。

文 王

文王在上[①],於[②]昭于天。周虽旧邦,其命维新[③]。有周不显[④],帝命不时[⑤]。文王陟降[⑥],在帝左右。

【章旨】诗之首章。以文王在天总起全诗,气势宏大。八句之间,四句一韵,以"在上"起,又以"在帝"终,蝉联回护,章法谨严。《孔子诗论》:"'曰文王才上,於昭于天',吾美之。"

【注释】①文王:即姬昌。史载周人自姬昌开始受商朝之命为西伯称王,周人认为这是周家受天命之始。在上:神灵在上界。②於(wū):叹词。③其命维新:周家新得天命自文王始。④有周:周。古代称谓邦国名常在前加"有"字。不显:丕显。金文常见。⑤不时:丕时。⑥陟降:上下、来往。甲骨文显示,上帝的处所名"帝庭",帝庭有"工臣",据此,只有像周文王这样的有德之人,死后才能升至上天,陪伴在"帝"左右,负责沟通上天与下界的联系。而且,按古代观念,一个族姓的先王成为上天的神灵后,只负责本族姓与上天的交通。诗言文王"陟降",就是这个意思。

亹亹[①]文王,令闻不已。陈锡哉周[②],侯文王孙子[③]。文王孙子,本支百世[④]。凡周之士,不显亦世[⑤]。

【章旨】诗之二章。言文王的福禄，荫泽子孙。

【注释】①亹（wěi）亹：犹言勉勉。②陈锡：马瑞辰《通释》："即申锡之假借……申，重也。重锡言锡之多。"锡，赐。哉：于省吾《新证》："哉、才、在古通。……陈锡哉周，应读作陈锡在周，在犹于也。谓申锡于周也。"③侯：维。孙子：即子孙。④本支：根干和枝叶。百世：即百岁，百年。据夏商周断代工程公布的材料，西周建国为前 1046 年，至周穆王二十三年左右，正好建国百周年。⑤亦世：犹言世世。

世之不显，厥犹翼翼①。思皇②多士，生此王国。王国克③生，维周之桢④。济济⑤多士，文王以宁。

【章旨】诗之三章。言威仪堂堂的众多人士使文王的邦家得以安宁。上章从子孙之处着眼，此章则从人才上说。四句转韵，中间顶真相联，变化而统一。

【注释】①厥：其。犹：谋略。翼翼：谨慎貌。②思皇：犹言皇皇，众盛貌。③克：能。④桢：根干、骨干。⑤济济：《毛传》："多威仪也。"

穆穆①文王，於缉熙敬止②。假③哉天命，有商孙子。商之孙子，其丽不亿④。上帝既命，侯于周服⑤。

【章旨】诗之四章。言文王之德使商人子孙归服于周。文义一转，并推广一层。

【注释】①穆穆：庄严和敬貌。②缉熙：朱熹《诗集传》："缉，续。熙，明。亦不已之意。"敬止：戴震《毛郑诗考证》："敬止者，言敬慎其止居不慢也。故《礼记·大学》篇引之以明'止于至善'。"止有静的意思。③假：大。据《尔雅》。一说假为固，亦通。④丽：数。不亿：数量大。古代一亿为十万。⑤服：服事。

侯服于周，天命靡常。殷士肤敏[①]，祼将于京[②]。厥作祼将，常服黼冔[③]。王之荩[④]臣，无念尔祖。

【章旨】诗之五章。转而表助祭的殷遗。《汉书·刘向传》："孔子论《诗》，至于'殷士肤敏，祼将于京'，喟然叹曰'大哉天命'。"本章首句又与前一章末尾句"顶针续麻"，曹植《赠白马王彪》之"辘轳体"，早见于此。

【注释】①肤敏：勤勉。②祼（guàn）：古代祭祀时往香草中灌酒，称灌鬯，以此来享神。将：本字当作鬻，即将肉从俎上用匙舀入鼎中。③常服：永远穿着。服，穿。黼（fǔ）：虚词。冔（xǔ）：殷商贵族戴的帽子。④荩（jìn）：进用。西周一开始就从殷商遗民中选拔一些忠心又有才学的人为周家服务。

无念尔祖，聿[①]修厥德。永言配命[②]，自求多福。殷之未丧师[③]，克配上帝。宜鉴于殷，骏命不易[④]。

【章旨】诗之六章。言殷朝在没有丧失人心的时候，也曾得到上天的恩宠。应当以殷的覆辙为鉴，这样天命才会永固不移。告诫殷人助祭者及文王孙子。与五章顶真相联。

【注释】①聿（yù）：语词。②配命：膺承上天之命。③丧师：师，众。丧师即失去人心。④骏命：即天命。易：容易得到。

命之不易，无遏[①]尔躬。宣昭义问[②]，有虞殷自天[③]。上天之载[④]，无声无臭[⑤]。仪刑[⑥]文王，万邦作孚[⑦]。

【章旨】诗之七章。与首章"文王在上"遥相呼应，强调文王之德与周人"永言配命"的关系。

【注释】①遏：止。②宣昭：普遍地昭示。义问：于省吾《新证》：即令闻、善闻，好名声的意思。③虞：揣度。殷：于省吾《新证》：当训依，"揆度之以依于天，言事事以天为准"。④载：运行。⑤臭：气味。⑥仪刑：取法、效法。刑即型之假借字，金文以“刑（型）”为中心词组成的意为取法的语词多见如帅型、型效、怀型、型禀等，都不早于西周中期。⑦孚：信。

解析

《毛序》：“《文王》，文王受命作周也。”《论语》载孔子评价文王曰：“三分天下有其二，以服事殷。周之德，其可谓至德也已矣！”文王为西伯，周族开始强大，开始经营汉水乃至更广阔的南方地域，开始有了剪商的意图和行动。周文王领导弱小之族谋求发展及其以“德行”的软实力联合种族的作为，确实有着重要的启发意义，所以后代子孙才将周族获得天下的因缘推本于他。这也是《毛序》“受命作周”的意思。《文王》表达着对“文王受命”的感念之情。《孔子诗论》第21简：“《文王》，吾美之。”“美”的当也是文王的“作周”。诗一则言“文王陟降”，再则言“祼将于京”，无疑与祭祀文王有关。然而诗篇内容，一在赞美周文王上得天命，并且死后升天为神，在帝左右，沟通上下；诗最后提出，上天之道是无形无相的，做人要合乎天道，王朝要获得上天眷顾，只有一个办法，那就是效法文王的为人为政。人德即是天德，天人合德的途径，在此表达得已十分清楚。所以，“上天之载”两句为后来的儒家所重视。二在对祭祀者的描述，诗篇言祭祀文王之典中的两类人，一是文王的子孙，即“济济多士”；还有一批人就是“肤敏”的“殷士”，后者是典礼中的“祼将”者亦即服务者，他们有资格做这些事是因为他们是周家“荩臣”。诗篇还特意对这些带着殷商礼帽奔走服侍的“荩臣”们，发出“无念尔祖”的忠告。而诗篇最终结穴于这样一点：不论是文王子孙，还是殷商助祭的人们，大家都要效法文王，以获取上天的永久眷顾，以享有人世的尊荣。从另一方面的表述看，诗都不是献给文王神灵的乐歌，主要是唱给祭祀的人们听的。或许就是因此之故，诗篇被归之为“雅”，而不是“颂”。从这首祭祀文王大典上的乐歌里可以获得这样的了悟：祭祀鬼神的作用正在于教育、凝聚活在世上的同姓异姓的贵族们。考诸《大雅》与《周颂》，以祭祀文王的篇章数量最多最重。为什么是文王，而不是周武王或其他哪位王？这固然有所谓“文王受命”观念的作用，更重要的是周初封建各诸侯，都可以归为文王的子孙，而不是武王；就是说，只有文王才有为所有同姓诸侯所“尊祖敬宗”的资格。西周建国百年之际，大祭文王，就是要在文王之德这一最广阔的精神地平线上强化各诸侯的团结，以及对王室的忠诚。《文王》篇是一首典型的庙堂文学，体式宏大，气象庄严，特别是在篇章结构上的顶真格的使用，更使得诗篇一气呵成。“上天之载，无声无臭”的歌咏，体现当时形而上思考的水准，富于思想史的价值。

大　明

明明在下①，赫赫②在上。天难忱③斯，不易④维王。天位殷适⑤，使不挟⑥四方。

【章旨】诗之首章。言上天给殷朝设立了敌人，使他不能挟持四方。从明明、赫赫写起，强调着天命的可畏。

【注释】①明明：朱熹《诗集传》：“德之明也。”在下：即下土。②赫赫：朱熹《诗集传》：“命之显也。”两句都是写上帝。③忱（chén）：沉溺。字亦作谌，谌与湛、耽古音义相通，都有沉溺的意思。天难忱，即天命难忱，亦即不可沉溺于对已有天命的自信。上天对一个王朝的眷顾保佑不是永远的，无条件的，所以不可耽信自己已有的天命。④不易：不容易。⑤位：

于省吾《新证》:“位、立古同字。金文位字皆作立。”适:于省吾《新证》:“适、敌声同古通。古无舌上，故读适如敌。……言天立殷敌，使不能挟有四方也。”⑥挟:挟持。

挚仲氏任[①]，自彼殷商。来嫁于周，曰嫔[②]于京。乃及王季[③]，维德之行。大任有身[④]，生此文王。

【章旨】诗之二章。言周人受命始于文王，文王之生是大任之德。大任能生文王，实出于天意。

【注释】①挚:商朝小国，其地在今河南汝南县城东，当时属于殷朝境内。仲:古人以伯仲叔季排行，仲为第二。任:姓氏。《大雅·思齐》篇称之为大任，王季之妻，文王之母。②嫔:做妇人。③乃:于是。及:与。王季:即季历，太王公亶父之子，文王的父亲。④有身:怀孕。身即娠。

维此文王，小心翼翼。昭[①]事上帝，聿怀[②]多福。厥德不回[③]，以[④]受方国。

【章旨】诗之三章。专写文王有德，是过渡段。

【注释】①昭:在此有周详的意思。②怀:招来。③回:邪僻。④以:因而。

天监在下，有命既集[①]。文王初载[②]，天作之合[③]。在洽之阳[④]，在渭之涘[⑤]。文王嘉止[⑥]，大邦有子。

【章旨】诗之四章。言季历之后，文王再得善女，非天意不能如此。

【注释】①集:在此有降落在某处的意思。②初载(zǎi):初年。即文王初即位后。一说初载为出生，文王出生时，老天就给他在洽阳渭涘生出了大姒，等待迎娶。亦通，终觉缴绕。③天作之合:天生的配偶。④洽(hé):古水名，旧说在今陕西合阳县境内，不确。阳:山南水北为阳。⑤涘(sì):

岸边。二句指莘国即大姒母邦之所在。旧说其地在今陕西合阳县东靠近黄河处，1975 年陕西渭南县阳郭南堡村出土了五十多件青铜器，其中一件矛器上有“辛邑阹”铭文，证明古莘国就在今渭南县一带。此地在渭水之南，正与下文“亲迎于渭，造舟为梁”相合。⑥嘉止：吉祥。止是虚词。

大邦有子，伣①天之妹。文定厥祥②，亲迎于渭。造舟③为梁，不显其光！

【章旨】诗之五章。言文王亲自到渭水边迎亲。其场面显耀而又风光！

【注释】①伣（qiàn）：如同、仿佛。②文定厥祥：朱熹《诗集传》：“文，礼。祥，吉也。言卜得吉，而以纳币之礼定其祥也。”③造舟：造字当作艁，可以用来搭浮桥的舟。

有命自天，命此文王。于周于京，缵女维莘①。长子维行②，笃生武王③。保右④命尔，燮⑤伐大商。

【章旨】诗之六章。言长子逝后，再生武王，天意厚爱，周族实在庆幸。诗篇连续三章反复表莘女大姒，经生治《关雎》喜言“后妃之德”，或本于此。引出伐商。

【注释】①缵（zuǎn）：本义是续，在此是联姻的意思。莘：古国名。文献记载莘国地域不一，有在今河南者，有在今山东者等，此诗中的莘当在今陕西渭南县境内。②长子：据王先谦《集疏》当指文王长子伯邑考，早逝。行：死的避讳说法，如后世死去的皇帝称“大行皇帝”。③笃：虚词。武王：名发，文王之子。④右：通佑。⑤燮（xiè）：马瑞辰《通释》：“与袭双声，燮伐即袭伐之假借。”

殷商之旅，其会①如林。矢于牧野②：维予侯兴③，上帝临[④]女，无贰[⑤]尔心！

【章旨】诗之七章。写武王牧野陈兵誓师。

【注释】①会：会聚。《孔疏》："其会聚之时如林木之盛也。"②矢：誓师。以下三句为誓词内容。牧野：地名，商朝都城朝歌以南七十里处，在今河南淇县南。③维、侯：结构助词。予：我们。兴：兴师。④临：从高处往下观察。⑤贰：疑。

牧野洋洋[①]，檀车煌煌[②]，驷骠彭彭[③]。维师尚父[④]，时维鹰扬[⑤]。涼[⑥]彼武王，肆[⑦]伐大商，会朝清明[⑧]！

【章旨】诗之八章。正面写战场，"时维"言得人助，"清明"言得天助。方玉润《诗经原始》："'清明'作收，与'明明'、'赫赫'相应，用字亦极不苟如是。"

【注释】①洋洋：广。②煌煌：光闪闪的样子。③骠（yuán）：赤色白腹黑鬃的马。彭（bāng）彭：战车奔驰貌。④师尚父：大师。周军事最高长官名。尚父，即吕望。刘向《别录》："师之，尚之，父之，故曰师尚父，父亦男子之美号也。"是"师尚父"为姜太公的美称。⑤时维：实在是。鹰扬：《毛传》："如鹰之飞扬也。"⑥涼（liàng）：佐。⑦肆：突然袭击。⑧会朝清明：林义光《诗经通解》："言适会早晨清明之时也。"清明，于省吾《新证》："犹后世之言'晴明'。……谓得天时之助。"会，正遇上，恰巧。史载武王陈师牧野时天有风雨，第二天早晨正式发起进攻时天气变晴。

解析

《毛序》："《大明》，文王有明德，故天复命武王也。"细审此诗，强调的是上帝对周人的格外眷顾与恩宠，《序》说可以保存。在诗人看来，周享有天下根本的原因不仅在于他们有文、武两代明王，两代明王的出世，毋宁说是因为王季和文王两代都娶到了贤德的妇人。代有贤妇，才代有贤子贤王，有天意的眷顾才能如此。《周颂 · 雍》言“既右烈考，亦右文母”，右即佑，文母即有文德的母后，可见周人祭祀男性祖先时，也一同祭奠女祖。诗篇言及季历、文王、武王，言及季历之妻大任、文王之妻大姒，而对大姒的归周，用了数章的篇幅来表现，可见诗人的重视了。诗篇的创作，从章与章之间的连接、句法用词以及总体风格，都可以断定与《文王》篇同时，是穆王时大祭文王的作品。诗篇上溯王季夫妇行善行德，下带武王克商，其上下联络的线索则在三代先王的婚姻，是为诗篇展开的主轴；而主轴的重点则在文王“天作之合”的婚姻。对此诗体式，学者多以“史诗”视之。单从内容题材看，确实是在咏史，然而从其创作的具体情形看，则是述赞的体制。据本书对《文王有声》篇（见后）的解读，西周中期为纪念文王，曾在镐京之西、丰水之东修建过辟雍；文王之庙正是其主体建筑。又据金文《膳夫山鼎》及《无叀鼎》铭文，西周宗庙中是有“图室”的，所谓“图室”即绘有先公先王历史事迹的图像之室（参考拙文《〈诗 · 大雅〉若干诗篇图赞说及由此发现的〈雅〉、〈颂〉间部分对应》，见《文学遗产》2000 年第 4 期）。此诗述说三代先王先妣，实际是对宗庙中壁图所画既述且赞的颂歌体制，以此，对着那些文子文孙讲述过去，令其学习周家几代先王的光荣传统。诗篇也属于祭祖典礼的歌唱，但歌唱所指向的不是神灵，而是祭祀神灵的人们。诗篇讲述男女祖先的历史，包含天命的自豪，但自豪之情不是经由对上天的感念来表达的，而是在对祖先幸运的人世生活的叹美中流露的。这表现出诗歌创作时代周人固有的宗教观念：天命必然表现为人间平凡生活的懿美。娶妻生子，不是人间最普通的事情吗？关于这首诗，新近出土文献《孔子诗论》也有对“文王受命”的议论，谓：“‘有命自天，命此文王’。诚命之也。信矣！孔子曰：‘此命也夫！文王虽欲也，得乎？此命也。’”意思是说，文王所以能受命于天，是几代人（包括妇女）努力、也是几代人幸运的结果；若单是文王自己想得到天命，那也是不容易的。天命之有无，终归在人为。

绵

绵绵瓜瓞[①]。民[②]之初生，自土沮漆[③]。古公亶父[④]，陶复陶穴[⑤]，未有家室。

【章旨】诗之首章。言周民从杜水之地迁移到了漆水之滨，古公亶父率领初民在这里烧土筑穴，那时周人还没有官室房屋。起笔悠远。

【注释】①绵绵：不绝貌。瓜瓞（dié）：即大瓜小瓜相联。瓞是小瓜。②民：周民。③土：读作杜，水名。沮：徂、往。漆：水名。④亶（dǎn）父（fǔ）：古公名亶父。文王的祖父，后尊称为太王。⑤陶复陶穴：于省吾《新证》：此句正常语序应为“陶穴陶复”，现在的语序是为了与上下文协韵。陶即陶冶，就是用火烧土，用烧制的红土铺垫墓葬，自仰韶文化时起古人就知道这样做，考古发现已有多处。墓葬如此，居住洞穴用此法也可想而知。古公亶父时期时值商末，周人地处黄土高原，喜欢洞穴而居，在洞穴中铺垫烧制的红土，既为了结实，也是为防潮。句中的“穴”是大洞，是居住处；“复”是大洞穴中为窖藏粮食或其他物品开出的小洞，字也作“寝”。句子的意思是：开挖大洞、小洞，垫好防潮的坚硬红土。

古公亶父，来朝[①]走马，率西水浒[②]，至于岐下。爰及姜女，聿来胥宇[③]。

【章旨】诗之二章。写迁移及来路，进入正题，“胥宇”带出下文。

【注释】①朝：于省吾《新证》："朝、周古音近字通……'来朝走马'，应读作来周走马。谓太王自豳迁于岐周，而养马于斯也。"②西：西岸。水浒：水畔，即杜漆水畔。③爰、聿：虚词。姜女：姜姓之女，即太王的妃子，姬姜两姓世婚。胥宇：视察地形选择居地。

周原膴膴[①]，堇荼如饴[②]。爰始[③]爰谋，爰契[④]我龟。曰止曰时[⑤]，筑室于兹。

【章旨】诗之三章。言定居周原，既得其田野物产之美，又合神意。

【注释】①膴（wǔ）膴：土地肥美貌。②堇（jǐn）：又名堇葵，今名石龙芮，口感滑而辣。荼：又名苦菜，叶子边沿有细刺，秋老时开黄花，嫩时菜叶可食，是古代著名的救荒野菜。饴：甘糖。这句是说，肥沃的周原生长的苦菜，也甘甜如饴糖。③始：马瑞辰《通释》："亦谋也。始谋谓之始，犹终谋谓之究。'爰始爰谋'犹言'是究是图'也。"④契：刻。⑤时：马瑞辰《通释》引王引之说："亦止也，古人自有复语耳……'曰止曰时'犹言'爰居爰处'。"

迺慰[①]迺止，迺左迺右[②]，迺疆迺理[③]，迺宣迺亩[④]。自西徂东，周爰执事[⑤]。

【章旨】诗之四章。写定居，先从民居和耕田写起，画面感强烈。

【注释】①慰：与止同义，居住。②左、右：将居住地划分为左右。③疆、理：朱熹《诗集传》："疆谓画其大界，理谓别其条理也。"④宣：翻土使其松软。亩：为田培土打埂。⑤周：到处、普遍。执事：做事。

乃召司空，乃召司徒[①]，俾立室家[②]。其绳则直[③]，缩版以载[④]，作庙翼翼。

【章旨】诗之五章。言民居、田事之后，再作宫室。场景如画。

【注释】①司空、司徒：朱熹《诗集传》："司空，掌营国邑。司徒，掌徒役之事。"此类官职非古公时期周人所当有，是西周时用语。②室家：指宫殿庙寝之类的建筑。③其绳则直：《毛传》："言不失绳直也。"④缩版：马瑞辰《通释》："古以直为缩……谓绳直既立，即先树立其直版，缩版即直版也。"载：树立。

捄之陾陾[①]，度之薨薨[②]，筑之登登[③]，削屡冯冯[④]。百堵[⑤]皆兴，鼛[⑥]鼓弗胜。

【章旨】诗之六章。写劳作过程，以描摹声响渲染场面。四个句子一气而下，四个叠字词联翩出现，是新句法。

【注释】①捄（jù）：将土装在筐里。陾（réng）陾：即仍仍，形容装土次数频繁。②度：将土投入版中。薨（hōng）薨：投土的声音。③筑：捣土、夯土。登登：夯土的声音。④屡：即娄。娄、隆双声。屡即隆起。冯（píng）冯：削土声。⑤百堵：五版为一堵，百堵言其多。⑥鼛（gāo）：大鼓。

迺立皋门[①]，皋门有伉[②]。迺立应门[③]，应门将将[④]。迺立冢土[⑤]，戎醜攸行[⑥]。

【章旨】诗之七章。言城门建成，都城完备，有稳固的依仗，周人则可以御戎狄了。从未来着意。前四句，两句一组，且两句之间顶真相连，上句与下句构成应和关系，句法奇特。

【注释】①皋门：城门。②伉（kàng）：高耸貌。③应（yīng）门：对着朝堂的门。④将（qiāng）将：高大庄严貌。⑤冢土：祭神用的大土堆。⑥戎醜：于省吾《新证》："指戎狄醜虏言之。"攸行：从这里经过。《诗》

屡言“执讯获醜”。古时战争结束要献俘，献俘告神当在大社进行，所以说“戎醜”将在此“攸行”。攸，所，结构助词。

肆不殄厥愠[①]，亦不陨厥问[②]，柞棫[③]拔矣，行道兑[④]矣。混夷駾[⑤]矣，维其喙[⑥]矣。

【章旨】诗之八章。写先王伐木开路，惊走混夷。开辟荒山，就是王业的大计。

【注释】①肆：和下句的“亦”都是结构助词。殄：断绝，尽除。厥：指下文的混夷。愠（yùn）：愤恨。②陨：缺失。厥：指周人方面。问：问候，来往。马瑞辰《通释》：“此二句言文王事混夷之事，言始事混夷，虽不能绝其愠怒，亦不以以大事小而失其誉闻。”③棫（yù）：白桵，丛生灌木。④兑：通畅。⑤混夷：北方强大农牧混合的民族，又曰昆夷，大约商周时期在今内蒙古鄂尔多斯地区出现一个青铜器文化区域，混夷当属这一文化区域的族群。过去认为混夷是与汉代的匈奴为同一族属，不确。駾（tuì）：惊慌奔逃。⑥喙（huì）：气喘嘘嘘貌。

虞芮质厥成[①]，文王蹶厥生[②]。予曰有疏附[③]，予曰有先后[④]，予曰有奔奏[⑤]，予曰有御侮。

【章旨】诗之九章。言文王时周族事业的昌大，向东发展；太王迁岐之功于是显见其效，是赞美的笔致。方东树《昭昧詹言》：“《绵》九章，事不接，文不属，如连山断岭，相去绝远，而气象联络，此最为文之高致。”

【注释】①虞芮（ruì）：殷商时期的两个姬姓古国。虞在今山西平陆县境内，芮在今山西芮城县东，两国土野相接，据说两国因争田而请文王公断，受文王感化而息讼并归服于周，所争之田名闲原，即在两虞、芮之间。质：信物，在此作动词，即互相交换信物的意思。成：缔结友好关系。②蹶：动。生：

性。马瑞辰《通释》："生、性古通用……谓文王有以感动其性也。"③疏附：也作胥附，即辅助、归附。《史记·周本纪》："二国相让后，诸侯归西伯者四十余国，咸尊西伯为王。④先后：即前后跟从，在此指代拥护者。⑤奔奏：为文王宣传德行的人。

解析

《毛序》："《绵》，文王之兴，本由太王也。"是说周人认为文王的兴盛，是由于太王奠定了基础，所以在祭祀文王之后还应推本太王。此说是有道理的。《序》说"本由太王"，"本由"什么呢？方玉润《诗经原始》："此诗以地利言……凡属宗庙社稷，莫不制画昭然，使非去邠踰梁，何以臣服戎狄？故地利之美者地足以王，是则《绵》诗之旨耳。"是确当的。考此篇所叙述的历史，是周人群历史发展很关键的一步。近年草原考古的一大结果，是使今内蒙古鄂尔多斯一带曾经兴盛一时的青铜器文明重现于世。从旧石器时代，今鄂尔多斯一带就存在着人类文明的遗迹，至仰韶、龙山文化时期，因当时气候的适宜，这里还出现了原始农业文化。大约在夏代时期，随气候的变化，这里进入富于草原特色的青铜文化时代，此后延续至商、周、春秋。在青铜文化时期，这里先后生活过荤粥、鬼方、猃狁和戎、狄等不同的人群。秦汉以后，又有匈奴。商周时期，甲骨文中出现的"鬼方"、"方"就很可能生活在鄂尔多斯一带。西周中后期时对周王朝造成很大威胁的猃狁，也应该属于这一文化的内迁人群。《孟子·尽心下》说"文王事昆夷（即混夷）"，又说"大王事獯鬻（即混夷）"并被迫迁移岐山。据研究，是因为当时处于"小冰期"，鄂尔多斯铜文化人群不得不向南移动。周人的被迫放弃豳地向岐山一带转移，应该就是同一背景下的举动。然而，被迫的迁移，却给周人的强盛制造了机会。诗人正是怀着感念的心情，回溯那段遥远的祖先大踏步迁移并特具眼光选择新地定居的壮举。关于诗篇的年代，朱熹《诗集传》谓："此亦周公戒成王之诗。"是把诗篇看作是西周初期的作品。实际上，此诗当产生于西周中期的穆、恭时期。所以这样说，是因为诗篇与《大雅》中的《文王》、《大明》篇的许多相似，如顶真格、叠字以及总体气格上的相近等。就是说，此诗也是中期大祭文王典礼的歌乐篇章之一。中期大祭祖先，是以周文王为中心的。祭祀文王，恰如《毛序》所说，要"推本"先王，所以诗篇从太王迁岐起笔，但是，诗篇的结尾却是搭挂在了周文王之事上，正是这一时期"虞芮质厥成"，周人开始有盟友、随从，亦即真正走向强大。歌颂太王的作为，却非得把诗篇的结尾伸向太王之孙，如此的结尾，如此的"连山断岭"，不正说明祭祀歌颂太王，也是围着大祭文王这一中心转的吗？从艺术上说，画面感强烈是此诗一个显著特征。诗从第四章一直到第七章，每一章都是一个独特的画面。此外，诗第三章"曰止于时，筑室于兹"，时、兹都是近指代词，这只有把诗篇理解为是在有着祖先重要史迹的画图的宗庙里的歌唱，才能够说得通。因此诗篇与《大明》一样，是赞图讲史的篇章。不过，此诗与《文王》及《大明》也有一个明显的不同，就是没有任何玄虚的天命的言说，全是对祖先迁居业绩的叙述。想来这与周人认为古公时期，先王尚未受命于天有关吧。

公　刘

笃公刘①！匪居匪康②。迺埸迺疆③，迺积④迺仓，迺裹餱粮[5]，于橐于囊[6]，思辑用光[7]。弓矢斯张，干戈戚扬[8]，爰方[9]启行。

【章旨】诗之首章。言公刘迁居。从生产、储备起笔，其远谋不言自明。

【注释】①笃：厚，笃实。公刘：周先王之一。据《国语·周语》周人自始祖后稷起，世代为国家农官，世称后稷，直到夏朝衰落时，周人先祖不窋（zhú）失其官守，不得已率领族人“自窜戎狄之间”。之后若干世，到公刘时，又率领族人迁居于豳，开始恢复祖先农耕生活的传统。所以周人很重视这位祖先。②居：安。康：宁。③迺：同乃。埸（yì）、疆：田地的疆界。在此作动词，即划定疆界。④积：露天堆积。⑤餱（hóu）粮：干粮。⑥橐、囊：《毛传》：“小曰橐，大曰囊。”⑦思：语词。辑：收敛。指聚集粮食。用光：用广，光通广。这句是说，所以把粮食装在橐囊里，是因为迁移的用度需要量大。⑧干：盾牌。戚：斧。扬：钺。⑨方：开始。周人此次的迁移，据《国语·周语》，周人“自窜”是逃到犬戎生活的地区，所以此次迁移应该是从“戎狄之间”向中原内地移动。

笃公刘！于胥斯原[1]。既庶既繁，既顺迺宣[2]，而无永叹[3]。陟则在巘[4]，复降在原。何以舟[5]之？维玉及瑶，鞞琫容刀[6]。

【章旨】诗之二章。言公刘率领民众终于发现理想的生存之地，并因此得回报。陟巘、在原，是“胥原”举动。

【注释】①于：发语词，往往加在动词之前。胥：观察。斯原：此原，即豳地的原野。②顺：于省吾《新证》谓与巡通，即巡视。宣：宣示。③永叹：长叹。《郑笺》：“而无长叹思其旧时也。”④巘（yǎn）：《毛传》：“小山，别于大山也。”即大山旁边的小山。⑤舟：俞樾《群经平议》谓即周。周通酬，酬劳。⑥鞞（bǐng）琫（běng）：刀鞘上的贝玉装饰。容刀：佩刀，不开刃，起装饰作用。

笃公刘！逝彼百泉[①]，瞻彼溥原[②]。迺陟南冈，乃觏[③]于京。京师[④]之野，于时[⑤]处处，于时庐旅[⑥]，于时言言，于时语语。

【章旨】诗之三章。言民情欢洽，景物全从公刘登高临眺中见出。

【注释】①逝：往。百泉：豳地地名，可能因泉眼丰富而得名。②溥原：豳地地名。《毛传》："大"当因原野开阔而得名。西周中晚期《大克鼎》言周王赏赐克："易（赐）女（汝）田于陴原。"陴原当即溥原。③觏：见。④京师：即当时人群聚集之处。高地为京，人众为师。⑤于时：在此。⑥庐旅：筑庐。马瑞辰《通释》谓当为庐庐之讹误，即建造庐舍之意。

笃公刘！于京斯依[①]。跄跄济济[②]，俾筵[③]俾几，既登乃依[④]。乃造其曹[⑤]，执豕于牢[⑥]，酌之用匏[⑦]。食之饮之，君之宗之[⑧]。

【章旨】诗之四章。言宗庙告成，祭毕饮酒。迁豳后周人始有宗庙，为周人历史发展关键一环。

【注释】①斯依：依高地筑室。②跄跄济济：形容步伐整齐、有威仪。③俾筵：朱熹《诗集传》："俾，使也，使人为之设筵几也。"④登、依：登于筵，依于几。马瑞辰《通释》："此节'于京斯依'至'既登乃依'四句，何楷《诗经世本古义》、钱澄之《田间诗学》并以为宗庙始成之礼，是也。"⑤造：据马瑞辰《通释》，造即祰之假借字。祰，告祭。曹：褿之假借，以豕祭祖为褿。⑥牢：养豕的栏圈。⑦匏：葫芦作的瓢。⑧君之宗之：奉公刘为君、为所有人的宗主。

笃公刘！既溥既长，既景迺冈[①]。相其阴阳[②]，观其流泉，其军三单[③]。度其隰原，彻[④]田为粮。度其夕阳[⑤]，豳居允荒[⑥]。

【章旨】诗之五章。言治理田地，驻扎军队。

【注释】①“既溥既长，既景迺冈”两句：朱熹《诗集传》：“溥，广也。言其芟夷垦辟，土地既广而且长也。景，考日景以正四方也。冈，登高以望也。”景同影。②相：观察。阴阳：朝阳为阳，背阳为阴。③三单：犹言三拨。《毛传》：“单：相袭也。”即轮流守卫的意思。诗句是说，公刘迁居豳地之后，组织了军队，分三组轮流守卫土地国民。一说三单是建立三军守卫各地，亦通。④彻：治。⑤夕阳：山西。⑥允：实在。荒：广大。

笃公刘！于豳斯馆[①]。涉渭为乱[②]，取厉取锻[③]。止基[④]迺理，爰众爰有[⑤]。夹其皇涧[⑥]，溯其过涧[⑦]。止旅乃密[⑧]，芮鞫之即[⑨]。

【章旨】诗之六章。写涧水定居，迁豳大业终于完成。

【注释】①豳：地名，在今陕西长武、旬邑和彬县一带，古泾水两岸。上个世纪后期考古在长武发掘出碾子坡先周遗址、彬县断泾遗址，时间都在周人迁岐之前。在碾子坡遗址还发现了炭化高粱、带有饕餮纹的鼎、瓿等青铜器文物。馆：建造馆舍。②渭：渭水。或为“泾”字之误。豳地距离渭水约有八九十公里，且公刘时期商朝尚强盛，考古发现，商王朝在今关中渭水地区有军事力量存在，此时先周之民不大可能渡过渭水活动。泾水至彬县东南地带，称断泾，因其水自此穿行于北山石灰岩山体中，不易通行。在断泾之地的泾水南岸，考古发现有先周遗址，其时间与碾子坡遗址同为迁岐之前。诗言涉河而“取厉取锻”，即采石料，或许就是指涉渡断泾一带的泾水到北岸山地选取石料。乱：即横渡河流。③厉：陈奂《传疏》：“厉与砺同，锻乃碫之假借字。《传》训锻为石，则厉亦石也。”锻：石。《郑笺》：

“锻石所以为锻质也……取锻厉斧斤之石，可以利器，用伐取材木给筑事也。”锻厉，含铁的矿石。④止基：于省吾《新证》：即兹基、此基。⑤有：众多。⑥皇涧：涧名。⑦溯：逆流而上。过涧：涧名。一上皇、过二涧，可能是断泾一带的山涧。⑧止旅：即兹众。止：兹。旅：众。密：密集。指周人人口蕃育。⑨芮、鞫：《郑笺》：“水之内曰芮，水之外曰鞫。”即，就。以上二句是说，祖先沿着泾水的拐角夹水而居，人口越来越稠密。

解析

史言殷人“不常厥邑”，周人在王朝建立前也同样多迁移。公刘迁豳，太王古公亶父迁岐，文王迁丰，武王迁镐，如《逸周书》文王都程之说可信的话，建国前周人也五迁其邑。五迁中时间、地域间隔较大的是公刘迁豳及太王迁岐两次。后稷封于邰，至子孙不窋遭夏之乱自窜戎狄。据后人考据，从后稷到不窋，其间有十余世代周人失记（参戴震《周之先世不窋以上阙代系考》），据《史记·周本纪》公刘为不窋之孙，“虽在戎狄之间，复修后稷之业”，“周道之兴自此始”。公刘之后十代为古公，迫于戎狄而迁国于岐阳。周人自此才彻底摆脱“戎狄之俗”，进入较高级的文明时代，因此从周之始祖后稷到古公亶父，周人近二十代人的经历，只是由农归农的曲折历史。而使周人终于未沦落为戎狄的人，正是公刘和古公。因而诗人要记述他们，歌颂他们。此诗与《大明》、《绵》、《皇矣》及《生民》诸篇一样，都是对宗庙壁图上祖先活动的赞述之辞。“于胥斯原”的“斯”字为近指，表明祭祖者就在当年祖先创业的土地上“于时处处……于时言言、语语”诸句，画面感极强，活脱脱地赞述着壁图上的情景。自不窋“自窜戎狄”之后，至公刘迁豳，周人又开始了农耕时代即所谓“复修后稷之业”，因此豳地应有包括后稷、公刘在内的先公先王庙。祭后稷自然要同祭公刘,因此,此诗很可能与《生民》为同期作品。选择了豳地,就是重续农耕生活,就是回归文明生活。所以诗篇在写对豳地的发现时,将不少笔墨用于表现公刘的建立国家体制,并深为民众爱戴的各种事情上,显示了诗篇在命意上的斟酌;每章都以赞叹句“笃公刘”开篇,在《大雅》诸赞述祖先的篇章中,也自居一格。

灵　台

经始灵台①,经之营之②。庶民攻③之,不日成之。经始勿亟④,庶民子⑤来。

【章旨】诗之首章。言始建灵台,百姓来者踊跃。暗含政通人和的赞美。

【注释】①经始:经、始同义,即奠基。灵台:即下文“辟雍”中的建筑。辟雍中有高台,高台上建堂室,以茅盖顶,上圆下方,台阶三级,称灵台,又称明堂。②经、营:筹划、操办。③攻:作。④亟(jí):急。⑤子:俞樾《群经平议》读为滋,增益的意思。

王在灵囿①,麀鹿攸伏②。麀鹿濯濯③,白鸟翯翯④。王在灵沼⑤,於牣鱼跃⑥。

【章旨】诗之二章。写王来观看新建的囿、沼,这里生灵各得其性。景象十分宜人。

【注释】①灵囿:辟雍的一个组成部分。即环绕辟雍面积广阔的园林。《毛传》:“所以域养禽兽也。”②麀(yōu):母鹿。攸:所。伏:歇息。③濯濯:毛色鲜亮貌。④白鸟:白鹤。翯(hè)翯:羽毛洁白貌。⑤灵沼:辟雍四周之环水。以称辟池。辟池,即辟雍主体建筑灵台周围的水域。⑥於:感叹词。牣(rèn):满。

虡业维枞[①]，贲鼓维镛[②]。於论[③]鼓钟，於乐辟雍[④]。

【章旨】诗之三章。按次序协调地奏响着钟鼓，表明辟雍为礼乐之地，而礼乐与天地、生灵相偕。

【注释】①虡（jù）：悬挂钟鼓乐器的木架两旁之柱，底端为兽足形状，并刻猛兽图案。业：悬挂乐器的大版，嵌在木架的横木上。枞（cōng）：又叫崇牙，即业版悬挂处牙状的突出部分。②贲（fén）鼓：大鼓。镛（yōng）：大钟。③论（lún）：伦次，指钟鼓编排、敲打有次序。④辟（bì）雍：又作璧雍。《毛传》："水旋丘如璧曰辟雍，以节观者。""节"是阻挡。这样的说法可能是据东汉辟雍建制而言。西周在镐京之西所建辟雍，是利用自然环境而为。丰水从终南山发源之后向北流，在流经今西安市西面时形成一大片沼泽湿地，辟雍即依此而建。其主体建筑灵台，就在建湿地中的高地上，经现代学者踏查，学者认为当地一个名为常家村的地方，就是当年辟雍主体建筑所在。这里还是后来汉代预章宫所在，并在这里发现了牛郎石像。依自然环境修建的辟雍，四周水草环绕，形成广大的园林，有各种禽兽栖息，中间高地是主体建筑灵台等。一直到春秋秦人袭居此地后，灵台还见于记载。

於论鼓钟，於乐辟雍。鼍鼓逢逢[①]，矇瞍奏公[②]。

【章旨】诗之四章。点明鼓乐演奏者。

【注释】①鼍（tuó）鼓：用鳄鱼皮蒙制的鼓。鼍即鳄鱼，考古发现，龙山文化时古人就用鳄鱼皮蒙制木鼓。逢逢：鼓声。②矇（méng）瞍：有眸子而盲称矇，无眸子而盲为瞍。奏：进献。公：奏乐之事，古代用盲人为乐师。

解析

《毛序》："《灵台》，民始附也。文王受命，而民乐其有灵德，以及鸟兽昆虫焉。”据王先谦《集疏》“三家无异义”。朱熹《诗序辨说》驳《序》“始附”之说：“民之归周也久矣，非至此而始附也。”实际也不反对诗篇为文王时作品。但是，诗篇不但非文王时期，连早期作品也不是，而是中期作品。不过，诗篇虽非先周或周初时作，其歌颂的灵台、辟雍，却与大祭文王有关。灵台新成，王来视察，诗篇应为此而作，亦即庆贺灵台落成的乐歌。关于诗篇的时代，诗中所言之“王”不加任何谥号，这样的称谓，绝对不能指周文王，而是指诗篇创作时的在世在位之王。诗篇明言灵台辟雍之建是“经始”，就是开始，“王”既不能指周文王，那么究竟是哪一代周王呢？回答这个问题，单凭此篇内容，难以解决。好在《大雅·文王有声》透露了更多的消息。本书据该篇及金文资料考订，始建辟雍之王，就是西周中期的周穆王。灵台是辟雍的中心建筑，此诗所唱与《文王有声》实为同一对象即辟雍（详细的说明，参《文王有声》篇解析），本篇是写灵台建成之后，乐工在这里演习钟鼓，其实是为大祭文王做准备。辟雍的作用是多方面的：以其为“国子”们学习音乐、射御的场所言，是教育机构；以其为贵族们举行燕射、飨礼的场所言，是公益设施；以其为召集国老“定兵谋”的场所言，是议事机关；以其为接待朝拜诸侯、接受战争献俘场所言，又是大政典礼的场地。辟雍属于整个贵族阶层，是保存文化、接续传统、显示国体的重大建筑。它的建造，是西周中期礼制变革的一部分，就与《诗经》篇章创作而言，更是关系极大。

文王有声

文王有声[①]，遹[②]骏有声。遹求厥宁，遹观厥成[③]。文王烝哉[4]！

【章旨】诗之首章。赞美文王光辉。不避重复，加重语气。“观成”已含下文建辟雍之事，也与下文“四方攸同”有内在关联。

【注释】①有声：有好名声，亦即美德名声。②遹：同聿，发语词。③“遹求厥宁，遹观厥成”两句：求宁即求文王神灵的安宁。“观成”之观，当读如《国语·周语》“先王耀德不观兵”之观，显耀的意思。“厥成”即显耀文王事业的伟大成就。④烝哉：犹言美哉。

文王受命，有此武功。既伐于崇，作邑于丰[1]。文王烝哉！

【章旨】诗之二章。言文王受上天之命才有此大功。追述丰邑来历。

【注释】①丰：地名。文王伐崇之后，从岐阳之地迁都于丰。丰也就是金文常见的“莽京”，其地在今西安以西沣河西岸不远的地方，上个世纪七八十年代在这里有包括大型基址在内的诸多考古发现。

筑城伊淢[1]，作丰伊匹[2]。匪棘其欲[3]，遹追来孝[4]。王后[5]烝哉！

【章旨】诗之三章。言在淢地筑城，与丰之旧城相配。“追孝”乃是今王筑淢配丰的目的。

【注释】①淢：城沟。近世出土穆王以后吉器铭文中屡见“淢”字。从字形看，有环水绕地之意，明显与辟雍之“雍”意思相同。语言也相近可通。②匹：匹配。即新造淢城，以与丰都旧城相匹配。③棘：急迫。欲：嗜欲、喜好。④追孝：祭奠。追孝为固定用语，金文中昭穆以后常见。来：语词。⑤王后：指建造淢城的周王。

王公伊濯[1]，维丰之垣[2]。四方攸同，王后维翰[3]。王后烝哉！

【章旨】诗之四章。写丰城工程浩大。

【注释】①公：工程。公通工。濯：大。②垣：城墙。③翰：国家的根干。

丰水东注[1]，维禹之绩[2]。四方攸同，皇王维辟[3]。皇王烝哉[4]！

【章旨】诗之五章。表筑淢的位置及意义。

【注释】①丰水东注：丰水东流。②绩：业绩。诗人赞美周王引丰水，有大禹治水般的功德。③辟：君。④皇王：犹言今王。

镐京辟雍[1]！自西自东，自南自北，无思[2]不服。皇王烝哉！

【章旨】诗之六章。应篇首“求宁”、“观成”之义。

【注释】①镐京：在丰水东，离丰邑二十多华里，始建于武王时期，是西周时王朝最重要的都城，与雒邑成周相对，称宗周。辟雍：见《灵台》注。此句意思是说镐京也由此而有了辟雍。由此句可知前文之“淢”正是辟雍。②思：语词。

考卜[1]维王，宅是镐京。维龟正[2]之，武王成之。武王烝哉！

【章旨】诗之七章。追述武王都镐，言武王都镐乃顺应天意。

【注释】①考卜：占卜。②正：讯问。于省吾《新证》：“正者贞之借字……契文叙占卜之事，都先言某日卜，后吉某人贞，卜谓视其兆，贞谓问其事。”

丰水有芑[①]，武王岂不仕[②]？诒厥孙谋[③]，以燕翼子[④]。武王烝哉！

【章旨】诗之八章。明武王功在子孙，篇章由丰都写到作淢，再到镐京，迤逦而下，结穴在今王的创制。

【注释】①芑（qǐ）：芹菜，水生。②仕：有事于此，丰水畔植物丰茂，意味土地肥沃，所以武王都于此。③诒：诒通遗，所以《笺》训传。孙谋：于省吾《新证》谓孙当读训，训教的意思。孙谋即训教和谋划。④燕：于省吾《新证》：乐、乐于。翼子：于省吾《新证》谓翼子连读，子为慈之假借。翼慈，覆翼慈惠。

解析

《毛序》："《文王有声》，继伐也。武王能广文王之声，卒其伐功也。"朱熹《诗集传》："此诗言文王迁丰，武王迁镐之事。"两说有异而实无不同，皆不可从。诗始言"遹观厥成"，何谓"观成"？《周颂·有瞽》"我客戾止，永观厥成"，即包括异姓在内的各国诸侯，来西周的都城参加祭祀并且观礼（参《周颂·有瞽》及有关各诗的注解）。这与《下武》"四方来贺"相符，可见两首诗篇之间的关联。观礼的地点就是丰城"伊匹"的淢城，或者说就是"镐京辟雍"的辟雍。要显耀的是文王、武王所创立王朝的伟大功业，所以诗既言文王，又言武王；辟雍之外，既言丰城又言镐京。辟雍将文、武之都连接为一个整体，也将文、武两代的大业大功连为一体。辟雍是由水环绕的，所以诗篇又屡言丰水。诗中除称道文王、武王之外，又有对王后、皇王的颂赞。本诗第六章也清楚地表达：建造辟雍，与"自西自东，自南自北，无思不服"有关，它是宣扬王朝为天下所服的标志性建筑。说到底，周穆王建造辟雍实际是以此来显示自己的成功。这恰是“匪棘其欲”的那个“欲”，是藏掖在“求宁”、“观成”的堂皇理由之下的那点私货。总之，《文王有声》是一篇赞颂辟雍建造的乐歌，更是一首为穆王歌功颂德的篇章。在《诗经》中，艺术上它也不算最突出的，却因涉及一个关乎西周礼乐的重要建筑，而具有特别的文献价值。

民　劳

民亦劳止①，汔②可小康。惠此中国③，以绥④四方。无纵诡随⑤，以谨无良⑥。式遏寇虐⑦，憯不畏明⑧。柔远能迩⑨，以定我王。

【章旨】诗之首章。言遏制朝廷内外的欺诈寇盗暴行，使小民得到苏息。语气凝重。

【注释】①止：语气词。②汔（qì）：于省吾《新证》：即乞求之乞，“言民亦罢（疲）劳矣，求可小安也”。③惠：爱。中国：《毛传》：“京师也。”即周王朝京城及周边地区。④绥：安定。⑤诡随：谲诈欺谩，此处指代人。⑥谨：谨防、警惕。无良：坏人坏事。⑦式：语词。遏：遏止。寇虐：侵盗之人。⑧憯（cǎn）：曾。明：陈奂《传疏》：“犹法也。不畏明法，即是寇虐。”据此，两句是说因为不畏法度，所以出现寇盗行为，应当予以制止。⑨柔远能迩：安抚远近。柔即怀柔、安定。能读如宁，与柔同义。

民亦劳止，汔可小休。惠此中国，以为民逑①。无纵诡随，以谨惛怓②。式遏寇虐，无俾民忧。无弃尔劳，以为王休③。

【章旨】诗之二章。言不要怕劳累而放弃努力，遏制混乱，使小民减少忧苦。

【注释】①逑：法。②惛（hūn）怓（náo）：扰乱社会秩序的行为。③休：美。

民亦劳止，汔可小息。惠此京师，以绥四国。无纵诡随，以谨罔极[①]。式遏寇虐，无俾作慝[②]。敬慎[③]威仪，以近有德。

【章旨】诗之三章。言遏制混乱，执政者应慎行、敬德。

【注释】①罔极：没有极限、原则。②慝（tè）：奸邪。③敬慎：谨慎。

民亦劳止，汔可小愒[①]。惠此中国，俾民忧泄[②]。无纵诡随，以谨醜厉[③]。式遏寇虐，无俾正败[④]。戎虽小子[⑤]，而式弘大[⑥]。

【章旨】诗之四章。以大人在身勉励新参政者。谆谆切切。

【注释】①愒（qì）：息。②泄：消除。③醜厉：丑恶暴行。④正败：政治败坏。正同政。⑤戎：汝，即第二人称你。戎、汝一声之转。小子：古代世卿、贵族近亲子弟入仕，应从下级僚属做起，称小子。《毛公鼎》记官职，小子位列“三有司”之后，师氏、虎臣之前。⑥而：尔，你。式：用，责任。

民亦劳止，汔可小安。惠此中国，国无有残[①]。无纵诡随，以谨缱绻[②]。式遏寇虐，无俾正反[③]。王欲玉女[④]，是用大谏[⑤]。

【章旨】诗之五章。此章点明诗篇作意，一片爱护之情。

【注释】①残：残暴，破坏社会安定的行为。②缱（qiǎn）绻（quǎn）：纠缠不开。连绵词。③反：颠倒。④玉女：造就你。女即汝。⑤大谏：即郑重的谏言。谏，劝进之言。

解析

《毛序》:“召穆公刺厉王也。”朱熹《诗集传》又说:“以今考之,乃同列相戒之辞耳,未必专为刺王而发。”《序》说的确有不通处,诗中反复有“以定我王”、“以为王休”及“王欲玉女”,无论如何,直接定为“刺厉王”都是难以说通的。但“戒同列”之说就十分稳妥么?诗称“戎虽小子”,且不说口气是否恰当,“同列”怎么可能都是“小子”?“小子”系指朝廷中年轻的下级僚吏且确有所指,当是无疑问的。他们的级别虽低,但出身贵,前景不错,对他们予以规诫,就是事关王朝前途的大事。诗篇实际是老臣对朝廷新贵后辈的训告之辞。其作意犹如周初的《尚书·无逸》,其内涵又与时间相近的宣王时《毛公鼎》铭文神韵上酷肖。该铭文言“勿壅累庶民,征斂勿得中饱以鱼肉鳏寡,僚属应严加管束,勿使沈酗于酒。凡此所言禁制均针对厉王往事而言……时王谆谆以此为戒,均痛定思痛之意”(郭沫若《两周金文辞大系考释》)。同时期的铭文如此,《民劳》又何尝不如此?其“无纵诡随,以谨无良”之语,其“式遏寇虐,无俾民忧”之句,又何尝不是有所针对的痛定思痛之言?旧说此诗为召穆公所作,果真如此的话,当是他以老臣身份对后辈臣僚的规谏之诗。就是说,诗篇的年代应在宣王初期。她是《诗经》雅颂篇章“转型”之作,标志着附丽在各种典礼创制上的歌唱即将成为过去,补救政治衰败的歌唱时期到来。

荡

荡荡[①]上帝,下民之辟[②]。疾威[③]上帝,其命多辟[④]。天生烝民，其命匪谌[5]。靡[6]不有初，鲜克有终[7]。

【章旨】诗之首章。言天命靡常。如全篇序言。“靡不”两句，金石之言。

【注释】①荡荡：广大浩荡。②辟：君主。③疾威：震怒。④命：降命。辟：变易。⑤匪谌（chén）：不可视为一成不变。谌，耽溺地相信，若耽溺相信，天命就一成不变了。⑥靡：无。⑦鲜：少。克：能。

文王曰咨[1]，咨女殷商！曾是强御[2]，曾是掊克[3]，曾是在位[4]，曾是在服[5]。天降滔德[6]，女兴是力[7]。

【章旨】诗之二章。言上天有意使人为恶，而殷人不明天意，恣意压榨侵凌小民。自本章起，诗托言文王。

【注释】①咨：嗟叹之词。②强御：强横。此处用其贬义。③掊（póu）克：聚敛搜刮。克即剋。④在位：在王位。⑤在服：行王政。⑥滔德：即傲慢之性。滔即慆，傲慢。⑦女兴是力：《郑笺》：“女群臣又相与而力为之，言竞于恶。”女即汝。

文王曰咨，咨女殷商！而秉义类[1]，强御多怼[2]。流言以对[3]，寇攘式内[4]。侯作侯祝[5]，靡届靡究[6]。

【章旨】诗之三章。当政者强横，治内便流言、抢掠横行，政府无以制止。

【注释】①而：尔。义类：邪恶不正。据俞樾《群经平议》，义通俄，邪；类通戾，曲。“义类”犹言邪曲。②怼（duì）：怨怒。③流言：讹言、谣言。对：遂。使流言得以流传。④寇攘：寇盗之人。攘，偷窃。式：而。内：通“纳”。⑤作：诈字的误写。侯：维。祝：诅咒。⑥届、究：终结。“侯作侯祝，靡届靡究”两句的意思是互相欺诈诅咒，没有终结。

文王曰咨，咨女殷商！女炰烋[1]于中国，敛怨以为德[2]。

不明尔德，时无背无侧[③]。尔德不明，以无陪无卿[④]。

【章旨】诗之四章。写当政者一味逞凶，以招恨为能事，众叛亲离。“炰烋”与前章“多怼”相应。

【注释】①炰烋：咆哮。音义皆同。②敛：聚集。德：把敛怨当做德行。③时：是、因而。无背无侧：不分好歹。④陪：陪臣、辅臣。卿：辅佐。卿的本义是相对而食，引申为辅佐、相助。

文王曰咨，咨女殷商！天不湎[①]尔以酒，不义从式。既愆尔止[②]，靡明靡晦。式[③]号式呼，俾昼作夜[④]。

【章旨】诗之五章。指责殷人放纵酗酒，昏天黑地。

【注释】①湎（miǎn）：沉溺。式：邪恶。林义光《诗经通解》：“读为忒。”②愆：过错。止：举止、行为。③式：既，又。结构助词。④俾昼作夜：把白天当成了黑夜。意谓饮酒无度，日夜不分。

文王曰咨，咨女殷商！如蜩如螗[①]，如沸[②]如羹。小大近丧[③]，人尚乎由行[④]。内奰[⑤]于中国，覃及鬼方[⑥]。

【章旨】诗之六章。言殷人失道，远近共怒。

【注释】①蜩、螗（táng）：都是蝉。诗以蝉鸣喻民声激烈。②如沸如羹：以沸羹喻民情激愤。③小大：指各阶层的人。近丧：迫近丧亡。④尚：神情恍惚。林义光《诗经通解》：“读为侻。……侻乃怊怅自失之意。”由行：在途。由，在。行，大道。⑤奰（bì）：怒。⑥覃及：蔓延到。鬼方：荒远之地的民族。

文王曰咨，咨女殷商！匪上帝不时[①]，殷不用旧[②]。虽无老成人[③]，尚有典刑[④]。曾是莫听，大命以倾[⑤]。

【章旨】诗之七章。殷人政治的败坏，由于废弃旧典。

【注释】①匪上帝不时：非上帝不善。时，善。②旧：前朝老臣。③老成人：年高有德经验丰富的人。④典刑：典章制度。刑即型。⑤以倾：因而倾覆。

文王曰咨，咨女殷商！人亦有言，颠沛之揭[①]，枝叶未有害，本实先拨[②]。殷鉴[③]不远，在夏后[④]之世。

【章旨】诗之八章。卒章点明殷鉴不远，表明一篇的主旨。

【注释】①颠沛：跌倒、僵仆。揭：根部翘起貌。②本：树木的根干。拨：败。③殷鉴：殷人可以自照的镜子。鉴，一种形似铜鼎的圆形容器，可以盛水，古人以此照面。朱熹《诗集传》："殷鉴在夏，盖为文王叹纣之辞。然周鉴之在殷，亦可知矣。"④夏后：夏王朝。《尚书·召诰》："我不可不监于有夏，亦不可不监于有殷。"当为两句所本。

解析

《毛序》："召穆公伤周室大坏也。厉王无道，天下荡荡，无纲纪文章，故作是诗也。"今文三家无异义。诗是否为召公作，篇章本身没有明证。明代邹肇敏《诗传阐》："通篇托文王叹商，危言不讳，而卒不能启王之聪。故异时彘之乱，国人围王宫，召公曰：'昔吾骤谏王，王不从，以及此难。'骤谏者，非独《春秋外传》（即《国语》）所载谏监谤数语，盖《荡》之诗尤最危焉。"其说虽巧，然终是推测之辞。《毛序》说古师相传，姑且存之。然而诗所影射出的史实，倒颇与厉王朝政相合。诗指斥"掊克"，即"专利"；所指斥"强御"，即其用卫巫监视民众以致道路以目。两者俱载史籍，彰彰可印。至于诗人所刺内　、外覃之事，征诸《诗经·小雅》，有《大东》篇东方诸侯大夫"小东大东，杼柚其空"

的控诉；征诸《史记·楚世家》，有“及周厉王之时，暴虐，熊渠畏其伐楚，亦去其王”的淫威；征诸金文，有《禹鼎》所载征伐噩侯驭方时厉王所下达“勿遗寿幼”的残暴命令。诗篇指责周王“滔德”、傲慢成性，此诗采取了“谲谏”的方式，即托言文王叹商来抨击厉王时政，诗篇的矛头所指，一望可知。谥法：杀戮无辜曰厉。强御的周厉王不是个易于干犯的人，敢以“殷鉴不远”讽刺他，是要些胆量的。于此，可知西周后期王权与贵族之间的斗争是多么激烈，厉王暴虐，敢于拂他的逆鳞，诗人背后贵族势力也一定不小。这正是诗篇反映历史的价值所在。

崧　高

崧高维岳[①]，骏[②]极于天。维岳降神，生甫及申[③]。维申及甫，维周之翰[④]。四国于蕃[⑤]。四方于宣[⑥]。

【章旨】诗之首章。以岳神降生特表申伯出身不凡。起笔雄壮。

【注释】①崧（sōng）：亦作嵩，崧高即嵩高，亦即崇高的意思。岳：四岳。《尚书·尧典》谓指岱宗、南岳、西岳、北岳。②骏：伟岸。③甫、申：姜姓诸侯国。据说尧时姜姓掌四岳之神的祭祀，称为“四岳”。《国语·周语》说：“齐、许、申、吕，由大姜。”大姜为武王之妻，可知申国始封在周初。诗篇中的申，是宣王时期从周初所建申国分出一支来迁往谢地建立的新邦，所以有器物铭文称之为“南申”，以与旧有之申相区别；同是为了区别，旧有之申也被称为“西申”。④翰：桢干、屏障。⑤于：是，结构助词。蕃：同藩，樊篱、屏障。⑥宣：城墙。

亹亹申伯[①]，王缵[②]之事。于邑于谢[③]，南国是式[④]。王命召伯[5]，定申伯之宅。登[6]是南邦，世执其功[7]。

【章旨】诗之二章。述申伯使命的重大，命重臣召伯先行营造申伯之宅，特见王对申伯的倚重与优宠。

【注释】①亹（wěi）亹：勤勉不懈。参《文王》注释。申伯：周宣王的舅父，姜姓，申伯本为申国诸侯，此次是受命迁邦于谢，镇守王朝南大门。用封建诸侯的方式守卫边疆是西周的法宝，见于金文，穆王、宣王都曾使用此法。②缵：古通践，任用。③于：马瑞辰《通释》："上于字当读为作为之为。为邑于谢，犹云作邑于谢。"谢：地名。其地在今南阳盆地河南唐河县境内。当时为南北交通之要冲，而周人势力相对薄弱。南方申国，春秋之时灭于楚。④式：法式。⑤召伯：召穆公虎，为周厉王、宣王时期重臣。⑥登：成。⑦执功：执掌政事。

王命申伯，式是南邦[1]。因是谢人[2]，以作尔庸[3]。王命召伯，彻[4]申伯土田。王命傅御[5]，迁其私人[6]。

【章旨】诗之三章。分别记述周王对申伯、召公及傅御之臣的命令，显示着王对申伯就封的关切。

【注释】①式：法则，在此有统治的意思。②因：依靠。谢人：谢地原有的居民。周代分邦建国，最基层的民众就是这些原有居民，称为"野人"。③庸：城。庸即墉之假借字。"以作尔墉"是比喻性的说法。一说，庸即佣，仆从，朱熹《诗集传》："言因谢邑之人而为国也。"即用此意。④彻：治。据马瑞辰《通释》，治即划分土田。即划分出居住在国都城邑中民众农事耕桑所需要的一片土地，实即国之郊区土野。⑤傅御：陈奂《传疏》："《臣工》'嗟嗟臣工'、'嗟嗟保介'，《传》：'工，官也。'凡大国三卿，命于天子，皆有职司于王室，故天子得以敕之、命之。'傅御'，犹'保介'也。"傅御即周王手下官员。⑥私人：家臣。指申伯的家族徒属。

申伯之功，召伯是营。有俶[①]其城，寝庙既成。既成藐藐[②]，王锡申伯。四牡蹻蹻[③]，钩膺濯濯[④]。

【章旨】诗之四章。言谢邑竣工，申伯就封之际周王予以赏赐。

【注释】①俶(chù)：形容城墙壮观。②藐藐：形容寝庙美好。③蹻(jué)蹻：马匹高大健壮貌。④钩膺：马胸前的束带。濯濯：明亮。

王遣申伯，路车乘马[①]。"我图[②]尔居，莫如南土。锡尔介圭[③]，以作尔宝。往近[④]王舅，南土是保[⑤]。"

【章旨】诗之五章。紧承上章，继述王对申伯的赏赐及诰命。记言而至于王之语气、神态。观此，申伯似有不愿居谢之情。

【注释】①路车：诸侯所乘之车，又作辂车。乘（shèng）马：四马为一乘。②图：图谋、考虑。③介圭：大圭。周制，天子赐命诸侯颁赐介圭作为信物。④近（jì）：语词，无实义。原作"近"，形近而误。⑤保：守，安。

申伯信迈[①]，王饯于郿[②]。申伯还南，谢于诚归[③]。王命召伯："彻申伯土疆。以峙其粻[④]，式遄其行[⑤]。"

【章旨】诗之六章。写周王在郿为申伯饯行。诗为送行赠别而作。至此回归本题。

【注释】①信：果真、真的。迈：行。②饯：送行饮酒。郿（méi）：地名。其地在岐山之南，渭水以北。若以发布政令的镐京而言，申伯南封，应该直接往东南走，而郿却在西北。或许郿为申伯就封谢地之前的旧地，申伯就新封之地本从此前往，王在此为之饯行。又据朱东润《诗大小雅说臆》，封建诸侯要在岐周行告庙之礼，然后诸侯就国，故周王在距岐周不远的郿地为申伯饯行。③谢于诚归：《郑笺》："诚归于谢。"诚，在此有坚定不移之意。④峙：通庤，储蓄。粻（zhāng）：粮食。⑤式：以。遄（chuán）：速。

申伯番番[①]，既入于谢。徒御啴啴[②]。周[③]邦咸喜：“戎[④]有良翰！”不显[⑤]申伯，王之元舅[⑥]，文武是宪[⑦]。

【章旨】诗之七章。设想申伯入谢地的迅速，赞美申伯的才干，实含勉励之意。

【注释】①番（bō）番：勇武貌。②徒御：保护车架的武士。《毛传》：“诸侯有大功，则赐虎贲徒御。”啴（tān）啴：因急行而喘息貌。③周：遍，所有的。④戎：你。⑤不显：即丕显。⑥元舅：大舅。⑦宪：法度。言申伯有文武法度。

申伯之德，柔惠且直。揉[①]此万邦，闻于四国[②]。吉甫作诵[③]，其诗孔硕[④]。其风肆好[⑤]，以赠申伯。

【章旨】诗之八章。特表申伯盛德。此章为“乱词”，点明诗歌之意。

【注释】①揉：安抚。②四国：四方。③吉甫：周宣王大臣。作诵：陈奂《传疏》：“犹言作歌也。”古时候人作诗，由乐工演奏歌唱，称为诵。④硕：大。指歌词所表达的意蕴深远宏大。⑤风：韵律格调。肆：马瑞辰《通释》：“肆好犹言极好，犹言孔硕，古人有复语耳。”

解析

《毛序》：“《崧高》，尹吉甫美宣王也。天下复平，能建国亲诸侯，褒赏申伯焉。”王先谦《集疏》：“此诗及下章（指《烝民》）皆有诗人自名。三家无异义。”但从诗歌看，诗人本意诗中已有明确的交待是“以赠申伯”。朱熹《诗集传》：“宣王之舅申伯出封于谢，而尹吉甫作诗以送之。”简洁准确。申伯姜姓，世代与周为婚姻、盟友关系。申姜又称“西戎”（见《国语·郑语》），其世居之地当在宗周以西地区。《国语·郑语》载宣王三十九年“王师败绩于姜氏之戎”，《古本竹书纪年》记同年宣王有“伐申戎”之事，可见申姜与周人之间既有战争关系，又有姻亲关系。宣王朝是一个“四夷交侵”的时代，申伯受封的谢地是周王朝防御楚国北犯的门户。封申伯于南疆既可以抵御楚人，又可以分化西申势力，消除西戎对宗周的潜在威胁，实有一箭双雕之功。宣王中兴主要表现于团结内部力量，抗击外来侵犯。从《崧高》也可以明显看出宣王朝的御外有方。诗中“申伯信迈”及“谢于诚归”，《郑笺》：“申伯之意，不欲离王室。王告语之复重，于是意解而信行。”看来申伯本不愿意离开自己的旧地，但最终服从王命。于此又可见宣王朝对诸侯方国尚有权威。此诗可与《王风·扬之水》、《小雅·黍苗》合观。《崧高》及《黍苗》作于西周之世，一为朝廷大臣为王侯饯行大礼所做的歌乐，一为将士颂赞朝臣营造谢邑功德的颂歌。而《扬之水》则成为东周戍卒的哀怨之诗。三者因作者及歌唱主题、格调的不同而分属《大雅》、《小雅》、《国风》，于此又可以约略窥见编《诗》者分别风、雅及雅分大小的标准。另外，诗最后一章是所谓“乱词”。《国语 · 鲁语》载闵马父谈到《商颂》时有“以《那》为首，其辑之乱……”云云，所说“乱”诗，正是《那》结尾几句，可知《诗经》时代即有“乱”。本诗末章点明诗为吉甫作，又赞美其风之好，显然是乐工演唱时加上去的，堪称中国最早的文学批评。同时，在这一“乱辞”中，又可见诗歌在西周的新变：诗篇的创制开始归功于个人，诗人正式出场。在西周中期的一些诗篇如《大雅》的《绵》与《皇矣》，《文王》和《大明》，《棫朴》和《旱麓》，《文王有声》和《下武》等等，读者可以明显感受到篇与篇之间的相似，在相似中可感受到明显的个性，但诗人最终是隐蔽的。到宣王的诗篇中，诗人终于浮现，应该是诗篇创作从庄重典礼走向日常的结果。因为在这走向日常背后，是社会对诗篇歌唱的喜爱，如此，用诗篇写得好赞美一个人的想法，才会出现。诗作为我国古典文学中的大宗，从这里可以找到最早的苗头。

烝　民

天生烝[①]民，有物有则[②]。民之秉彝[③]，好是懿[④]德。天监有周，昭假[⑤]于下。保兹[⑥]天子，生仲山甫[⑦]。

【章旨】诗之首章。言上天为保佑天子，生下仲山甫。后儒家言天命之谓性，可追朔至此。

【注释】①烝：众。②物：马瑞辰《通释》："凡以类相从者皆谓之物。"则：法则。③秉彝：保持常性。④懿：美。⑤昭假（gé）：神之灵光降临。昭指神的灵光。假通格，至、来到。⑥兹：此。⑦仲山甫：周宣王的大臣，又称樊穆仲、樊仲。《国语·周语上》记载他曾经数次谏正宣王。

仲山甫之德，柔嘉维则[①]。令[②]仪令色。小心翼翼。古训是式[③]。威仪是力[④]。天子是若[⑤]，明命使赋[⑥]。

【章旨】诗之二章。进一步言仲山甫的德行，并言及其作为王朝重臣的功绩。古训、威仪两句，言其修身。

【注释】①柔嘉：柔和善美。则：符合法则。②令：善。③古训：先人的遗教。古：故。式：效法。④力：勤。⑤若：顺。⑥明命：马瑞辰《通释》："《尔雅·释诂》：'明，成也。'明命犹言成命，谓成其教命使布之也。"赋：颁布，落实。

王命仲山甫：式是百辟[①]，缵戎祖考[②]，王躬是保[③]。出纳[④]王命，王之喉舌。赋政于外[⑤]，四方爰发[⑥]。

【章旨】诗之三章。专写仲山甫的王命重任：内保王躬，外布大政。

【注释】①式：法式。在此为动词，统率。百辟：指王畿之内各诸侯国的国君。②缵：继承。戎：你。③躬：身体。在此指王的生活起居。保：监护、教养。④出纳：发出和收进。出，宣布王的命令。纳，接受各方诸侯国家的呈报。马瑞辰《通释》据《周礼》及秦、汉典章制度，断定仲山甫兼任王朝内臣。⑤外：指王畿以外的方国。⑥发：马瑞辰《通释》："《商颂》'遂视既发'，《笺》：'发，行也。遍省视之，教令则尽行也。'此诗发亦当训行，承上'赋政于外'言之。'四方爰发'，犹云'四方之政行焉'。"

肃肃[1]王命，仲山甫将[2]之。邦国若否[3]，仲山甫明之。既明且哲[4]，以保其身[5]。夙夜匪解[6]，以事一人[7]。

【章旨】诗之四章。进言仲山甫奉职尽心。

【注释】①肃肃：庄严。②将：奉持、执行。③若否（pǐ）：《郑笺》："若，顺也。顺否犹臧否，谓善恶也。"④哲：智慧。⑤保身：朱熹《诗集传》："盖顺利以守身，非趋利避害而偷以全躯之谓也。"此句承上句明哲而言。⑥夙夜：早晚。解：读如懈，懈怠。⑦一人：指周天子。周王自称"予一人"。

人亦有言，柔则茹之[1]，刚[2]则吐之。维仲山甫，柔亦不茹，刚亦不吐。不侮矜寡，不畏强御[3]。

【章旨】诗之五章。特就精神气质写仲山甫之不凡：既是人臣之极，又是人伦风范。

【注释】①柔：柔脆。茹：吞吃。②刚：坚硬。③强御：坚强有力。

人亦有言，德輶[1]如毛，民鲜克举之。我仪[2]图之，维仲山甫举之。爱[3]莫助之。衮职有阙[4]，维仲山甫补之。

【章旨】诗之六章。极赞仲山甫德业之盛，充满钦敬之情。

【注释】①輶(yóu)：一种轻便之车，引伸为轻。②仪：揣度。③爱：敬爱。④衮(gǔn)职：指代天子。衮为绣有卷龙图案的黑色衣服。职：马瑞辰《通释》："识字之假借，识谓章识，衮识即衮章也。衮为章服之一，故言衮职。"章服即天子在正式场合所穿的服装。阙：过失。

仲山甫出祖[①]。四牡业业[②]。征夫捷捷[③]，每怀靡及[④]。四牡彭彭，八鸾锵锵。王命仲山甫，城彼东方[⑤]。

【章旨】诗之七章。述仲山甫的使命，始明作诗本事。

【注释】①出祖：祭神道。古人出发之前要祭路神以保平安，即出祖之礼。②业业：犹言奕奕，雄壮貌。③捷捷：行动迅疾貌。④每怀：私怀，个人感情。靡及：顾不上。⑤城：筑城。东方：《毛传》："齐也。古者诸侯之居逼隘，则王者迁其邑而定其居，盖去薄姑而迁于临淄也。"

四牡骙骙，八鸾喈喈[①]。仲山甫徂齐[②]，式遄其归[③]。吉甫作诵，穆[④]如清风。仲山甫永怀[⑤]，以慰其心。

【章旨】诗之八章。乱词。进一步表明仲山甫奉职王命的地点，并表明歌诗之意。

【注释】①"四牡骙骙，八鸾喈喈"两句：《毛传》："骙骙，犹彭彭也。喈喈，犹锵锵也。"②徂齐：前往齐国。③式：以，结构助词。归：回来。④穆：和。⑤永怀：深长的思念。

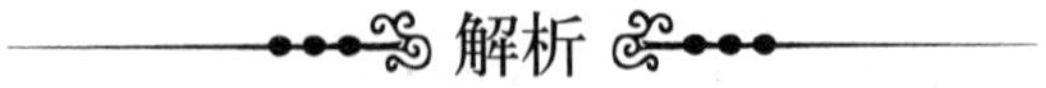

解析

《毛序》："《烝民》，尹吉甫美宣王也。任贤使能，周室中兴焉。"王先谦《集疏》："三家无异义。"朱子《诗集传》："宣王命樊侯

仲山甫筑城于齐，而尹吉甫作诗以送之。”可见汉、宋儒对作者、时代等没有太大的歧义。今本《竹书纪年》记宣王七年命仲山甫城齐，或与此诗所述为同一史实。《毛传》言“徂齐”是为齐君迁邑定居。也有学者认为是平定齐国内乱。此诗在艺术上有一重要特征，即咏在世人物，而且对所赞美者流露出鲜明的敬佩之情。大、小《雅》诗多为对事件、世道、典仪的表现与歌吟。此诗虽也有明确的仪式目的，但以浓郁的笔墨从德行、精神气质等诸方面赞美咏叹同时代的人，却是空前的。《雅》中对后稷以迄文、武的赞歌，都是唱给祖先神灵的。将爱戴、仰慕之情献给生活在同时代的人，三百篇中当以《烝民》开山。从中国文学发展史着眼，这一点是应当充分认识的。此诗前之《崧高》，末章有对“吉甫作诵”的夸赞之辞。前人不明就里，甚至认为“古人作诗自知自赏如此”（钟惺《诗经评点》）。实际上，两诗末章，并非写作时就有，而是乐工演奏时加上的，即出于演奏需要的“乱辞”。“乱”的含义，《国语》韦昭注曰：“凡作篇章，篇义既成，撮其大要为乱辞……曲终乃更变章乱节，故谓之乱也。”可知“吉甫作诵”云云，乃是乐官为演奏需要而“撮其大要”的概括之语。出祖为小礼，小礼而出大诗篇，正是宣王时代创作变化的表现。

周颂

《周颂》三十一篇。

今天所见到的对“颂”较早的界定，当推新近出土的战国文献《孔子诗论》，其第5简有：“‘有成功者如何？’曰：‘颂是也。’”可知“颂”与“成功”有关。降至《毛诗序》，更曰：“颂者，美盛德之形容，以其成功告于神明者也。”这个定义含有三要素：形容、告成、神明。“形容”表明有舞有乐，“告成”表明有歌诗，“神明”则表明诗、乐、舞用于宗庙及天地山川神祇的祭典。徵诸《周颂》诗篇本身，考之相关典籍记载，几乎没有一首不与重大的祭神活动有关。重大神事活动中有歌唱，有舞蹈，当然还会有音乐，诗、乐、舞三者合一，就是“颂”的内涵，可视为“颂”不同于“雅”的基本特征。从《烈文》、《有瞽》、《雍》及《载见》诸诗看，祭祀参与者除周王及其左右外，还有包括异姓在内的列国诸侯。宗庙敬祖可以强化同姓诸侯的亲缘意识，而这本身又是对异姓客人的政德示范。因而，政教合一才是宗庙祭祀的全部意义，才是《周颂》诸诗的本质内涵。《周颂》实为三百篇的纲领。有人曾以因声求义的训诂方法，解颂为“诵”。这是一种误解。先秦典籍中有“升歌《清庙》”、“歌《彻》”(《彻》即《雍》)的记载，“歌”与“诵”当有相当的区别。《大雅》、《小雅》有的可歌，有的为诵，而《周颂》诸诗为舞乐歌辞，是基本一致的。同时，二《雅》中虽然也有相当的篇什表现了祭祀，但神灵面前的人事活动，或者对祖先英雄业绩的叙赞，才是这些诗篇的中心内容。还需要注意的是，《周颂》诗篇，并不是每一首都是祭祀中献给神听的歌乐，可以肯定是对着神歌唱的篇章如《天作》、《思文》、《维天之命》等，数量并不多，甚至连三分之一也不到。而且，考《周颂》的诗篇，也并不是对每一位死去的周王都有献歌。实际的情况是，《周颂》所献的先王只有后稷、公刘、太王、王季以及周文王、武王和成、康等少数几个，其中周文王祭祀献歌尤其多，“文王之德”是雅颂篇章的一大主题。专门献给武王的歌唱很少，而且有些武王、成康的歌唱，还只是大祭文王时附带的祭祀献歌而已。之后，就只有周穆王献给死在汉水的周昭王的祭歌。这又涉及《周颂》的创作年代。前人大多相信大部分是周初，其最晚近者下限也不超过成、康时期。实际的情形是，《周颂》的下限当在周恭王时代，而其创作高潮，周初十余年间之外，穆王时期最为突出。《周颂》之诗，也经历了由简古到文饰的演变，显示着百余年间礼制变迁的历史。

清　庙

於穆清庙[①]，肃雍显相[②]。济济多士[③]，秉文之德[④]。对越[⑤]在天，骏[⑥]奔走在庙。不显不承[⑦]，无射[⑧]于人斯！

【章旨】诗言肃穆的清庙，庄严的氛围。《尚书大传》：“古者帝王升歌《清庙》之乐……升歌文王之功烈德泽，苟在庙中，尝见文王者，愀然如复见文王焉。”孔子曰：“‘[济济]多士，秉文之德’，吾敬之。”（《孔子诗论》第六简）

【注释】①於穆：犹言穆穆。於本为叹词，在此为穆的修饰词。穆：肃穆。清庙：贾逵《左传注》：“肃然清净，谓之清庙。”②肃雍：庄严。显相：助祭者。③济济：众多貌。多士：指参加祭祀的问王子孙。④秉：持。文德：文王之德。⑤对越：犹言对扬。大意是：恭敬庄严地遵从上天和祖先恩惠和德行做事、行动，以显扬天恩和祖先之德的光辉。金文常见，是西周固定语。⑥骏：马瑞辰《通释》："骏、疾以声近为义，庙中奔走以疾为敬。"⑦不显：丕显。承：王引之《述闻》谓读如"武王烝哉"之烝，美善。⑧射（yì）：同斁，无斁即不知疲倦的意思。

解析

《孔子诗论》第5篇："《清庙》，王德也，至矣！敬宗庙之礼，以为其本；秉文之德以为其蘖……"是说《清庙》，所以为"王德"之"至"，是因其"敬宗庙之礼，以为其本"。《毛序》："《清庙》，祀文王也。周公既成洛邑，朝诸侯，率以祀文王焉。"王先谦《集疏》引蔡邕《独断》所存《鲁诗》说："周公咏文王之德而做《清庙》，建为《颂》首。"齐、韩之说虽不得详知，要之汉代古、今各家，并无多大歧异。朱熹《诗集传》遵从《序》说。迄至元末刘瑾《诗传通释》，据《洛诰》"禋于文王、武王"，"文王骍牛一、武王骍牛一"的记载，谓此诗为兼祀文、武乐章，《序》说开始受到怀疑。而清代姚际恒、方玉润诸人则由疑而诋，斥"朝诸侯，率以祀文王"为"诬枉"之说。诗篇与祭祀文王有关是没有问题的，但具体理解此诗，须得仔细读一下它的内容。诗以赞述清庙的肃穆起，进而写庙中祭祀的人群，细读诗义实际为两群，一是"济济多士"，从"秉文之德"看，是周的同姓，即文王的子孙，"对越在天"的是他们。另一类则是"骏奔走"者，《礼记·大传》谓助祭者"执笾豆逡奔走"，"逡奔走"即"骏奔走"，很明显是助祭者。由此，可见诗篇并非是献给文王神灵的歌唱，而是称赞文王宗庙的庄严肃穆，称赞祭者与助祭者的众多和做事敏捷，应属于祭祀前“序曲”之类的歌唱。内容上，无独有偶，《大雅·文王》篇（排在《大雅》之首）也是写了两类人：一是诗第二、三章中的“思皇多士”亦即“文王子孙”；另一类人则是“祼将于京”的“殷士”，这些“肤敏”的“有商孙子”服着殷式礼服做着助祭事宜。《文王》篇虽有七章，但主要内容就是表现这两类人，不同之处在《文王》对“殷士”所做的天命论歌唱。很明显，两首诗存在着内容上的对应，是同一次大祭祖先中的不同诗篇，都是表现着在文王庙中进行的祭礼大典，而且都不是献给神灵的歌诗，只是表现着正在典礼的人们。两首诗篇的关联可能是：《清庙》属于祭祀之前的序曲，而《文王》则为献祭之后的述赞之歌，以此教育参与祭祀的人们。两首诗都与西周中期大祭文王有关。《文王》篇有诸多的证据显示为西周中期的篇章，《清庙》制作时间也由此而定。旧说此诗作于周公时期，不确，说它是“祀文王”，也有失确当。

维天之命

维天之命，於穆不已。於乎[①]！不显文王，之德之纯[②]。假以溢我[③]，我其收[④]之。骏惠[⑤]我文王，曾孙笃之[⑥]。

【章旨】诗前四句言文王纯德受自天命，后四句言文王美德保佑子孙。《毛传》：“孟仲子曰：大哉！天命之无极，而美周之礼也。”

【注释】①於乎：即呜呼，叹词。②纯：大。马瑞辰《通释》：“纯本美丝之称，假以状明德之明而不杂，故义为明、为文，又为大耳。”③假以溢我：《毛传》：“假，嘉。溢，慎。”马瑞辰《通释》：“慎我即静我也，静我即安我……‘假以溢我’正谓善以安我。”又，溢可读为锡，亦即赐。句意：大而赐我。④收：受。⑤骏惠：马瑞辰《通释》：“惠，顺也。骏当驯之假借，驯亦顺也。骏、惠二字平列，皆为顺，犹劬、劳同为劳，尽瘁、殄瘁同为劳也。”此句为倒装句，犹言文王骏惠我。⑥曾孙：周王在祖先神灵面前自称曾孙。笃：厚、广大。在此有笃守之义。

解析

此诗赞美文王之德纯美无比，上应天道，下惠子孙，是祭祀周文王典礼上赞美文王的歌诗。《毛序》：“《维天之命》，太平告文王也。”蔡邕《独断》引《鲁》说：“告太平于文王之所歌也。”王先谦《集疏》：“齐、韩当同。”是汉儒并无异义。而且，《毛序》说《周颂》各篇大多与《独断》同，是古文家袭取今文家说。至朱熹《诗集传》则谓：“此亦祭文王之诗。”看上去与汉儒无大异，实则有别。此一点方玉润《诗经原始》早有认识，认为朱子之说是，而“太平告文王之非，不足辩”。汉儒说“告太平”，隐含着的意思是诗篇作于周初，郑玄已经挑明：“明六年制礼作乐。”就是周公相成王的第六年制作此篇。实则此篇的风调与《清庙》相近，再将其与可信为西周早期诗篇相较，差别十分明显；同时一些语词如“曾孙”以及“不显文王，之德之纯”的句法，都与大小《雅》中期的篇章相似，所以不会是早期作品。这首诗应该与《清庙》一样，同为中期祭祀周文王大典上的乐歌。前代就有人这样说过，如明代季本《诗说解颐》、何楷《诗经世本古义》以及清代李光地《诗所》，皆谓此诗与《清庙》、《维清》为连用的篇章。考察周人用乐，每以“三终”为一礼仪单元。如《仪礼·乡饮酒礼》和《燕礼》“工歌《鹿鸣》、《四牡》、《皇皇者华》”就是。又如两君相见，则歌“《文王》之三”，据《国语·鲁语》，即《文王》、《大明》、《绵》三诗。所以明清几位学者有上述的看法。不过，笔者以为，此篇与《清庙》的关联在于，《清庙》是祭祀之前的序曲，而此篇，观其内容，既赞美天道“於穆”不已，又言文王美德“溢我”，明显是赞美神明的歌唱。

天　作

天作高山①，大王荒②之。彼③作矣，文王康④之。彼徂矣岐⑤，有夷之行⑥。子孙保之。

【章旨】诗盛赞太王、文王而代先王开辟岐山之功。牛运震《诗志》：“极有浑灏草昧之气。”

【注释】①作：生。高山：指岐山。②荒：垦辟。③彼：指太王。④康：安居。⑤彼徂矣岐：于省吾《新证》：“古文用以为矣……‘彼徂矣岐，有夷之行’，应读为彼徂以岐句，有夷之行句……彼徂以岐，有夷之行，为沮水之侧与岐山之下，有坦夷之道也。”⑥夷：平坦。行（háng）：大道。

解析

《毛序》：“《天作》，祀先王先公也。”据王先谦《集疏》，《鲁诗》基本与《毛序》无异，“齐韩当同”。朱熹《诗集传》谓此诗只是祭太王之诗。而明、清许多学者都认为是武王祭祀岐山之乐歌。其根据是《周易》中两见王用享于岐山的爻辞。但《周易》中“王用享于岐山”是否祀山川之礼，却大可怀疑。《礼记·礼器》：“天地之祭，宗庙之事……伦也；社稷山川之事、鬼神之祭，体也。”郑玄注：“伦之言顺也。”“天地人之别体也。”意谓天地宗庙祭祀是出于孝道，而社稷山川之祀则人、神间不存在顺承关系。《周易》言王祭于岐山，是“享”，属于《礼记》所谓之“宗庙之事”。实则《周易》所谓的“王用享于岐山”，是说王在岐山祭祖。如此，《周易》卦爻之辞反而可以作为旧说的旁证。诗篇虽短，却赞美了两代先王，即太王和文王。这与《大雅》中的《绵》、《皇矣》两首长篇存在对应的关联。《绵》赞美太王的迁岐，结尾处搭在文王时周家强大上；《皇矣》虽从王季说起，但诗篇中的主人公无疑是文王，是文王受上帝之命。两首诗篇与《天作》的思路一样。所以，《天作》与《绵》和《皇矣》三诗是祭祀典礼的组曲，两篇长的，是讲给参加祭祀的人听的，所以被归为《雅》，《天作》献神之诗，所以归之为《颂》。

思 文

思文[①]后稷，克配彼天。立[②]我烝民，莫匪尔极[③]。贻我来牟[④]，帝命率[⑤]育，无此疆尔界。陈常于时夏[⑥]。

【章旨】言有文德的后稷，德行能与上天相配；并表继承后稷遗业，广种来牟之意。

【注释】①思文：朱熹《诗集传》：“思，语辞。文，言有文德也。”②立：安定。③极：朱熹《诗集传》：“至也，德之至也。”④来牟：《广雅·释草》：“大麦，牟也。小麦，来也。”⑤率：遍。⑥陈：于省吾《新证》：“田之借字……田字在此作动词用。”时：是。夏：于省吾《新证》：“谓诸夏。”这是说，对于来牟的培育，不分彼此疆界，要时常种植于华夏大地。

解析

《毛序》：“《思文》，后稷配天也。”今文家说大略同，朱熹以至清儒亦无异说。“配天”之说，并不准确，准确地说诗篇是祭祀中献给后稷的歌唱，诗用第二人称“尔’即是明证。周人自信，始祖后稷的经营农业，是周人所以昌达的根本，后稷对周人而言，其功德可与天齐。诗言来牟即小麦，也是天赐给后稷的嘉禾。《郑笺》:“武王渡孟津，白鱼跃入于舟，出涘以燎。后五日，火流为乌，五至,以谷俱来。此谓‘遗我来牟’。天命以是循存后稷养天下之功，而广大其子孙之国。”此说出自纬书，荒诞不经之中可见周人是把来牟视为天降神物的。此诗值得注意的是与《大雅 · 生民》的关系。王鸿绪《汇纂》引张所望曰 :“后稷配天，一事也。《生民》述事，故词详而文直;《思文》颂德，故语简而旨深。雅、颂之体，其不同如此。”就两诗篇章体势言,的确如此。然而这里的问题是，同是歌颂后稷的诗篇，两者是否存在着关联呢？从内容看，作为“颂德”的《思文》，是献给神听 ；作为“述事”的《生民》，很明显是讲给人听的。尤应注意的是，《生民》在述说过后稷的天赐德行之后，还写到了隆重地祭祀这位始祖的场面。其用心，当然是在表现后稷的子孙不敢废弃先祖事业的志向。而这又与《思文》“无此疆尔界，陈常于时夏”云云相呼应。后稷之事即使在周初，对当时的周人也已变得遥远，记忆不清，因此很可能是这样：周人在大祭始祖的典礼中，同时也有艺人们述赞祖先的功德业绩。果然如此的话，《思文》与《生民》就作于相同的时期，用于相同的典礼。

臣　工

嗟嗟臣工[①] ：敬尔在公[②]，王釐尔成[③]，来咨来茹[④]。嗟嗟保介[⑤]：维莫[⑥]之春，亦又何求？如何新畬[⑦]？於皇[⑧]来牟，将受厥明[⑨] ；明昭上帝，迄用康年[⑩]。命我众人 ：庤乃钱镈[11]，奄观铚艾[12]。

【章旨】诗由三道命令组成，一对臣工言，一对保介言，一对众人言。是转述王命，语气谆切。其中对保介传令，还有与保介的对话。牛运震《诗志》："严重真挚中间，正有闲逸生动处。"

【注释】①嗟嗟：叹词。臣工：百官，古时官亦称工。②在公：公职。③釐（lí）：经理、考核。成：成绩。④来：是，结构助词。咨、茹：询问、度量、考察。⑤保介：魏源《诗古微》："当作保界，见《韩诗外传》及《章句》。盖遂人之职，保经界。"⑥莫：暮。⑦新畬（yú）：《尔雅·释地》："田一岁曰菑，二岁曰新，三岁曰畬。"⑧於（wū）皇：犹言皇皇。叹美之词。⑨明：马瑞辰《通释》："《尔雅·释诂》：'成也。'古以年丰谷孰（熟）为成。"⑩迄用：以至有。康年：丰年。⑪庤：《说文》："储至屋下也。"钱：《说文》："铫也，古者田器。"其功用犹如后代的铁锹。镈（bó）：据马瑞辰考定，即短柄锄。⑫奄观：犹如说眼看着就如何。奄，速。铚（zhì）艾（yì）：《说文》："铚，获禾短镰也。"艾通刈。铚艾即用镰收割。

解析

《毛序》："《臣工》，诸侯助祭遣于庙也。"王先谦《集疏》："《鲁》说无异。""《齐》、《韩》盖同。"朱熹《诗序辨说》不信古说，《诗集传》则谓："此戒农官之诗。"但戒于何时，本于何礼？都无典籍旁证，所以仍然不能服人，因而后代仍歧说纷纭。魏源《诗古微》：《臣工》，成王耕釐后，"受釐祝嘏词也"。其根据是："《月令》孟春之月，天子乃以元日祈谷于上帝。乃择元辰，天子亲载耒耜，措之于参保介之御间。率三公、九卿、诸侯、大夫，躬耕帝耤。反，执爵于大寝，公卿、诸侯、大夫皆御，名曰劳酒。《臣工》盖执爵劳酒受釐时所歌。"以为系天子亲耕大礼之后，在太庙行劳酒礼时的诗歌。然而诗明言时在暮春、行将开镰之际，显然与孟春之际周王行籍礼的制度不合。据《国语·周语》，周王亲行三坺亲耕之礼后，尚有徇行视农之事。“农师一之，农正再之，后稷三之，司空四之，司徒五之，太保六之，太师七之，太史八之，宗伯九之，王则大徇，耨获亦如之。”这段话中，“耨获亦如之”对解释诗所述本事尤其重要。前人每每在春耕籍田祈谷上兜圈子，殊不知亲耕之后，还有隆重的徇农活动。诗言“来牟”，中原地区小麦成熟一般在夏历五月初，暮春正是田间管理的重要时期，这与诗所言时间正好相合。小麦的成熟期相当快，收获亦不容延缓，这又与是“奄观”之语合若符节。据此，诗是周王暮春“大徇”前的告诫农官之辞。但口吻却非周王本人，诗言“王釐尔成”，则发言者当系发布命令的大臣。周代农事典礼极重，反爵劳酒既在宗庙，此诗的演奏或许也就在始祖庙中举行。

噫 嘻

噫嘻[①]成王，既昭假尔[②]。率时[③]农夫，播厥百谷。骏发尔私[④]，终三十里[⑤]。亦服尔耕[⑥]，十千维耦[⑦]。

【章旨】诗言千亩籍田，一日耕种，极言其速度之快。三十里原野，十千为耦，场面何其壮观！

【注释】①噫嘻：祝神之声。②昭假（gé）：昭格。《诗》凡言昭假，都是昭诚敬之意上达天神。尔：指成王之灵。③时：这。④骏：疾。私：当为耜之误。耜为耕具。一说种子。⑤终：完成。三十里：天子籍田千亩，约合三十里。⑥亦：语词。服：出力。⑦耦（ǒu）：二人并立而行的农具。古人耕地，一人在前，一人在后，推拉而耕。

解析

此诗篇是籍春耕典礼上的乐歌。《毛序》："《噫嘻》，春夏祈谷于上帝也。"据王先谦《集疏》，三家并无异义。诗描述的内容显然是春耕景象，而"率时农夫"的主语又非周王莫属，可见是孟春之月天子亲行籍田典礼时的祭神之歌。前人因为周代有生称谥号之例，认为诗是成王向神行祭之辞。然而此说并不成立。因生王向神灵祝告而自名王号是不近情理的。《颂》诗中告神，称"予"者有之，称"我"者有之，称某王者却没有；相反，称已逝之王号就多是死者的谥号。因此，诗中的成王只能是噫嘻祝神之声的对象，因而诗也只能是康王时期作品。此诗描述了籍田劳动，籍田又称大田、甫田、公田，其数千亩，为王室直接所有。千亩籍田的耕种收获都由农夫完成。但为什么天子每年春天还要有亲耕籍田的典礼呢？这是因为从名义上说，籍田属于所有族人，其产品一部分要由天子代表族人向祖先上供，以获得神灵的福佑。天子是神的直系子孙，他将亲自劳动所得供奉神灵，才是孝敬的，因此他要礼仪性的"亲耕"一下。这就是籍礼的宗教意味。籍田典礼诚然有剥削关系掩盖在内，但天子能够促使庶民无偿耕种，正是由于这样的一种宗教观念在起作用。

有瞽

有瞽[①]有瞽，在周之庭。设业设虡[②]，崇牙树羽[③]。应田县鼓[④]，鞉磬柷圉[⑤]。既备乃奏，箫管备举[⑥]。喤喤厥声，肃雍[⑦]和鸣，先祖是听。我客[⑧]戾止，永观厥成[⑨]。

【章旨】诗详言乐工之位、乐器之设，奏乐之声。节奏明快，意象繁复。

【注释】①瞽：《郑笺》："矇也。以为乐官者，目无所见，于音声审也。"②业：《毛传》：悬挂乐器的大横木板。虡（jù）：支撑业板的竖木。后世出土文物中，虡也有制成人形者。③崇牙：业板上有齿状的突出部分，用以悬挂乐器。树羽：装饰上羽毛。树为动词。④应田：小鼓。因其声应和大鼓，故名。县鼓：虡鼓。《毛传》："周鼓也。"古县、悬通用。夏、商、周三代鼓制不同。据言，夏鼓有足，商置鼓于地，周悬挂于虡上。⑤鞉（táo）：两耳摇鼓。柷（zhù）：朱熹《诗集传》："状如漆桶，以木为之，中有椎连底，挏之，令左右击，以起乐者也。"圉（yǔ）：朱熹《诗集传》："亦作敔，状如伏虎，背上有二十七鉏铻刻（即锯齿形牙刻），以木长尺栎之，以止乐者也。"⑥箫：以一排竹管编制的乐器，犹后世的排箫。管：双竹管的吹奏乐器，犹后世之笛。举：演奏。⑦肃雍：庄严和谐。⑧客：《郑笺》："二王之后也。"即夏、商贵族在西周的后人。⑨成：乐一阕为成。在此意谓乐章。

解析

《毛序》："《有瞽》，始作乐而合乎祖也。"《鲁诗》说相同。宋儒也无新说。至明清开始议论纷纷。如"始作乐"作的什么乐？"合乎祖"的"合"作何解？《序》"始作乐"之始，《郑笺》解释："王者治定，制礼功成，作乐合者，大合诸乐而奏之。"依此"始"当在周初。然而观篇章体制、用语及风格，与可信为周初的诗差异相当明显，实在令人生疑。断定时代首先应从其内容入手。诗中言"有瞽"，又言"在周"。显然瞽师是首次来到周庭。《礼记·明堂位》云"瞽宗，殷学也"，又云"殷之崇牙"，可见诗中的乐师之瞽即乐器之崇牙都用的是商朝旧制。《礼记·郊特牲》在祭祀之礼，商周有次第尊尚的不同。"殷人尚声，臭味未成，涤荡其声。乐三阕，然后出迎牲"，而周人则"尚臭，灌用鬯臭，……既灌然后迎牲”。崇尚的不同，更像是不同族群之间的习尚差异。试想，刚刚获得胜利的周人放弃自己固有的习惯而沿用其敌对人群的礼仪，这无论如何都是难以说通的。前人言此诗以为是“合乎祖”，依范处义、何楷之说就是“祫禘”先祖时所作。实际上，诗篇内容的核心是“瞽”的到来，而不是祭祀。诗不外是说，这些瞽者（音乐人员）来到周庭，摆开他们的乐器，演奏美好的乐曲，这样周家的祭祀典礼会更加内涵丰富，先祖听到美好的音乐会更加高兴，周家作为天下的主人的尊荣更加显耀。诗中“先祖是听”只是虚写，说来说去，祭祀还没有开始呢！诗中“永观厥成”与《大雅·文王有声》“遹观厥成”语例一致，《文王有声》说大建辟雍为“观成”，此诗言客人来了也是为了“观成”，这岂只是巧合！诗当为欢迎瞽人而作。

有　客

有客①有客，亦白其马②。有萋有且③，敦琢其旅④。有客宿宿，有客信信⑤。言授之絷⑥，以絷其马。薄言追之，左右绥⑦之。既有淫威⑧，降福孔夷⑨。

【章旨】诗言有客前来，车驾套的是白马，并表祝福之意。全诗分赞客、留客、祝客三层意思，待客之礼甚美。

【注释】①客：宋人。②亦：而。白马：《毛传》：“殷尚白也。”③萋、且（jū）：马瑞辰《通释》：“萋、且双声字，皆以状从者之盛。”④敦（diāo）琢：雕琢。本为治玉，在此形容客人的随从仪容整饬，犹如攻治过的美玉。旅：马瑞辰《通释》谓通侣，即客人的随从人员。⑤宿宿、信信：重复言之，表达留客殷勤之意。⑥絷（zhí）：绊马绳索。授絷也是表达留客之意。⑦绥：绊。⑧淫威：马瑞辰《通释》：“《广雅·释言》：‘威，德也。’……

是知古者威有德训。‘既有淫威’，犹云既有大德耳。”⑨夷：马瑞辰《通释》：“《说文》：‘夷从大、从弓。’古夷字必有‘大’训。‘降幅孔夷’犹云‘降幅孔大’耳。”

解析

《毛序》：“《有客》，微子来见祖庙也。”三家主旨相同，宋儒亦无新说。至明代邹肇敏开始不满旧说，据《尚书·洪范》周武王访箕子故事，认为系箕子来朝拜周祖庙之诗。征诸诗篇，邹说与诗义显然不合。诗盛赞客人及其随从之服饰仪容，箕子连“殷恶”都“不忍言”（见《史记·周本纪》），又怎能如此隆重地朝周？旧说“微子来见”，并无文献证据，只是推测，亦谬。旧说实际是将此诗定于成王时期，然而诗所表达的情感绝不是这个时代所能有。考史书记载，武王灭商伊始，封纣子禄父于殷墟，以奉殷商之祀。后禄父联合管、蔡叛乱，周公东征诛杀禄父叛臣，才又改封微子于宋。既然已经有武庚禄父的叛服，改封宋国人能否真正心服于周，是需要一个较长的时间来考验的。而从宋人方面说，是否对周人死心塌地，也要看周人最终能否巩固住自己的统治。史言“成王靖四方，康王西民，并建母弟”，可见成康之际，是周人巩固政权，大封母弟以“屏藩”周室的时期。迄至昭、穆时期，周朝才国内安定，昭、穆二王才进而向四裔民族大事征伐。宋人所以受到周家的信任，也正与从昭王开始的打击淮夷、南征荆楚密切相关。1976年陕西扶风县庄白村一号窖藏遗址出土了史墙家族众多器物，其中属于史墙前辈作册析的器物有觥、尊和方彝等，其铭文记载昭王十九年周王曾派作册析把一块土地赐给相侯（即宋侯）。昭王

十九年，正是周人南征伐“反荆”之际，此时赏赐宋国土地，一定是宋在周征伐南方战事中有让周王满意的表现。《周颂》中竟有三首诗篇与宋客有关，《振鹭》表现迎客，《有瞽》赞客人带来的礼乐，《有客》则重言留客之意，可谓恩宠至极。验诸诗篇风格语类，与《有瞽》等酷肖，作于西周穆王时期是极为可能的。

武

於皇[①]武王，无竞维烈。允[②]文文王，克开厥后[③]。嗣[④]武受之，胜殷遏刘[⑤]，耆定尔功[⑥]。

【章旨】诗言武王继承了文王的事业，战胜了殷朝，消除了人间的残杀现象。

【注释】①於（wū）皇：叹美之辞。②允：实在、真正。③克：能。开：开基业。④嗣：嗣后。⑤遏：阻止。刘：残杀。⑥耆（zhǐ）：至于。尔：指文王。

解析

《毛序》：“《武》，奏《大武》也。”蔡邕《独断》所载鲁说：“奏《大武》，周武所定一代之乐所歌也。”《郑笺》：“《大武》，周公作乐所为舞也。”汉儒之说明确了两件事，一是此诗与《大武》舞乐有关，再是此诗作于周公之手，时间为武王在世时。问题是，诗中称言“武王”，按后世惯例，只有帝王死后才能在王字之前加以徽号，称为谥。赵光贤《武王克商与西周诸王年代考》指出：“自王国维倡文、武、成、康、昭、穆皆生称而非谥，郭沫若和之，金文学者信之不疑。今从金文来看，穆王时之《剌鼎》有‘王禘昭王’语，是昭字当是谥而非生称，又恭王时之《师旋鼎》有‘朕皇考穆王’语，是穆亦是谥。从文献上看，文王生时并未称王，《尚书》中康叔言始称文王，可见‘文’字亦当是谥。以金文与文献对照，自文武下至宣幽皆应是谥而非生称。”通观《周颂》中“文王”、“武王”、“成康”出现的语境，此说信然。所以，我们定《武》诗当作于武王去世之后。至于此诗与《大武》舞乐的关系，《左传·宣公十二年》载楚庄王语曰：“其卒章曰：耆定尔功；其三曰：铺时绎思，我徂维求定；其六曰：绥万邦，屡丰年。夫《武》，禁暴、戢兵、保大、定功、安民、和众、丰财者也。”又《礼记·乐记》记《大武》乐章，谓有六成（一成为一节）。据此可以断定此诗实为《大武》乐章之一节。《大武》既然分六成，此诗又具体为哪一成？从楚庄王此处全部谈话上下文义看，说完此诗“耆定尔功”后，又言“其三”、“其六”，叙《大武》的内容是前后顺次的，因此“卒章”之“卒”令人生疑。而且，既然《大武》只六成，庄王所言“其六”当为即其卒章，因此“卒章”当系“首章”之误。又朱熹《集传》谓“《春秋传》（即《左传》）以此为《大武》之首章”，据此，马瑞辰《通释》断言：“盖宋时所见《左传》原作‘首章’耳。”

闵予小子

闵予小子[①]，遭家不造[②]，嬛嬛在疚[③]。於乎皇考，永世克孝[④]。念兹皇祖，陟降庭止[⑤]。维予小子，夙夜敬止。於乎皇王，继序[⑥]思不忘。

【章旨】诗言周家遭到不幸，呼唤先王之灵返回祖庙，又表小子继志之情。凄宛动人。

【注释】①闵：悲悯、痛楚。小子：据《礼记·曲礼》，天子未除丧自称小子。②不造：马瑞辰《通释》谓"造"为至、成。"不造"即不成、不至，犹言不淑、不善。③嬛（qióng）嬛：字亦作茕茕，孤独无依。疚：忧病。④克孝：能孝。⑤陟降：陟为升，降为下。陟降专用于神。在此意为请先祖神灵下降。庭：庭中，古礼野死哭之于庭。"四方"即死在外面的人，《礼记·檀弓》"孔子哭子路于中庭"即此礼。此句祈求先王之灵降到宗庙的中庭中来。止：语气词。⑥序：绪，先王遗业。

解析

此诗所本典制，实为先王亡故、新君即位之礼。《尚书·顾命》载成王去世后七日，康王即行继统大典，之后才"释冕（冕为吉服，继位时穿），反（返）丧服"。据此典制推测，世子先行登基，再行服丧。因此，"朝庙"之说并不正确，"成王"说也不成立。据《顾命》，新王朝受命时，由太史陈册命之辞，然后新王答辞，曰："眇眇予末小子，其能而乱四方以敬忌天威？"而此诗则以"闵予"始。"眇眇"意为微末，"闵"则为悲悯，所指不同。新君即位承绪的是列祖列宗的江山社稷，是君道；而此诗却首言悲悯，似当另有原因。傅斯年曾将《顾命》与《诗》中《闵予小子》、《敬之》、《访落》进行对比，认为《敬之》前六句是典礼中大臣对新王的告诫，后六句则是新王的答辞。而《访落》则是新王"反丧服"时所歌（转引自夏含夷《从西周礼制改革看〈诗经·周颂〉的演变》）。此说启示我们：三诗当为同一时期的作品。此外，三诗风格极其类似，如出一人之手，因而三诗实可以互相证明。《访落》中"昭考"可用以证明三诗的时代。"昭考"指周昭王是毫无疑问的。则《闵予小子》特表凄恻哀婉孝情的原因，即可迎刃而解。昭王是战争中死难的，可能连尸体都没有返回宗周。这在周人无疑是大为悲悼的，而穆王即位之际特表哀思之情也就是极自然的了。古人总过分地相信周公“制礼作乐”之说，因而错误地认为礼乐典制在成王时代已经完备，后世诸王只是信守不改。实际上种种迹象表明，西周中期，王朝礼乐制度曾经有过较大的改变，较质朴的古礼渐次被多文的礼仪所取代。新王即位而有诗，正式这种历史背景下的产物。

敬之

敬之①敬之，天维显②思，命不易③哉。无曰④高高在上，陟降厥士⑤，日监在兹。维予小子，不聪敬止⑥。日就月将⑦，学有缉熙⑧于光明。佛时仔肩⑨，示我显⑩德行。

【章旨】诗前六句为辅政大臣对新君勉励之辞，后六句为新君答辞。

【注释】①之：指下文天命。②显：显赫。③不易：不容易。④无曰：不要以为。⑤士：当为土字之误。⑥不：敢不。聪：马瑞辰《通释》：“《广雅》：‘聪，听也。’不为语词，‘不聪敬止’谓听而警戒也。正承上‘敬之敬之’而言。”⑦日就月将：日积月累。⑧缉熙：光明。在此为动词。⑨佛(bì)：辅。时：此，新王自指。仔(zī)肩：负担、责任。⑩显：显明。

解析

《毛序》：“《敬之》，群臣进戒嗣王也。”《鲁诗》同。朱熹《诗集传》谓前六句为“成王受群臣之戒而述其言”，后六句为“自为答之之言”。姚际恒《诗经通论》：“此群臣答《访落》之意而成王又答之也……愚向者亦不敢以一诗硬作两人语，惟此篇则宛肖。上章先以‘敬之’直陈，意甚警切，下皆规戒之辞；下章则纯乎成王语。故敢定为此说。”然而其“敢定”云云实不然。诗前六句是大臣对继嗣君王的戒辞，后六句是登基新王的答辞，全诗系以韵文表现即位典礼上的君臣对答。验诸《尚书·顾命》，登基礼中，王受圭、币后，太保及芮伯再拜揖首，曰：“敢敬告天子！皇天改大邦殷之命……今王敬之哉……”王答曰：“惟予一人钊报诰，昔君文武丕平……用昭明于天下……”不仅对答语意与诗义相合，甚至某些用词也如出一辙。一诗而兼含两方面的话语，就既不会是拟周王口吻，也不会是拟辅臣口吻，当系乐工所为。由此，也可测度出诗的晚出。《顾命》述康王即位大典，君臣间用无文饰的语言，当时行礼古质的表现。而此诗将对答之辞韵之以诗、协之以曲，或许干脆就代替了亲戒、亲答，当是礼制趋于繁缛的表现。这又与西周中期文明发展的总趋势暗合，因此，诗当作于穆王即位时。又按，近来“清华简”又公布了一些篇章，其中加《周公之琴舞》篇，其中被称为“周公之颂志”的诗篇等《敬之》大同，于是有学者即认为《敬之》为周初周公之作。清华简来历不明；或出自楚地墓葬，所谓《周之琴舞》的年代本身，即有可能为春秋战国时楚人文献。以之判定《敬之》年代，殊不可信。

小　毖

予其惩而毖后患[①]。莫予荓蜂[②]，自求辛螫[③]。肇允彼桃虫[④]，拚飞[⑤]维鸟。未堪家多难，予又集于蓼[⑥]。

【章旨】诗言我已惩戒前非，慎防后患！钟惺《评点诗经》：“创巨痛深，伤弓之鸣。”桃虫变鸟之喻新奇。

【注释】①惩：惩戒、警惧。而：语气词。毖：慎。②荓（píng）蜂：

于省吾《新证》谓应训为屏旁，辅助。③辛螫（shì）：辛勤、辛苦。④肇允：《郑笺》："肇，始也。允，信也。"桃虫：陆玑《疏》："今鷦鷯是也。微小于黄雀，其雏化而为雕，故俗语鷦鷯生雕。"此处桃虫喻小人，桃虫翻飞大鸟，喻小人成为大恶。⑤拚（fān）飞：《郑笺》："犹鷦之翻飞为大鸟也。"⑥集：鸟落于树木。在此犹言处于。蓼（liǎo）：一种苦菜。《毛传》："我又集于蓼，言辛苦也。"

解析

考西周史实，此是穆王自惩过失的诗篇。证据如下：其一，诗自言无助。《史记·周本纪》载穆王命"伯臩（冏）申诫太仆国之政"。裴骃《史记集解》引应劭说："太仆，周穆王所置。"设置新官，继而又申诫国政，是无助的表现。其二，桃虫、拚鸟之喻，显言戒小慎大之理。《逸周书·祭公》载祭公临终时告诫穆王："汝无以嬖御固（当作疾）庄后，汝无以小谋败大作，汝无以嬖御士疾大夫卿士（这或许正是穆王无助的原因），汝无以家相乱王室而莫恤其外。"祭公临终放言大诫，正可以发明穆王桃虫翻雕之喻的确切含义。其三，诗言"未堪家多难"。《尚书·吕刑》作于穆王时代，古来从无疑问。天下骚乱才有严刑，这正可暗示"多难"所指。又，《后汉书·东夷列传》载："徐夷僭号，乃率九夷以伐宗周，西至河上。穆王畏其方炽，乃分东方诸侯，命徐偃王主之。"此又是边疆方面的大难。祭公告诫穆王时，口称先王在世自己"免没于世"，当系昭王旧臣。又据《竹书纪年》载穆王十一年命卿士祭公，周朝世卿，后一祭公显系前一祭公后代。如此《小毖》悔过之作当在老祭公去世后不久，当在穆王继位后十余年间。

载芟

载芟载柞[①]，其耕泽泽[②]。千耦其耘，徂隰徂畛[③]。侯主侯伯，侯亚侯旅[④]，侯彊侯以[⑤]。有嗿其馌[⑥]，思媚其妇[⑦]，有依[⑧]其士。有略[⑨]其耜，俶载南亩[⑩]，播厥百谷。实函斯活[⑪]，驿驿其达[⑫]。有厌其杰[⑬]，厌厌[⑭]其苗，绵绵其麃[⑮]。载获济济[⑯]，有实[⑰]其积，万亿及秭。为酒为醴，烝畀祖妣，不洽百礼。有飶[⑱]其香。邦家之光。有椒[⑲]其馨，胡考[⑳]之宁。匪且有且[㉑]，匪今斯今，振[㉒]古如兹。

【章旨】诗铺叙农事极有次序。《钦定诗经传说汇纂》载蒋悌生说："载芟载柞至徂隰徂畛，言其初至田畔，除去草林。侯主侯伯至俶载南亩，言其人心齐，器用利，故田亩垦治。播厥百谷至万亿及秭，言耕耘及时得所，是以有收成之利。为酒为醴至胡考之宁，言惟其收成之多，是以祭祀燕享之礼无不足。末三句又总言稼穑丰穰，古今内外如一而无间。"

【注释】①芟（shān）、柞：《毛传》："除草曰芟，除木曰柞。"②泽泽：据马瑞辰《通释》为解释通假，土质疏松。③徂：本义为往，在此有往来义。隰（xí）、畛（zhěn）：隰谓新开发的田地，畛为田畦上的小路，故借指旧田。④侯：维，结构助词。主、伯、亚、旅：于省吾《新证》："皆略举当时自天子以下卿大夫之禄食公田者。"⑤彊：即强，指成年人。以：携带，指小孩子。这句是说不分强弱老少都来耕种。⑥嗿（tǎn）：众人吃饭的声音。馌（yè）：送饭至田间。⑦思媚：思为语词，媚即指妩媚、美好。妇：指送饭的妇人。⑧依：马瑞辰《通释》引王引之说："依之言殷也。……'有殷'为盛壮之貌。"⑨略：锋利。⑩俶（chù）载：《诗经》常用语，有开始耕种之意。南亩：天子籍田在南郊，故称南亩。⑪实：种子。函：含。指被土气含容。⑫驿驿：字当作绎绎，渐渐出生貌。达：出地。⑬厌：高出貌。马瑞辰《通释》谓厌为檿之借字。杰：先长者。⑭厌厌：犹言齐刷刷。⑮麃

(biāo)：谷物抽穗。⑯济济：众多貌。⑰实：果实。⑱飶（bì）：芬香。⑲椒：犹飶。⑳胡考：长寿先父的谥号。㉑且（qiě）：此。㉒振：自。即自从。

解析

《毛传》："《载芟》，春籍田而祈社稷也。"蔡邕《独断》载《鲁诗》遗说同。又《南齐书·乐志》载汉章帝时班固奏请以《载芟》祈先农。班习《齐诗》，是古、今文家说无异义。至朱熹《诗集传》"此诗未详所用，然辞意与《丰年》相似，其用应亦不殊"，是又以为秋冬报赛蜡祭之所歌。朱子不信汉儒春耕祈社稷不误，认为与《丰年》一样是报赛诗则不可取。通观《诗经》农事诗中有关祭的描述，实分为两种。一种是祖宗宗庙之祭，如《小雅》中《楚茨》、《信南山》及《周颂》中《丰年》、《载芟》诸诗；一是答报社稷及其他有关诸神的报祭，如《小雅》中《甫田》、《大田》及《周颂·良耜》等。从诗篇排列顺序看，祭祖在前，报赛在后。此诗明言"祖妣"、"胡考"，显然属于前者。朱熹言"相似"只是就诗章使用角度上说，不是从诗篇内容上说。《丰年》言祭祖先只是说粮食多、礼仪备，此诗则不然。籍田南亩上的产品是专以享祖先的。必须是祭者亲自劳动所得献给神时，神才是喜欢的，才会因此而降福禄保佑后人。所以诗人要从春耕写起，写侯主侯伯、侯亚侯旅等王公大臣们的亲耕（实际只是仪式）。由此可见，此诗在以丰腴、周致的笔墨铺叙籍田劳动时，实际上表现了古人对祭神之礼的一种理解，一种对相沿已久的礼数的反思和明示。从诗篇的叙事手法及体势文风便可看出，其时代相当晚近。唐兰先生曾经说过，《周颂》的《载芟》、《良耜》两首农业诗在穆王以后。另外，"胡考"一词，可能有助于断定其具体年代。胡考即寿考，在此诗仍应视为沿袭西周时代称先父亡灵为某考的惯例，是对某位先王的称谓。《逸周书 · 谥法解》："保民耆艾曰胡，弥年寿考曰胡。"是对寿高之王的谥称。考西周各王年代，穆王有此称谓最为合适。《尚书·吕刑》说穆王享国百年，《史记》说他即位时年已过五十。如此，诗当为周共（恭）王时期的作品。另外，此诗用语及反映的事项与《甫田》、《大田》多同，当为同时期作品。

桓

绥①万邦，娄②丰年。天命匪解③，桓桓④武王。保有厥士⑤，于以⑥四方，克定厥家。於昭⑦于天，皇以间之⑧。

【章旨】诗言周家安定了万邦，屡次获得了丰年，是出于天命的保佑，没有谁可以撼动。

【注释】①绥：安。②娄：通屡，屡次。一说，娄，大。③匪解：不懈。天命匪懈即匪懈天命倒文，即努力遵从上天不松懈的意思。④桓桓：英武貌。⑤士：据马瑞辰《通释》，为土之误。⑥于以：于是有。⑦於昭：犹言昭昭，即光辉显耀。⑧皇：林义光《诗经通解》谓通遑，反问语词。间：代。

解析

《毛序》："《桓》，讲武类祃也。桓，武志也。"今文各说同。按，类祃之师祭应在灭人家国之初，此诗言"娄丰年"，显在灭殷数年以后。此《序》如移至《时迈》、《般》之前，尚与诗义相顺，在此则全不相干。莫非《序》真的因竹简错乱而张冠李戴了么？此诗是《大武》乐之卒章，载在《左传》，不容怀疑。《左传 · 僖公十九年》载宁庄子曰："昔周饥，克殷而年丰。"朱熹《诗集传》："大军之后，必有凶年，而武王克商，则除害以安天下，故屡获丰年之祥。”“大军”云云语出《老子》，当系久远的观念。此诗所以有“皇以间之”的自信，就因为周人获得了这丰年的祥瑞。不然何以开首就言屡获丰年？此诗既与《武》同为《大武》乐章之一，两者就有共同的特征。《武》赞武王、文王，赞他们“胜殷遏刘”，去残胜杀，而此诗则赞武王承天命、大有年，是对天下安宁、物阜民丰的一种颂扬和祈祷。《左传 · 宣公十二年》载楚庄王曰：“夫《武》，禁暴、戢兵、保大、定功、安民、和众、丰财者也。”《大武》主旨不是宣扬暴力，而是表现周家所能带给天下的和平，这才是周所以获得天命的原因。因此《大武》的舞蹈表达武力征服，但歌词却相反，宣示武力所最终获得的天下太平。如此，那些当时由于某种祭祀的需要而注重于表达周家一己胜利的诗篇，就都与这重在宣扬周人克商是给天下带来吉祥的乐章旨趣不相容，起码是不协调的。《时迈》表现了周人克商之初对武力征服的自豪，而《大武》诸诗则更多地表现文治天下的倾向。两者在时间上虽相去不远，在思想观念上却有着较大的差别。

赉

文王既勤①止，我应受之②。敷时绎思③，我徂维求定。时④周之命，於绎思！

【章旨】诗以称言文王为周家胜利奠定了基础，我继承他的事业，将文王事业进行到底。第一人称之“我”值得注意。

【注释】①勤：劳。②我：武王自谓。应：即膺承之膺，承当之意，之：于省吾《新证》谓指代民人与疆土。③敷：胡承珙《后笺》：“布也。”时：是，指代词。绎：本义为抽丝，训为抽绎之绎。思为语词，“敷时绎思”，马瑞辰《通释》："谓布文王之德泽而寻绎引申之，以及于无穷。"④时：承受。

解析

《毛序》："《赉》，大封与庙也。赉，予也，言所以锡予善人也。"《鲁》说同。《序》言赉为赐予，是有所依据的，《论语·尧曰》："周有大赉，善人是富。"但说此诗是"大封于庙"，显然与诗义不合，而且武王克商后只有对黄帝及夏、商之后的"褒封"（事见《史记·周本纪》），大行分封之事是成康年代的事。或许成康之际的分封之礼沿用此歌，因而冠以"赉"之篇名。从诗中两次出现的"我"可以看出，诗是拟武王口吻的。《礼记·乐记》载孔子述《大武》乐的演出情况时说："天子夹振之而驷伐，盛威于中国也。"郑注："夹振之者，王与大将夹舞者，振铎以为节也。驷当为四，声之误也。《武》，舞战象也，每奏四伐，一击一刺为一伐。"可知舞《大武》时，有人扮演武王，在大将左右簇拥下振铎而歌，歌词正是此诗。歌舞中，将士扮演者在奋力地击刺，武王却振铎而歌，宣布着出征只是为了天下的和平。今天看来虽未免显得有失协调，但正可见周初时代舞、乐、诗的各自分工，及三者对立而又一体。《大武》之乐，只有《武》、《赉》、《桓》三首诗。

按，《大武》三诗《武》、《赉》、《桓》注解如上，下面依据《礼记·乐记》及《左传·宣王十二年》载，将一代之乐《大武》演出情况综述如下。

《乐记》载孔子说曰："夫乐者，象成者也，总（持）干（盾牌）而山立（正面站立），武王之事也。发扬蹈砺，大公之志也。《武》乱（结束曲，即第六成的歌乐）皆坐，周、召公分治也。"据此可知，《大武》乐章的表演系诗、乐、舞综合艺术，有人物，有舞蹈，有音乐歌诗。孔子继而分说“六成”之乐的演出次第，曰：“且夫《武》，始而北出（第一成），再而灭商（第二成），三成而南，四成而南国是疆，五成而分，周公左、召公右，六成复缀（舞位），以崇天子。”据此，舞乐开始，歌舞者由北而出，象征周师出征。这第一成中，有一个“总干而山立”的舞台造型，舞者持干盾正面站立，围绕在武王（当由演员扮演）周围，象征周师的团结。造型完成之际，音乐歌声起，合唱《武》篇，赞美文王、武王前后相继，终成周家开国大业。继之是第二成，无诗，以舞蹈动作为主，舞者持干戚做刺击动作，表演“太公之志”。继而第三成，周师继续南下；此时武王扮演者在左右夹辅下上场，唱《赉》篇，向周家南下之师发布进军命令。第四成犹如后世所谓“过场戏”，以舞蹈形式表演大军南进，攻取南疆。第五成也是以动作、鼓乐为主，演示周公、召公的分治。第六成即“乱”的部分，舞者退回到原来的位置，再次出演第一成中的造型，象征尊崇天子之意。继而声歌再起并且“武乱皆坐”，合唱《桓》，盛赞丰年，盛赞周家膺承天命，永世太平。

鲁颂

《鲁颂》四首。

《駉》、《有駜》、《泮水》、《閟宫》四诗，经《诗经》编定者附之于《周颂》之后，名为《鲁颂》。如以《周颂》为标准来衡量，四诗不论内容还是形式都应名之为“雅”，而不是“颂”。内容上，《駉》赞美鲁公马政，《有駜》言鲁国君臣燕集歌舞，《泮水》言鲁侯泮宫接受献俘，《閟宫》则赞美姜嫄祖庙神灵及其造庙者的功德，这些都是大、小《雅》所表现的内容，与《周颂》的宗庙山川祭祀相异趣。形式上，《周颂》每篇不论其长短，皆为一章，而《鲁颂》却都在数章以上。而且体制宏富，语言特色及篇章风格也都与二《雅》相类。鲁国因周公旦对王朝有特殊勋业而世享天子礼乐，其朝廷之诗称“颂”，当与鲁国地位特殊有关；或者说，鲁之有“颂”，与编诗者为儒家，而儒家又出于鲁有关。

《鲁颂》四篇都是与鲁僖公有关，古今学者并无异议。僖公为鲁公伯禽十九世孙。伯禽受封时鲁国本为大国，降至春秋之世，世道变迁，鲁已沦为次等侯国。特别是在庄、闵之世，因有庆父之难，而国势益发衰弱。僖公即位，内乱结束，在位近四十年，又积极追随齐桓公建立尊王攘夷的霸业，鲁国的国势、声望才得到相当的恢复。这正是《鲁颂》诗篇问世的历史背景。然而，世享天子礼乐的鲁侯之所以要在固有的歌舞之外来一番新的制作，这当与王室式微、霸主横起的世道陵夷息息相关。

关于诗篇的作者，今文经学家与古文经学家有分歧。今文家主张皆为奚斯所作，古文家则认为系史克所作。奚斯为《闷宫》作者，见于诗文自述。至于其他三篇，作者是奚斯还是史克，或者其他什么人，诗篇本身并无内证。

駉

駉駉牡马[①]，在坰[②]之野。薄言[③]駉者，有驈有皇[④]。有骊[⑤]有黄，以车彭彭[⑥]。思无疆[⑦]，思马斯臧[⑧]！

【章旨】诗之首章。言肥壮长大的公马，在野外的远郊。祝愿鲁公的马永远多无限量，匹匹强壮。颜色多，即意味马众多。下三章仿此。

【注释】①駉駉（jiōng）：肥壮。牡：公马。②坰（jiōng）：《毛传》："远野也。邑外曰郊，郊外曰野，野外曰林，林外曰坰。"古时为不与农争地，故养马于郊野。③薄言：词头，无具体意谓。④驈（yù）：白胯的黑马。皇：《毛传》："黄白曰皇。"马瑞辰《通释》谓，皇是黄马兼有其他颜色之称。⑤骊：《毛传》："纯黑白骊。"⑥以车：用以驾车。彭彭：马奔腾貌。⑦思：语词。无疆：无边无际。祝颂之词。⑧臧：好。

駉駉牡马，在坰之野。薄言駉者，有骓有駓[①]，有骍有骐[②]，以车伾伾[③]。思无期[④]，思马斯才[⑤]！

【章旨】诗之二章。言马之才。

【注释】①骓（zhuī）：《毛传》："苍白杂毛曰骓。"苍为老青色，骓即后世所谓菊花青。駓（pī）：《毛传》："黄白杂毛曰駓。"即后世所谓黄膘马。②骍（xīng）：《毛传》："赤黄曰骍。"即纯色的红肿透黄的马。骐（qí）：黑白相间的马。③伾（pī）伾：有力。④无期：于省吾《新证》谓期读如记。

无期即无记，无记犹无数。⑤才：有能力。

驷驷牡马，在坰之野。薄言驷者，有驒有骆[①]。有骝有雒[②]，以车绎绎[③]。思无斁[④]，思马斯作[⑤]！

【章旨】诗之三章。言马善走。

【注释】①驒（tuó）：《毛传》："青骊驎曰驒。"骊驎即马身上黑色的斑纹。骆：《毛传》："白马黑鬣曰骆。"长鬃称鬣。②骝（liú）：《毛传》："赤身黑鬣曰骝。"雒：黑身白鬣。③绎绎：《毛传》："善走也。"④无斁：于省吾《新证》谓斁当读度，无度犹言无数。斁、度古通。⑤作：驯教。

驷驷牡马，在坰之野。薄言驷者，有骃有騢[①]。有驔有鱼[②]，以车祛祛[③]。思无邪[④]，思马斯徂[⑤]！

【章旨】诗之四章。言马强健。

【注释】①骃（yīn）：《毛传》："阴白杂毛曰骃。"阴白即暗白，灰白。騢（xiá）：《毛传》："彤白杂毛曰騢。"彤白略似粉白。②驔（diàn）：《毛传》："豪骭曰驔。"豪即长毛。骭为小腿。豪骭即马胫有长毛。鱼：《毛传》："二目白曰鱼。"据马瑞辰《通释》，二目白即二目上有白毛。③祛（qū）祛：《毛传》："强健也。"④邪：于省吾《新证》："应读作圄，圄通圉。……然则无邪即无圄，无圄犹言无边，无边指牧马之繁多言之。"⑤徂：林义光《诗经通解》："与前章臧、才、作字同意，当读为驵（zǎng）。《说文》：'驵，壮马也。'"

解析

《毛序》："《驷》，颂僖公也。僖公能遵伯禽之法，俭以足用，宽义爱民，务农重谷，牧于坰、野，鲁人尊之。于是季孙行请命于周，而史克作是颂。"朱熹《诗序辨说》则谓："此《序》事实皆无可考，诗中亦未见务农重谷之意，《序》说凿矣！”诗言在远郊牧马，这在汉儒看来就有不与农争地的意味，自然也就可说是“务农重谷”了。诗主要赞美鲁僖公的马政，王鸿绪《汇纂》载朱公迁说：“问国君之富，数马以对。故诗人以之颂美其君如此。”马是那个时代的重要动力资源，是国力的象征。鲁国在经历了旷日持久的内乱后衰弱不堪，僖公即位后能追随齐桓公从事“尊王攘夷”的霸业，诗人从其重视养马事业的角度去赞颂他的业绩，可谓善于选材。又清儒尹继美《诗管见》谓“颂鲁侯牧马之盛，义同《无羊》”，颇贴实。鲁人对僖公政治深有好感。《序》谓僖公死后曾有季孙行父“请命于周”，陈奂《传疏》释“请命”：“命当读如‘侯伯七命’之命。初，伯禽就封，鲁本大国，至春秋时为次国。闵公又遭庆父之乱，宗国颠覆，齐桓公救而存之，遂立僖公。僖公从伯（霸）主讨淮夷，能复伯禽之业如大国之制，鲁人尊其教，于是有大夫季孙行父者往周请命。”这就是说，鲁人为僖公向王室请“七命”的锡命，为之作颂，并不仅仅是因为僖公的可敬，还有着国人对本国地位沦落的不安这样一股社会情绪在起作用。此诗的作者历来有争议。照今文三家的说法，是大夫奚斯，按《毛诗》家的说法是史克。考《左传》及《国语》所载鲁国史实，史克首见于《左传·文公十八年》，至宣公时仍在世，奚斯始见于闵公二年。两人生卒年都不清楚，就都有作诗的可能性。从诗的内容看，此诗不像僖公死后的追述之作，因而不嫌武断地从时间上看，奚斯作的可能性大些。《鲁颂》中《閟宫》为奚斯所作，见于诗篇自述。但与此诗风格差异很大，不像出自一人之手。这样，作者问题还是无从定论。

閟　宫

閟宫有侐[①]，实实枚枚[②]。赫赫姜嫄，其德不回[③]。上帝是依[④]，无灾无害。弥月[⑤]不迟，是生后稷。降之百福。黍稷重穋[⑥]，稙稺菽麦[⑦]。奄[⑧]有下国，俾民稼穑。有稷有黍，有稻有秬[⑨]。奄有下土，缵禹之绪[⑩]。

【章旨】诗之首章。言姜嫄閟宫很清静，殿堂高大，密密匝匝。诗从姜嫄说起，为下文鲁公之德推溯本源。

【注释】①閟（bì）宫：《毛传》："閟，闭也。先妣姜嫄之庙在周，常闭而无事。孟仲子曰：是禖宫也。"侐（xù）：清净。②实实：广大。枚枚：绵密。指宫殿窗格、门棂密密匝匝。③不回：不邪、正大。④依：附体，指姜嫄履大人迹。⑤弥月：满月数。⑥重（tóng）：字或作穜、穜，先种后熟的谷。穋（lù）：后种先熟的谷。⑦稙：《毛传》："先种曰稙。"稺：《毛传》："后种曰稺。"⑧奄：于是。⑨秬（jù）：黑黍。⑩缵：继承。绪：事业。

后稷之孙，实维大王。居岐之阳，实始剪商。至于文武，缵大王之绪，致天之届[①]，于牧之野。无贰无虞[②]，上帝临女。敦[③]商之旅，克咸[④]厥功。

【章旨】诗之二章。言后稷孙古公亶父迁居岐山，开始灭商大业。继叙周人之获天下。

【注释】①届：《郑笺》："极。"极通殛。②贰：二心、犹豫。虞：忧虑、惧怕。③敦（duī）：攻击。④咸：齐备、大功告成。

王曰叔父[①]："建尔元子[②]，俾侯于鲁[③]；大启尔宇[④]，为周室辅[⑤]。"乃命鲁公[⑥]："俾侯于东[⑦]，锡之山川，土田附庸[8]。”

【章旨】诗之三章。溯鲁邦建国之始，并叙迁封。引用诰命之词，言之凿凿。

【注释】①王：周成王。叔父：周公旦。②元子：长子，即鲁第一代君主伯禽。③侯：做侯伯。鲁：地名。鲁国初封地在今河南鲁山一带。④启：开拓。宇：居。⑤辅：辅佐。⑥鲁公：伯禽。爵位为公。⑦东：指东方，即今山东曲阜一带。据傅斯年《大东小东》，鲁国实有始封、迁封两次受封。始封于今河南鲁山一带，继而周王又封之于商奄（今山东泰山以南）之地。⑧附庸：附属小国。

周公[1]之孙，庄公[2]之子。龙旂承祀[3]。六辔耳耳[4]。春秋[5]匪解，享祀不忒[6]。皇皇后帝！皇祖后稷！享以骍牺，是飨是宜[7]。降福既[8]多。周公皇祖，亦其福女[9]。

【章旨】诗之四章。言周公的子孙、鲁庄公的儿子，龙旂飘舞前来祭祀。此章进入正题。

【注释】①周公：指周公旦，谥周文公。②庄公：鲁庄公，名同。③龙旂：《郑笺》：“交龙为旂。”承祀：奉祀。④耳耳：缰绳调适貌。⑤春秋：一年到头。⑥忒：差错。⑦宜：于省吾《新证》谓即俎，祭祀名。⑧既：其，希望之词。⑨女：汝，汝即僖公。福女即赐福于汝。

秋而载尝[1]，夏而楅衡[2]，白牡骍刚[3]。牺尊将将[4]，毛炰胾羹[5]。笾豆大房[6]，万舞洋洋[7]。孝孙有庆[8]。俾尔炽而昌[9]，俾尔寿而臧。保彼东方，鲁邦是常[10]。不亏不崩[11]，不震不腾[12]。三寿作朋[13]，如冈如陵。

【章旨】诗之五章。赞鲁侯敬祖有德，与前文呼应。

【注释】①载：始。尝：秋天祭祀名。尝即尝新谷。②楅（bì）衡：牛角上的横木，防牛抵人用。秋天祭祀用的牛，夏天就圈养隔离起来，角上安装横木，是因这样的牛精力旺盛，易抵人。③白牡：白色的公牛。骍刚：赤红色的公牛。④牺尊：据于省吾《新证》，即以牺牛为形状的酒尊。将（qiāng）将：尊器并立貌，言器物众多。⑤毛炰（fǒu）：连带者皮毛一起烧烤的乳猪。胾（zì）：切成大块的肉。羹：带汁的肉食。⑥大房：《毛传》："半体之俎也。"古时大礼，将劈成两半牺体的一半献祭，称为房。房即旁，盛牺体的食器也称房。⑦万舞：以盾牌等为道具的舞蹈，属武舞。洋洋：盛大热烈貌。⑧庆：吉庆之福。⑨炽：兴旺。昌：昌盛。⑩常：于省吾《新证》谓常、尚古通。不尚训右，即保佑。⑪亏、崩：《郑笺》："皆谓毁坏也。"⑫震：震荡、动荡。腾：翻腾、动摇。⑬三寿：即参寿，长寿的意思。朋：陪伴。

公车千乘[①]，朱英绿縢[②]。二矛重弓[③]。公徒三万[④]，贝胄朱綅[⑤]。烝徒增增[⑥]，戎狄是膺[⑦]，荆舒是惩[⑧]，则莫我敢承[⑨]！俾尔昌而炽，俾尔寿而富。黄发台背[⑩]，寿胥与试[⑪]。俾尔昌而大，俾尔耆而艾[⑫]。万有千岁，眉寿无有害。

【章旨】诗之六章。重在铺叙鲁国的实力很强，并极言神对鲁侯的赐福。

【注释】①千乘：周制千乘为大国军制。四马为一乘。②朱英：矛上装饰的红缨。英同缨。绿縢：拴系在弓把上的绿绳。③二矛：一辆战车上树两只备用长矛。重弓：双弓。两支弓交叉放入同一弓袋中。④公徒：鲁公的军队。三万：据《郑笺》，大国三军，合三万七千五百人。言三万，举其成数。⑤贝：贝壳。胄：头盔。贝胄即以贝壳为装饰的头盔。綅（qīn）：绳带。⑥烝徒：众徒。增增：众。⑦膺：击。⑧荆：楚国。《春秋·僖公四年》："公至自伐楚。"舒：古国名。其地在今安徽舒城、庐江境内。⑨承：抵挡。⑩台背：借以形容老人形象。台本作鲐。⑪胥：相。试：马瑞辰《通释》："犹式也，字通作视……《广雅》：'视，比也。'比之言比拟也。'寿胥与试'

承‘黄发台背’言，犹云寿相与比耳。”⑫耆、艾：年老寿高。眉寿：长寿。(诗）及金文中常见语。

泰山岩岩[①]，鲁邦所詹[②]。奄有龟蒙[③]，遂荒大东[④]。至于海邦，淮夷来同。莫不率从[⑤]，鲁侯之功。保有凫绎[⑥]，遂荒徐宅[⑦]。至于海邦，淮夷蛮貊。及彼南夷，莫不率从。莫敢不诺[⑧]，鲁侯是若[⑨]。

【章旨】诗之七章。承上章，着重夸赞鲁侯的开拓之功。

【注释】①岩岩：山高峻貌。②詹：通瞻，仰望。③龟蒙：二山名。龟山在今山东新泰县西南，蒙山在今山东省蒙阴县南。④遂：于是。荒：占有、治理。大东：极远的东方。⑤率从：《郑笺》："相率从于中国也。"⑥凫（fú）绎：二山名，在今山东邹县南。⑦徐宅：徐国的地域。徐，古嬴姓部族，居住地在今山东南部地区，当时与鲁国接近。⑧诺：服从、听命。⑨若：服从。

天锡公纯嘏[①]，眉寿保鲁。居常与许[②]，复周公之宇[③]。鲁侯燕喜[④]，令妻寿母[⑤]。宜大夫庶士[⑥]，邦国是有[⑦]。既多受祉，黄发兒齿[⑧]。

【章旨】诗之八章。言上天赐给你鲁侯大福，使你长寿，永远做鲁国的君主。此章为感激、祝福之辞。

【注释】①纯嘏：大福。当时固定语。②常：《国语·齐语》载管子语曰："以鲁为主，反其地堂、潜。"事在庄公年间。因此马瑞辰《通释》认为常即《国语》之堂，因齐人归还堂地距僖公时代不远，所以诗人举以为颂美之词。许：鲁地。陈奂《传疏》："《晏子·杂上》篇：‘景公伐鲁，傅许，得东门无泽。’是鲁有许邑矣。"③复：恢复。宇：版图、国土。④燕喜：燕饮欢乐。⑤令妻：德行美好的妻子。僖公夫人名声姜。寿母：长寿的母亲。即庄公妾成风。

⑥宜：在此有款待的意思。⑦是有：国家昌久。⑧兒：齯之借字。《说文》：“齯，老人齿也。”老人又生新齿，为长寿之征。

徂来之松[①]，新甫之柏[②]。是断是度[③]，是寻是尺[④]。松桷有舄[⑤]，路寝孔硕[⑥]。新庙奕奕[⑦]，奚斯所作[⑧]。孔曼且硕[⑨]，万民是若[⑩]。

【章旨】诗之九章。表明作意、作者，回应首章。

【注释】①徂来：山名，在今泰安市东南。②新甫：山名，在今泰安市西北。③度：劈开。④寻：古代丈量单位，八尺为寻。在此寻与尺都是动词。⑤桷（jué）：方椽。舄（xì）：大貌。⑥路寝：新苗正殿。⑦新庙：姜嫄庙。奕奕：高大庄严貌。⑧奚斯：陈奂《传疏》：“公子奚斯，即鲁大夫公子鱼也。”作：作诵，即本诗。⑨曼：修长，指本诗篇章长度而言。⑩若：顺从、表达民意。

解析

《毛序》：“《闷宫》，颂僖公能复周公之宇也。”鲁国在僖公时期国力稍振，追随齐桓公攘斥淮夷，收回部分失地，国人因而赞美僖公，《毛序》的理解可谓不误。但这只是诗篇创作背景，其创作的直接原因则是闷宫的建造。闷宫古来颇有争议。《毛传》先说是姜嫄之宫，又说闷宫在周。于是后人据此怀疑不是姜嫄庙，又有人说闷宫只是清净之庙的通称。实际上，诗中“闷宫”就是姜嫄灵寝，不容置疑。诗首章叙述闷宫形状后，紧接着旧说“赫赫姜嫄”，足以说明宫殿与周人女祖的关系。再从礼制的角度推断，这新建筑也非姜嫄庙莫属。僖公时代，在王室衰微的情况下，鲁公隆重地为女祖姜嫄立庙设祭，很明显，是在以周族的正统自居。

大建姜嫄灵寝、大张祭典的背后，实有隐含着历史的兴替。诗的作者为鲁大夫奚斯，即公子鱼。这一点前人也曾有过长时期的争议，经魏源（《诗古微》），皮锡瑞（《经学通论》）的研究，都主张公子鱼是诗篇作者。诗云:“孔曼且硕，万民是若。”“曼”、“硕”之语，揆诸文法，不应指宫殿建筑，应是指诗篇风貌。与《大雅·烝民》的“吉甫作诵，穆如清风”一样，“奚斯所作”云云也是诗的“乱词”，点明作者及作意。如谓“所作”指宫殿，就说不通了，因为宫殿的作者为僖公。此诗为《诗经》中最长的篇什，笔法明显仿效《大雅》之《生民》、《大明》、《皇矣》诸篇，夸诞不实之风实为汉大赋先声。

商颂

《商颂》五首。

《国语·鲁语》载鲁大夫闵马父之言曰："昔正考父校商之名颂十二篇于周大师，以《那》为首。""商之名颂"即《商颂》。正考父为孔子七世祖，宋国大夫，生活在周宣王、幽王、平王时期。据此，西周、东周交替之际，宋国存有《商颂》十二篇。今《诗经》只有五首，即《那》、《烈祖》、《玄鸟》、《长发》、《殷武》五首诗。其余七首则已亡佚。

关于《商颂》的创作年代，古文经学派与今文经学派之间有过激烈的争论，一直延续到近代。《毛序》云："微子至于戴公，其间礼乐废坏，有正考甫者，得《商颂》十二篇于周之大师，以《那》为首。"《序》说本自《国语》，但其"微子至于戴公"云云，则很明显，是将《商颂》十二篇视为殷商旧作。此说对后世影响颇为深远，以至于今。但在后来清代的今文家，对古文家此说颇有非难，如魏源《诗古微》举证十三、皮锡瑞《经学通论》继补七证力言《毛序》为非，认为《商颂》系宋大夫正考父美宋襄公或宋襄公美其父桓公之诗。

《商颂》年代的今、古之争，很难下一孰是孰非的断语，因为两者坚执的都是片面之见。今文家所以要把《商颂》定在宋襄公时代有其学术背景。宋襄公为春秋五霸之一，在其与楚人的泓之战中，因"不鼓不成列"、"不伤二毛"的古怪念头而惨败。此事在《春秋》学今文家和古文家眼里，有着很不同的评价。属于今文学的《公羊传》将襄公背时的做法视为周文王作战也不过如此的高尚行为；在《左传》中，则借大夫子鱼之口讥之为冬烘迂腐。魏源等人之所以定《商颂》为襄公时诗，正暗含着今文学家对襄公其人的一贯偏爱。

古文家径自将《商颂》诸诗远推到殷商各朝，也有其致误的原因，即他们错误地认为《周颂》都是西周初年的作品。既然周初就有《载见》、《载芟》那样体制宏阔、词采丰腴的诗篇，那么商朝各代有《商颂》也就不足为奇了。实际上《周颂》并不是周初几十年之内的产物。西周初年的《武》、《桓》、《赉》等诗，竟是那样的简古，而谓商朝时就有《商颂》这样华赡的诗篇，就难以说通。征诸《商颂》作品本身，其用语及风格与《周颂》、大小《雅》中一些西周中期篇章相似，可知王国维《说商颂》断言《商颂》为“宗周中叶”篇章的说法是正确的。王国维有此说，是因为他对商周语言的熟稔，《商颂》大量使用着西周大小《雅》及《周颂》诗篇的语词、句式以及篇章结构，很能说明问题。种种迹象表明，西周成、康之后，宋作为“二王之后”的地位待遇才得到了相当的落实。这很有可能是昭王南征楚国，宋公有所配合，其表现让周人满意的结果。宋国人敢在自己的宗庙中大肆祀奠遥远的祖先，也正与其地位的改善有关。

玄　鸟

天命玄鸟[①]，降而生商，宅殷土芒芒[②]。古帝命武汤[③]，正域彼四方[④]。方命厥后，奄有九有[⑤]。商之先后[⑥]，受命不殆[⑦]，在武丁孙子[⑧]。武丁孙子，武王靡不胜[⑨]。龙旂十乘，大糦是承[⑩]。邦畿[⑪]千里，维民所止[⑫]，肇域彼四海[⑬]。四海来假[⑭]，来假祁祁[⑮]。景员维河[⑯]，殷受命咸宜，百禄是何[⑰]！

【章旨】诗前十句先言殷高宗能继承商汤之业，后十二句言高宗为子孙开辟疆土。“武丁孙子”句重复，为文义转换的枢纽。

【注释】①玄鸟：燕子，古又称鳦。《郑笺》：“天使鳦下而生商者，谓鳦遗卵，娀氏之女简狄吞之而生契，为尧司徒，有功封商，尧知其后将兴，又锡其姓焉。”②宅：居住，动词。殷土：据载商人自盘契至汤，曾有八次迁徙。盘庚迁殷后，改称为殷，其地在今河南安阳境内。芒芒：茫茫。③古帝：天。④正域：马瑞辰《通释》：“正、域二字平列，皆正其封疆之谓。”方：马瑞辰《通释》：“方、旁古通。……旁之言溥也，遍也。”⑤九有：九州。⑥后：君主。先后即先辈君主。⑦殆：通怠，松懈。⑧武丁：商汤第十代孙，号高宗，为商朝中兴之主。孙子：子孙。“武丁孙子”即子孙武丁倒文。⑨胜：胜任。⑩糦（chì）：黍稷。承：承即烝，进献。⑪畿：直属土地。⑫止：居。⑬肇：开始。域：开拓国土。⑭假（gé）：至。⑮祁祁：众多。⑯景：广大。员：幅员。维河：环绕黄河。⑰何：通荷，承受。

解析

《毛序》：“《玄鸟》，祀高宗也。”《郑笺》：“高宗，殷王武丁，中宗玄孙之孙也。有雊雉之异，又惧而修德，殷道复兴，故亦表显之，号为高宗云。”《史记·殷本纪》载，帝武丁祭成汤，有飞雉登鼎鸣，武丁惧。此为郑玄“雊雉之异”说所本。殷高宗武丁是继大戊、盘庚之后又一位有为君主。在位五十余年间，曾对边地部落民族大事征伐，使商王朝达到鼎盛时期。诗屡称“武丁孙子”，祭祀高宗殆无疑问，而诗又着意强调“殷土芒芒”、“正域彼四方”，与高宗开边拓土的史实正合。《毛传》：“玄鸟，鳦也。春分，玄鸟降。汤之先祖有娀氏女简狄，配高辛氏帝，帝率与之祈于高禖而生契，故本其为天所命，以玄鸟至而生焉。”据此，玄鸟实即商人的图腾。据后世史家研究，鸟崇拜的民族起源于东方，中国后世有龙凤崇拜，凤的起源即与玄鸟有关。诗篇诸多语词都见于二《雅》、《周颂》，其中“在武丁孙子”、“武丁孙子”两句，不言“子孙”而言“孙子”，与《大雅 · 文王》相同，是其时代相近的显证。

长发

濬[①]哲维商，长发其祥[②]。洪水芒芒，禹敷下土方[③]。外[④]大国是疆，幅陨既长[⑤]。有娀方将[⑥]，帝立子生商[⑦]。

【章旨】诗之首章。言商族有上天大命，故常吉祥。

【注释】①濬（jùn）：睿之假借。睿哲犹言明哲、明智。②长：常、久。祥：祥瑞、吉利。③敷下土：治理下土。近出《𤕌公盨》有“天命禹敷土”之句。此器为西周中期器物。方：四方。④外：远方。⑤幅陨：幅员。宽窄为幅，周围为员。⑥有娀（sōng）：古国名。其地在今山西运城一带。据传商人女始祖简狄即为有娀之女。将：强大。⑦帝：帝喾。相传简狄为帝喾妃子。立：犹言生。子：指有娀国女子简狄。商：指商始祖契。

玄王桓拨[①]，受小国是达[②]，受大国是达。率履[③]不越，遂视既发[④]。相土[⑤]烈烈，海外有截[⑥]。

【章旨】诗之二章。言玄王契英武刚强，处事都能遵循礼制，既能亲理大政，又能使政令通行。至契孙相土，商族在他的领导下，夺取了大片四海之外的土地。

【注释】①玄王：契。因契母简狄吞玄鸟卵生契，所以后人尊之为玄王。桓：英武貌。拨：马瑞辰《通释》：“《韩诗》作发。发当读如‘发强刚毅’之发……桓发二字并列，皆刚勇之貌。”②达：教令通达。③率：遵循。履：

礼。④遂：既，既能……又能……。视：古时君主上朝为视朝，所以视有亲政之意。发：政令通行。⑤相土：契的孙子。⑥海外：四海之外。截：截取。

帝命不违[①]，至于汤齐[②]。汤降不迟[③]，圣敬日跻[④]，昭假迟迟[⑤]，上帝是祗[⑥]，帝命式于九围[⑦]。

【章旨】诗之三章。言相土之后各王都不违上帝旨意，至商汤更圣德日新，终获上帝眷顾而为天下王。上帝观念，显为西周时所有。

【注释】①帝命不违：不违帝命的倒文。②齐：齐一。马瑞辰《通释》："诗总括相土以下诸君，谓商先君之不违天命，至汤皆齐一。"③降：降至、以下。汤降即自汤以下。迟：下降、消退。④圣：明哲。敬：恭谨。跻（jī）：上升。⑤迟迟：久。⑥祗（zhī）：敬。⑦式：法则，动词。九围：九州。

受小球大球[①]，为下国缀旒[②]，何天之休[③]。不竞不絿[④]，不刚不柔，敷政优优[⑤]，百禄是遒[⑥]。

【章旨】诗之四章。言汤受天之命制定大小法则，作为万民表率。为政中正，聚千福百禄于一身。两个"不"字句所含观念，亦西周观念。

【注释】①球：捄之假借，法则。②缀旒（liú）：表章、表率。旒的本义为旗帜上的缀饰。③何：荷。休：通庥，庇护、保佑。④絿（qiú）：操之过急。⑤敷：布。优优：和。⑥遒：聚。

受小共大共[①]，为下国骏厖[②]，何天之龙[③]。敷奏[④]其勇，不震不动[⑤]，不戁不竦[⑥]，百禄是总[⑦]。

【章旨】诗之五章。言汤奉天命制定大小典章，福禄集聚。以"勇"言为政之道，或系殷商遗意。

【注释】①共：法则。②骏厖（méng）：庇佑。马瑞辰《通释》谓为恂蒙之通转。为下国恂蒙，犹云为下国庇覆。③龙：《郑笺》："当作宠。宠，荣名之谓。"④敷奏：表现、呈现。⑤震、动：陈奂《传疏》："言不震作、动摇也。"⑥戁（nǎn）：恐。竦：惧。⑦总：集中。

武王载旆[①]，有虔秉钺[②]，如火烈烈，则莫我敢曷[③]。苞有三蘖[④]，莫遂莫达[⑤]，九有有截。韦顾[⑥]既伐，昆吾夏桀[⑦]。

【章旨】诗之六章。言至武王商汤开始大肆征伐，韦、顾、昆吾及夏桀，先后消灭。语词间满含暴力气息。

【注释】①武王：即商汤。载旆（pèi）：以车载旗帜。②虔：威猛。马瑞辰《通释》："《说文》：'虔，虎行貌。读若矜。'徐锴曰：'虎之行兢兢然有威。'则虔之本义原取威猛。"钺（yuè）：大斧。古代最代表王权的兵器。《史记》："汤自把钺以伐昆吾，遂伐桀。"③曷：通遏，阻挡。④苞：丛生貌。蘖：木斩伐后再生的余枝。三蘖，指下文韦、顾、昆吾三国，系夏朝属国。⑤遂、达：草木畅达生长。⑥韦：古国名。彭姓部族，又称豕韦，其地在今河南滑县东南。顾：古国名。己姓部族，其地在今河南范县一带。⑦昆吾：古国名。妘姓部族，今河南濮县、许昌一带。桀：夏朝末代君主，名癸。

昔在中叶[①]，有震且业[②]。允也天子[③]，降予卿士，实维阿衡[④]，实左右商王。

【章旨】诗之七章。言在商曾经有动荡和危难，指殷商兴替而言，一语带过。继言阿衡。本章实含两层意思，后一层，是言祭祀中附祭情况。

【注释】①叶：世。陈奂《传疏》："中世，汤之前世也。"②震：动荡。业：危。③允：诚然。④阿（ē）衡：伊尹。伊尹名挚，商汤时著名大臣。

解析

细读此诗，其中心在称美商汤的功德，因此与祫、禘无关。此诗实际只是祭祀商汤，以其功臣伊尹配祭的诗篇。殷商政治制度已难得其详，要之大臣位重，可从诗篇中看出，不然就不会以功臣配享先王了。这也是《商颂》在内容上与《周颂》及《大雅》的区别处。检索周朝诗篇，没有任何大臣像伊尹这样，享受过如此崇高的礼敬。这尤当为研究古代政治制度者注意。另外，此诗不像是祭祀典礼中祈报神灵之诗，不言祭者仪态，不言祭奠贡品，却充满了叙述历史的意味。试想，献享正礼之中祭神如在，何须历数宗谱？因而，我怀疑它只是与祭祀成汤、伊尹典礼相关的诗篇。大小《雅》分章，《颂》诗无论其长短都为一章乐歌。《颂》为祭典正乐,《雅》为对祭礼的旁述之诗。《颂》为诗乐舞三位一体，故只有一章；而《雅》则只是唱歌述事，故须多章。据此，《长发》当是一篇类似《大雅》祭祖内容的诗歌。

殷　武

挞彼殷武[①]，奋伐荆楚。罙入其阻[②]，裒荆之旅[③]。有截其所，汤孙之绪[④]。

【章旨】诗之首章。言奋起殷商的武烈，夹击荆人，这就是汤之子孙的业绩。

【注释】①挞：勇武猛烈貌。殷武：殷商武功。②罙：古深字。阻：险隘。③裒（póu）：合击、夹击。荆：指南方与周王朝敌对的人群。④绪：业绩。

维女荆楚，居国南乡[①]。昔有成汤，自彼氐羌[②]，莫敢不来享[3]，莫敢不来王[4]，曰商是常[5]。

【章旨】诗之二章。言成汤时氐、羌边民来朝拜。以“当年勇”为新朝效力。

【注释】①乡：所。南乡即中原以南地区。②氐羌：西方少数民族。③享：献贡。④王：朝见商王。⑤曰：于。常：通尚，尊崇。

天命多辟[1]，设都于禹之绩[2]。岁事来辟[3]，勿予祸适[4]，稼穑匪解。

【章旨】诗之三章。言天命多变，在禹地设立新都，指周而言。后三句言宋按时朝周，从无过错。

【注释】①多辟：辟，除，即布除之义，引申为变化，多辟即多变，指周人克商言。②绩：通迹。禹之迹即禹曾经治理过的地方，指周都镐京。③岁事：每年中的朝觐献贡之事。来辟：朝见周王。④“勿予祸适”句：王引之《经义述闻》：“祸读为过，《广雅》：‘谪、过、责也。’”句意为我不受指责。

天命降监，下民有严[1]。不僭不滥[2]，不敢怠遑[3]。命于下国[4]，封建厥福[5]。

【章旨】诗之四章。言殷之子孙不敢懈怠，所以才受周人的封建。

【注释】①严：敬。②“不僭不滥”句：《毛传》：“赏不僭，刑不滥也。”③遑：闲暇。④下国：下属国，指宋。⑤封建：指西周分封诸侯。福：字通服，侍奉，指宋服周。

商邑[1]翼翼，四方之极[2]。赫赫厥声，濯濯[3]厥灵。寿考且宁，以保我后生！

【章旨】诗之五章。言周朝首都宏伟，是四方的中心。祖先神灵保佑着人们长寿安康，保佑后代子孙昌盛。诗人不忘向周王示好。“商（京）邑”二句为下章建造宫殿铺垫。

【注释】①商邑：“商”字据三家诗作“京”，从全诗内容看，作京是。京邑即宗周镐京。②极：准则。③濯濯：光明貌。

陟彼景山[1]，松伯丸丸[2]。是断是迁[3]，方斫是虔[4]。松桷有梴[5]，旅楹有闲[6]，寝成孔安！

【章旨】诗之六章。言建造宫殿。王国维《说商颂》：“《鲁颂》拟此章，则云‘徂徕之松，新甫之柏’。”

【注释】①景山：高大之山。或为今曹县东南之南山。②丸丸：挺拔顺直的样子。③迁：搬运。④方：语词。虔：铲平、销平。⑤桷（jué）：椽。梴（chān）：长。⑥旅：排、列。楹：柱子。闲：高大貌。

解析

《毛序》：“《殷武》，祀高宗也。”后世今文经学家不同意《序》说，魏源《诗古微》言：“《春秋》僖公四年：公会齐侯、宋公伐楚。故《笺》以‘岁时来辟’责包茅不贡之文，‘不僭不滥’责僭号称王之义。与《鲁颂》‘荆舒是惩’，皆侈召陵攘楚之伐，同时同事同词，故宋襄作颂以美其父。”《毛序》只言祀高宗，不言作诗时代。魏源则谓作于襄公时期，所祀为襄公之父宋桓公。后世学者主《商颂》为商朝时诗者则从《序》说，主《商颂》作于春秋时代者则从魏说。实际上两说都不正确。诗言“封建”，封建系周朝典制，殷商或有封建，但未必有封建制之名词。诗言“设都于禹之绩”，《大雅·文王有声》言“维禹之绩”，《鲁颂·閟宫》言“奄有下土，缵禹之绪”，

皆指周人、周都而言，而且三代之中也惟有周人以夏朝后人自居。今又由于《𤅊公盨》之发现，更证明“禹敷土”之传说，西周中期即有。因此，“封建”、“禹绩”云云，都是诗篇作于周代的内证。此诗也不可能作于襄公时期。宋襄公先从齐桓公南征，只与楚会盟而退。后又有泓之战，宋国却惨败而归，又如何能大修宗庙？揆诸诗篇内容，此诗只可能作于西周中叶周昭王大征荆楚之后。诗言“裒荆之旅”，实即配合周王军队夹击荆楚；周王朝官员作册析的觥、方彝诸器所刻写铭文言昭王十九年赏赐相侯（宋国）土地，更是宋人参与了对荆楚战争的显证。金文资料表明，周王朝征伐荆楚时，除动用“西六师”之外，还调集驻扎在东都附近的“殷八师”。东西并进，正好对荆楚构成夹击之势。殷八师据专家研究，其成员主要为殷商遗民，如此，地处战争前沿的宋人出兵助战，便极有可能。实际上，只有由于宋人助战有功，其“二王之后”的待遇才真正落实。也正是在这样的背景下，宋人才大修祖庙，祭祀先王。这很重要。宋人在王朝东南战事中的态度及周人允许宋人作诗祭祀，实际都显示的是这样一个重大事件：殷周两大人群的隔阂开始消除，文化上开始融合。

后记

大概在两年前吧，中华书局的祝安顺先生要我到明山秀水的安徽黄山歙县，为中学老师朋友们做了一次《诗经》的讲座。记得当时只讲了《关雎》、《硕人》等很少几篇，却是我与祝先生团队合作的开始。这个选本的出笼，就是合作的一个延伸。动议和策划乃至篇章的选择，都是为人诚挚的祝先生和他那些朝气蓬勃的团队成员们完成的。

中华书局这几年注意推广经典，真是大好事。记得在歙县的那个春日的晨曦中，古榭之旁，清波荡漾，与会者一起诵读古老的《诗经》篇章，真让人有一种“得未曾有”的感受。后来在安庆，大广场上，上百成千的师生一起诵读诗篇，那场面更是震撼了。诗原本就是唱的，就是到后来，也可以披之管弦按诸音律而唱，可以独自吟哦。“中华诵”的推广经典，在吟诵方面，是颇有想法和作为的。后来有一天我和我爱人在广州，与热心参与“诵读”活动的林美娟老师一起吃饭聊天，其间林老师随口吟诵了一首短篇，一下子就把周围的空气凝住了，坐中人唏嘘感叹，夫子“不图为乐至斯”的感受，就该与此差不多吧！推广普及经典，由中华书局这样致力传统文化出版的百年老社来做，是再合适不过的。能参与这样的活动，与有荣焉！

现在这个带注解的《诗经》选本，是辅助“诵读”的读物。选取的标准是流传广泛、影响深远的名篇，同时也兼顾作品的代表性。虽然自己很用心，但书中一定还存在这样那样的不足甚至错误，真诚希望读者不吝指教！

李　山

2013年1月9日